KB060051

이렇게
그녀를
잃었다

THIS IS HOW YOU LOSE HER
by Junot Díaz

This Korean edition was published by Munhakdongne Publishing Corp. in 2016
by arrangement with Juno Díaz c/o The Marsh Agency Ltd., London, U.K. through
KCC(Korea Copyright Center Inc.), Seoul.

이 책은 (주)한국저작권센터(KCC)를 통한 저작권자와의 독점계약으로
(주)문학동네에서 출간되었습니다.
저작권법에 의해 한국 내에서 보호를 받는 저작물이므로
무단 전재와 복제를 금합니다.

이 도서의 국립중앙도서관 출판예정도서목록(CIP)은
서지정보유통지원시스템 홈페이지(http://seoji.nl.go.kr)와
국가자료공동목록시스템(http://www.nl.go.kr/kolisnet)에서 이용하실 수 있습니다.
(CIP제어번호: CIP2016002498)

이렇게 그녀를 잃었다

THIS IS HOW YOU LOSE HER

주노
디아스
소설

권상미
옮김

JUNOT
DÍAZ

문학동네

일러두기

1. 주석은 모두 옮긴이주이다.
2. 본문 중 고딕체는 원서에서 이탤릭체나 대문자로 강조한 부분이다.
3. 본문 중 스페인어 음독 표기 뒤에 나오는 괄호 속의 번역은 처음 나오는 곳에만 병기
하였다.

맞아, 우리는 노력하지 않았고
사실대로 말하자면 모든 추억이 다 좋지는 않았어.
하지만 이따금 좋았던 때도 있었지.
사랑은 좋았어. 나는 곁에서 뻐딱하게 누워 자는
너의 잠을 사랑했고 무서운 꿈을 꾼 적이 없었어.

우리의 것처럼 대단한 전쟁에는 별이 있어야 마땅하지.

산드라 시스네로스[*]

* 멕시코계 미국 소설가, 시인.

차례

해와 달과 별들

THE SUN, THE MOON, THE STARS

난 나쁜 놈이 아니다. 이 말이 어떻게 들릴지─방어적이고 뻔뻔스럽게 들리겠지─알지만 사실이다. 나는 다른 사람들과 똑같다. 나약하고 실수투성이지만 근본은 착한 놈이다. 하지만 마그달레나는 그리 생각하지 않는다. 나를 전형적인 도미니카 사내라고 생각한다. 수시오(난잡한 놈), 개자식이라고. 그러니까 여러 달 전에, 마그다가 아직 내 여자였을 때, 내가 거의 아무것도 조심할 필요가 없었을 때, 나는 80년대에 유행하던 붕 뜬 프리스타일 머리를 한 보따리 이고 다니는 여자와 바람을 피웠다. 마그다한테는 물론 말하지 않았다. 어떤 건지 아시다시피 그런 구린 뼈다귀는 인생의 뒷마당에 고이 묻어두는 게 나으니까. 마그다는, 그 계집애가 염병할 편지를 그녀한테 직접 보내오는 바람에 그 사실을 알게 됐다. 게다가 편지는 자세하게도 쓰여 있었다. 술 처먹고 친구놈들한테도 말하지 못할 내용들까지.

웃긴 건, 편지가 온 게 그 멍청한 짓거리가 끝난 지도 몇 달이나 지난 뒤였다는 것이다. 그 몇 달 사이 나와 마그다는 잘돼가고 있었다. 내가 바람피웠던 그 겨울과 같은 거리감은 없었다. 냉전은 끝난 뒤였다. 마그다가 내 집으로 왔고, 우리는 내 돌대가리 친구놈들하고 같이 어울리는 대신─나는 담배를 피우고 마그다는 지루해죽으면서─영화를 봤다. 저녁 먹으러 여기저기 다니기도 했다. 크로스로즈에서 연극을 본 뒤에는 겁나 유명하다는 흑인 극작가들하고 마그다의 사진을 찍어주기까지 했다. 사진들 속에서 그녀는 그 큰 입이 귀에 걸릴 듯이 좋아죽는다. 우리는 다시 커플이 되었다. 주말이면 서로의 가족을 방문했다. 아무도 일어나지 않을 시간에 식당에 가서 이른 아침을 먹고, 뉴브런즈윅 도서관을 함께 뒤지기도 하면서. 카네기가 죄책감을 벗으려고 돈을 쏟아부어 지은 그곳 말이다. 썩 괜찮은 흐름이었다. 그런데 그때 그 편지가 〈스타트렉〉의 수류탄처럼 떨어져 모든 걸 폭파시킨다. 과거, 현재, 미래까지. 마그다의 부모님이 갑자기 나를 죽이려든다. 내가 이 년 동안 세무신고를 도와주고 잔디를 깎아줬는데도 소용없다. 날 이호(아들)처럼 대했던 마그다의 아버지가 전화로 날 개자식이라고 부르는데 목소리가 꼭 전화선으로 목이라도 조르는 것만 같다. 너, 내가, 스페인어로, 말할, 가치 없어, 그렇게 말했다. 우드브리지 쇼핑몰에서 마그다의 친구 하나를 만났는데—클라리벨이라고, 생물학 전공에 눈이 치니타(중국 여자) 같은 에콰토리아나(에콰도르 여자)다—그 여자는 마치 내가 뉘 집 귀한 자식이라도 잡아먹은 양 나를 대한다.

마그다의 반응은 상상 이상이었다. 기차 오중 충돌쯤에 맞먹는다고 할까. 카산드라의 편지를 나한테 냅다 집어던지더니—편지는 나한테 맞지 않고 어떤 볼보 차 밑으로 떨어졌다—보도블록에 주저앉아 헐떡이며 울부짖기 시작했다. 오 갓, 그녀가 소리 질렀다. 오 마이 갓.

내 친구놈들 말로는 바로 그때 딱 잡아뗐어야 한단다. 뭐, 카산드라 누구? 난 속이 너무 뒤집혀서 잡아떼는 건 생각도 못했다. 나는 그녀 곁에 앉아 버둥거리는 두 팔을 꽉 붙잡고는 멍청하게 말도 안 되는 소리를 지껄였다. 내 말 들어봐, 마그다. 들어야 이해를 하지, 뭐 이런.

마그다에 대해 얘기해보자면 그녀는 버겐라인* 토박이다. 아

---

* 뉴욕과 뉴저지를 가로지르는 지역으로, 히스패닉 인구가 많이 거주한다. 1990년대까지 험한 동네였다.

담한 체구에 입도 크고 엉덩이도 크고, 짙은 곱슬머리는 손을 집어넣었다간 찾을 수 없을 만큼 풍성했다. 아버지는 빵을 굽고 어머니는 집집마다 다니며 아이들 옷을 판다. 누구도 만만하게 펜데하(얼뜨기) 취급할 수 없는 여자이지만 한편으로는 용서하는 영혼이기도 하다. 가톨릭 신자이고. 일요일마다 나를 스페인어 미사에 끌고갔고, 특히 쿠바에 사는 친척 중 누가 아프면 펜실베이니아 주의 수녀들한테 편지를 써서 자기 가족을 위해 기도해달라고 청했다. 동네 도서관 사서들 사이에 알려진 책벌레이고, 학생들한테 인기 많은 선생이다. 늘 신문에서 쓸데없는 것들을 오려 와 나더러 보라고 했다. 주로 도미니카 발發 개소리들을. 나는 마그다를, 그러니까, 매주 만났고, 그녀는 아직도 내게 우편으로 뻔하디뻔한 쪽지 따위를 보내온다. '네가 날 못 잊게 하려고'. 마그다보다 엿 먹이기 힘든 사람은 생각하기도 어렵다.

어쨌든 바람피운 사실을 마그다에게 들킨 다음에 무슨 일이 일어났는지 같은 얘기로 지루하게 만들 생각은 없다. 손이 발이 되도록 빌기, 유리조각 위를 기듯이 속죄하기, 울기. 그렇게 들키고 이 주 뒤에, 내가 차를 몰아 마그다의 집에 찾아가고, 편지를 잔뜩 보내고, 한밤중에 수도 없이 전화를 걸고 나서야 다시 잘해보기로 했다고만 하자. 그렇다고 해서 내가 마그다네 가족과 다시 식사를 같이 하게 됐다거나 마그다의 친구들이 축하라도 했다는 뜻은 아니다. 그 카브로나(나쁜 년)들은 이랬다. 아니, 하마스, 절대 안 돼. 마그다조차도 처음에는 화해하는 걸 썩 내켜하지 않았지만 내게는 함께 보낸 시간이라는 강점이 있었다. 왜 날 가만 내버려두지 않는 거야? 그녀가 내게 물었을 때 나는 진실을 말했다. 널 사랑하니까, 마미*. 헛소리처럼 들린다는 거 알지만 진짜다. 마그다는 내 사랑이다. 그녀가 날 떠나는 건 원치 않았다. 한번 왕창 조졌다고 해서 새 여자친구를 찾기 시작할 생각은 없었다.

식은 죽 먹기였다고 생각하진 마라, 그렇지 않았으니까. 마그다는 고집이 세다. 우리가 사귀기 시작했을 때 마그다는 적어도 한 달 정도 만나보기 전에는 같이 안 잘 거라고 말했고, 내가 어떻게 좀 해보려고 아무리 애를 써도 그 말을 굳게 지켰다. 게다가 예민하다. 종이에 물이 스며들듯 그렇게 상처를 빨아들인다. 얼마나 수도 없이 (특히 섹스한 뒤에) 내게 물었는지 상상도 못할 거다. 나한테 말하긴 할 생각이었어? 이거 때문이었어? 그런데 왜? 그녀가 가장 즐겨하는 질문들이었다. 내가 가장 즐겨하는 대답은 이거였다. 어, 그건 실수였어. 어리석었지. 내가 생각이

---

* '마미', '파피'는 본래 엄마, 아빠를 가리키는 말이지만 애인이나 배우자, 매력적인 이성을 가리킬 때 쓰기도 한다.

없었어.

우리는 카산드라에 대해 몇 번—주로 서로를 볼 수 없는 어둠 속에서—대화를 나누기도 했다. 마그다는 카산드라를 사랑했느냐고 내게 물었고 나는 말했다. 아니. 아직도 그 여자 생각해? 아니라니까. 걔랑 자는 거 좋았어? 솔직히 말하면, 베이비, 구렸어. 딱 봐도 믿기 힘들 말이지만 그래도, 아무리 멍청하고 사실이 아닌 것처럼 들린다 해도 말해야 한다. 일단 그렇게 하자.

그리고 다시 만난 뒤로 잠시 동안은 모든 게 순조로웠다.

하지만 아주 잠시뿐이었다. 천천히, 거의 알아채기 어려울 만큼 천천히 나의 마그다는 다른 마그다로 변하기 시작했다. 예전만큼 자고 가려 하지도 않고, 등을 긁어달라고 해도 내켜하지 않았다. 와, 깨닫게 되는 변화들이란. 다른 사람과 통화중일 때 내가 전화를 하면 전에는 나중에 다시 전화하라고 하는 법이 없었다. 언제나 내가 우선이었다. 더이상은 아니다. 그러니 나는 당연히 이 염병할 상황이 다 마그다의 친구들 때문이라 탓한다. 그 계집애들이 아직도 나에 대해서 마그다에게 나쁜 소릴 해대고 있다는 사실을 나는 알고 있다.

마그다한테만 자문위원이 있는 건 아니다. 내 친구놈들도 내게 말했다. 잘라버려, 그년한테 신경 꺼. 하지만 신경을 끄려고 할 때마다 실패하고 만다. 나는 진짜로 마그다를 좋아하고 있었다. 나는 다시 마그다에게 공을 들이기 시작했지만 아무것도 성사되지 않았다. 보러 가는 영화마다, 밤에 드라이브를 나갈 때마다, 자고 갈 때마다 그녀는 나에게서 부정적인 뭔가를 확인하는 듯했다. 나는 조금씩 죽어가는 것처럼 느껴졌지만 내가 그 얘기를 꺼내면 그녀는 나더러 피해망상이라고 했다.

한 달쯤 뒤에, 그녀는 피해망상 깜둥이를 불안하게 할 만한 종류의 변화를 시작했다. 머리를 자르고, 더 좋은 화장품을 사고, 새 옷을 입고, 금요일 밤이면 친구들과 같이 춤을 추러 나간다. 우리 이젠 괜찮은 거냐고 물어봐도 완전히 합의된 건지 확신할 수가 없다. 그녀는 필경사 바틀비*처럼 말할 때가 많다. 아니, 안 그러는 편이 낫겠어. 내가 이게 대체 무슨 염병할 짓이냐고 물으면 그녀는 말한다. 내가 알고 싶은 게 바로 그거야.

나는 그 속셈을 알고 있다. 그녀의 인생에서 내가 차지하는 위태로운 입지를 자각하게 하려는 것이다. 하, 내가 모를 줄 알고.

그렇게 유월이 되었다. 하늘에는 뜨거운 흰 구름이 잔뜩 끼어 있고, 밖에서 음악을 틀어놓고 호스로 물을 뿌려가며 세차를 해도 되는. 다들 여름 맞을 채비를 했다. 그 와중에 우리도. 연초에 우리는 사귀기 시작한 날을 기념하자며 산토도밍고 여행을 계획

---

* 허먼 멜빌의 단편소설 주인공. "안 하는 편이 낫겠습니다"라는 말로 유명하다.

했었다. 그리고 이제, 여전히 그 계획이 유효한지, 갈 것인지 말 것인지 결정해야 했다. 연초부터니까 여행 얘기가 나온 지는 꽤 되었지만, 있다 보면 저절로 해결이 날 문제라 생각했다. 그런데 그게 아니게 되자 나는 비행기 표를 내보이면서 물었다. 어떻게 생각해?

너무 부담스러운데.

더 안 좋을 수도 있었잖아. 젠장, 그냥 휴간데 뭘 그래?

나한테는 압박처럼 느껴져.

부담 느낄 필요는 없는데.

내가 왜 그렇게 고집을 피웠는지 모르겠다. 날마다 여행 얘기를 꺼내고, 마그다의 의지를 확인하려 들고. 어쩌면 우리의 상황에 지쳐가고 있었나보다. 몸을 풀고 싶었고, 뭔가 변화를 원했다. 아니면 그녀가 그래, 우리 가는 거야, 라고 한다면 망해가던 우리 사이도 괜찮아지겠거니 생각했는지도 모른다. 만일 그녀가 아니, 난 안 괜찮아, 라고 말한다면 적어도 끝났다는 건 알게 될 테니까.

마그다의 그 잘난 친구들은 지구상에서 제일가는 삐딱이들이라서, 마그다에게 여행만 다녀오고 다시는 나하고 연락하지 말라고 했다는 것이다. 마그다는 자기 머릿속에 있는 걸 나한테 말하지 않고는 못 배기기 때문에 당연히 그 엿 같은 얘기까지 나에게 털어놓았다. 그래서 그 제안에 대해 넌 어떻게 생각하는데? 내가 물었다.

그녀는 어깨를 으쓱했다. 그냥 걔들 말이 그렇다는 거지 뭐.

내 친구놈들까지 이 깜씨야, 니가 돈지랄을 하는구나, 했지만 나는 정말로 여행이 우리에게 도움이 될 거라고 생각했다. 친구놈들은 모르지만 나는 내심 낙천주의자인 구석이 있다. 나는 생각했다, 나랑 마그다가 섬에 가는데, 치유되지 못할 게 뭐가 있나?

고백하겠다. 나는 산토도밍고를 사랑한다. 블레이저 차림의 사내들이 작은 브루갈* 잔을 내 손에 못 쥐여줘 안달인 그런 고향에 오는 게 좋다. 비행기가 착지하면서 바퀴가 활주로에 입맞추는 순간 모두들 손뼉 치는 착륙이 좋다. 승객 중에서 내가 쿠바와 무관한, 아니면 얼굴에 화장을 떡칠하지 않은 유일한 깜둥이라는 사실도 좋다. 십일 년 동안 못 본 딸을 만나러 가는 붉은 머리 여자가 좋다. 성자의 유골이라도 되는 듯이 무릎에 고이 간직한 선물들. 미하(우리 딸)가 이제 테타(젖가슴)까지 나왔어, 여인은 이웃에게 속삭인다. 지난번에 봤을 때는 말도 제대로 못하

---

* 럼주 브랜드.

더니. 이제 숙녀가 됐어. 이마히나테(상상해봐). 우리 어머니가 바리바리 싸주는 가방들이 좋다. 친척들한테 보내는 잡동사니들하고 마그다한테 줄 무언가, 선물이다. 무슨 일이 있어도 이건 꼭 개한테 줘라.

이게 만약 다른 종류의 이야기였다면 나는 바다에 대한 이야기로 시작했을 것이다. 바위에 난 블로우홀 구멍을 통해 바닷물이 하늘로 뿜어진 다음에는 어떻게 되는지. 공항에서부터 차를 몰고 올 때 보이는 바다의 모습은 어떤지, 그 바다가 은빛 가닥처럼 반짝일 때면 아, 내가 진짜로 돌아왔구나싶어진다는 걸. 불쌍한 인간 말종들이 얼마나 많이 널렸는지도 이야기할 거다. 그 어느 곳보다도 알비노가 많고 사팔뜨기 깜둥이들이 많고, 티게레(건달)들이 많다는 걸. 그리고 교통 지옥에 대해서도 말할 거다. 바닥이 평평한 곳이라면 어디든 득시글거리는 20세기 말에 나온 모든 종류의 자동차들, 고물 승용차와 고물 오토바이와 고물 트럭과 고물 버스의 우주, 그리고 아무 멍청이나 렌치 하나들고 운영하는, 자동차만큼이나 많은 정비소들에 대해서도. 허름한 판잣집과 수돗물이 안 나오는 수도꼭지와 옥외 광고판에 우스꽝스럽게 등장하는 삼보*들, 우리 가족의 집에는 언제고 믿

---

* 원주민과 흑인의 혼혈 인종.

음직한 변소가 있다는 사실에 대해서도 이야기할 거다. 우리 아부엘로(할아버지)와 그의 캄포(시골) 같은 손에 대해서도, 내가 늘 곁에 있지 않다는 걸 할아버지가 얼마나 언짢아하는지도, 그리고 내가 태어난 골목길 카예베인티우노에 대해서도, 슬럼이 되고 싶은지 아닌지 아직도 결정하지 않아, 벌써 몇 년째 애매한 상태에 있는 그 골목에 대해.

하지만 그러면 영 다른 이야기가 돼버릴 텐데, 나는 지금 하고 있는 이 이야기만도 감당하기 벅차다. 내 말을 믿어줘야 한다. 산토도밍고는 산토도밍고다. 거기서 어떤 일이 일어나는지는 우리 모두가 알고 있다고 치자.

먼지*를 처피우고 맛이 갔는지, 첫 이틀 동안 나는 우리 둘 다 이만하면 괜찮다고 생각했다. 물론 우리 아부엘로 집에 갇혀 있는 게 마그다에게는 눈물나도록 지루했을 거다. 그녀 자신이 그렇게 말하기도―지루해, 유니오르―했지만 나는 아부엘로를 꼭 찾아봬야 한다고 미리 당부해두었다. 나는 마그다가 싫어하지 않을 거라 생각했다. 그녀는 보통은 비에히토(늙은이)들한테 겁나 쿨하니까. 하지만 할아버지한테는 말을 많이 하지 않았

---

* '천사의 먼지'라는 별칭의 환각제. 흔히 마리화나의 형태로 흡입한다.

다. 더위 속에서 안절부절못하며 물만 열댓 병을 마셔댔다. 문제는 우리가 수도 밖에, 그리고 이틀째가 시작되기도 전에 내륙으로 가는 과과(시외버스)에 타고 있다는 거였다. 풍경은 죽여줬다—날이 가물어서 집들은 물론 캄포 전체가 붉은 흙먼지로 덮여 있었는데도. 거기에 내가 있었다. 일 년 전에 비해 달라진 것들을 전부 들먹이면서. 새로 생긴 피자렐리 체인이며 티게리토(어린 건달)들이 물을 담아 파는 작은 봉지들. 역사까지 끌어들였다. 여기가 트루히요하고 놈의 해병대가 가비예로*들을 도살한 곳이지. 여기가 혜페**가 여자들을 데려가던 곳, 여기가 발라게르***가 악마에게 영혼을 판 곳. 마그다는 재미있어하는 것 같았다. 고개를 주억거렸다. 대꾸도 좀 했다. 그러니 내가 무슨 말을 하겠는가? 나는 그럭저럭 잘돼가는 분위기라고 생각했다.

돌아보면 징후가 있었던 것 같다. 우선 마그다는 조용하지 않다. 말이 많다, 씨바, 보카(수다쟁이)란 말이다. 그래서 내가 한 손을 들고 타임아웃이라고 말하면 마그다가 적어도 이 분 동안

* 1916~1924년에 걸친 미국의 도미니카 침공 당시 저항했던 도미니카공화국의 게릴라.

** 독재자 트루히요의 별칭. 보스, 두목, 수령의 뜻.

*** 독재자 트루히요의 오른팔이었으며, 이후 부통령, 대통령이 된다. 디아스는 『오스카 와오의 짧고 놀라운 삶』에서 '도미니카 좌파를 대대적으로 유혈 탄압하여 수백 명을 암살하고 수천 명을 국외로 내몬' 인물로 그를 묘사하고 있다.

은 조용히 해야 하는 규칙까지 있었다. 그녀가 방금 쏟아낸 정보를 나는 그사이에 처리할 수 있었다. 그러면 민망해하며 잠시 조용해지긴 했지만 내가 오케이, 해제, 라고 하자마자 냉큼 하던 이야기로 다시 돌아가지 않을 정도는 아니었다.

내 기분이 좋아서 그랬는지도 모른다. 그렇게 느긋한 기분으로, 당장이라도 무슨 일이 일어날 것처럼 굴지 않은 것은 몇 주 만에 처음인 듯했다. 밤마다 그녀가 친구들한테 굳이 보고를 해야 한다고—계집애들이 내가 마그다를 죽이기라도 할 거라고 생각하는지—고집 피우는 게 못마땅했지만, 씨바, 나는 그래도 우리가 여느 때보다 더 잘되어가고 있다고 생각했다.

우리는 푸카마이마* 근처 싸구려 호텔에 묵었다. 그녀가 우는 소리를 들었을 때 나는 정전으로 시커먼 도시와 멀리 셉텐트리오날레스 산맥을 바라보며 발코니에 서 있었다. 나는 무슨 심각한 일인가싶어서 손전등을 찾아들고 더위에 부은 그녀의 얼굴 위로 부채꼴 전등 빛을 비추었다. 괜찮아?

그녀는 고개를 저었다. 나 여기 있고 싶지 않아.

무슨 소리야?

뭘 모르겠는데? 나, 여기, 있고, 싶지, 않다고.

---

* 산토도밍고의 명문 사립 대학교.

이건 내가 아는 마그다가 아니다. 내가 아는 마그다는 엄청 공손하다. 문을 열기 전에 노크하는 여자다.

나는 하마터면 소리지를 뻔했다. 씨바, 도대체 뭐가 문젠데! 하지만 그러지 않았다. 나는 결국 그녀를 끌어안고 아기처럼 달래며 뭐가 마음에 안 드는지 물었다. 그녀는 한참을 소리내 울다가 한동안 말이 없더니 마침내 입을 열었다. 어느새 전깃불이 푸르르, 껌뻑대며 다시 들어와 있었다. 그녀는 떠돌이처럼 여행하고 싶지 않다고 했다. 난 우리가 바닷가에 갈 줄 알았는데, 그녀가 말했다.

바닷가에 갈 거야. 내일모레.

지금 가면 안 돼?

내가 뭘 할 수 있었을까? 그녀는 속옷 바람으로 내가 뭔가 말해주길 기다리고 있었다. 그래서 내 입에서 뭔 소리가 나왔느냐고? 베이비, 뭐든 하자는 대로 할게. 나는 라 로마나에 있는 호텔에 전화를 걸어 우리가 좀더 일찍 도착해도 괜찮은지 물었고, 다음날 아침 우리는 산토도밍고행 익스프레스 과과에 몸을 실었다. 그리고 그곳에서 한번 더 갈아타고 라 로마나로 향했다. 씨바, 나는 마그다에게 한마디도 하지 않았고 마그다도 내게 아무 말이 없었다. 그녀는 지쳐 보였고, 세상이 그녀에게 말이라도 건네기를 바라는 양 창밖 세상을 물끄러미 바라보았다.

우리의 키스케야* 구원 투어 제3일 중반쯤 우리는 에어컨이 나오는 방갈로에서 HBO 채널을 보고 있었다. 산토도밍고에서 딱 내가 가고 싶어할 데였다. 빌어먹을 리조트 말이다. 마그다는 트라피스트 수도사가 쓴 책을 읽고 있었는데 기분은 좀 나아진 듯 보였고, 나는 쓸모도 없는 지도만 만지작대면서 침대 가장자리에 걸터앉아 있었다.

나는 생각했다. 이렇게까지 했는데 나도 상을 좀 받아야지. 몸으로 주는 상 말이지. 나와 마그다는 섹스에 있어선 격식 따위 차리지 않는 편이었지만, 헤어지네 마네 한 뒤로는 젠장 그게 좀 이상해졌다. 우선 전처럼 꾸준하지가 않았다. 일주일에 한 번이라도 하면 운이 좋은 편이었다. 내가 옆구리를 찌르고 먼저 시작하지 않으면 전혀 못했다. 그나마도 그녀는 꼭 원하지 않는 것처럼 굴어서, 때로 내가 흥분을 식혀야 했고, 어쩌다 그녀가 원할 때에도 내가 꼭 아랫도리를 만져줘야 했다. 늘 내가 작업을 시작하면서, 마미, 우리 한번 어때? 하고 말하는 식이다. 그러면 그녀는 고개를 돌리는데, 그건 네 동물적인 욕망을 대놓고 받아들이기에는 내 자존심이 너무 강하지만 내 속에 네 손가락을 집어넣고 있겠다면 말리진 않겠어, 라는 뜻이었다.

---

* Quisqueya. 서인도제도 원주민 타이노족의 언어로 '도미니카'라는 뜻.

그날은 아무 문제 없이 시작은 했는데, 갑자기 중간에 이러는 거다. 잠깐, 우리 이러면 안 돼.

난 이유를 알고 싶었다.

그녀는 자신이 부끄럽다는 듯이 눈을 감았다. 잊어버려, 그녀는 내 밑에서 엉덩이를 빼내며 말했다. 그냥 잊어버려.

우리가 어디에 와 있는지는 말하고 싶지도 않다. 우리는 카사 데 캄포에 있다. 일명 양심 까잡수신 리조트. 웬만한 얼치기들이라면 엄청 좋아할 장소다. 도미니카에서 제일 크고 부유한 리조트, 그러니까 온 세상 사람들로부터 벽을 쳐놓은 염병할 요새 말이다. 천지에 과치만(경비원)에 공작새며 야심찬 장식 정원 천지인 곳. 별도의 독립된 나라인 양 미국에 광고하는 곳, 그리고 어쩌면 그 말이 사실일지도 모르는 곳. 자체 공항에 36홀 골프장, 백사장이 너무 하얘서 밟기도 마음 아픈 해변을 갖춘 곳, 눈에 띄는 도미니카 사람이라고는 다들 돈을 처바른 연놈들이거나 아니면 침대 시트를 갈고 있는 곳. 우리 아부엘로는 여기 한번도 못 와봤고 당신 할배도 마찬가지라고만 말해두자. 가르시아니 콜론이니 하는 집안들이 한 달 내내 대중을 억압하다가 와서 쉬는 곳이자, 투툼포테(부자)들이 해외 동료들과 정보를 교환하는 곳이 여기다. 여기서 너무 오래 놀다보면 묻지도 않고 게토 통행

증이 자동 취소되고 마는 곳.

기분 좋게 일찍 일어나 조식을 먹으러 가면, 안트 제미마*처럼 차려입은 명랑한 여인들이 서빙을 해준다. 구라가 아니고, 이 자매님들은 진짜로 머릿수건까지 하고 다녀야 한다. 마그다는 가족한테 보낼 카드를 두어 장 끼적거리고 있다. 나는 전날 얘기를 하고 싶지만 내가 말을 꺼내자 그녀는 펜을 내려놓는다. 급히 선글라스를 낀다.

왠지 네가 나를 압박하는 기분이야.

내가 무슨 압박을 해? 내가 묻는다.

난 그저 가끔 혼자만의 시간이 필요할 뿐이야. 너랑 같이 있을 때마다 네가 나한테 꼭 뭘 원하는 기분이란 말야.

혼자만의 시간이라, 그게 무슨 뜻이지?

그러니까 하루에 한 번쯤은 넌 네 할 일 하고, 난 내 할 일 하는 거지.

그러니까 언제? 지금?

지금일 필요는 없어. 그녀는 격앙된 모습이다. 우리 그냥 바닷가나 가는 게 어때?

---

* 팬케이크 믹스, 시럽 등을 만드는 유서 깊은 미국 식품 회사의 브랜드로, 여기서는 그 상품 포장에 사용되는 전형적인 흑인 여성의 모습을 가리킨다.

무료 대여 골프 카트 근처를 지나갈 즈음 내가 말했다. 왠지 네가 내 나라를 전면 거부하는 기분이야, 마그다.

웃기는 소리 하지 마. 그녀가 내 무릎에 한 손을 얹는다. 난 그저 좀 쉬고 싶었을 뿐이야. 그게 뭐가 잘못이야?

작열하는 태양과 바다의 푸른빛이 뇌에 과부하를 일으킨다. 이 섬나라에 문제가 흔하듯 카사 데 캄포에는 해변이 흔하다. 하지만 이 해변에는 메렝게 춤도, 어린아이들도, 치차론* 장수도 하나 없고, 멜라닌 색소의 대량 결핍이 눈에 띈다. 바다가 게워놓은 무시무시하고 허여멀건 괴물처럼 수건 위에 유럽 흰둥이가 적어도 오십 걸음마다 하나씩 바닷가에 널브러져 있다. 흡사 싼 티 나는 푸코랄까, 철학 교수처럼 보이는 인간들인데, 갈색 엉덩이의 도미니카 여자를 끼고 있는 놈들이 쌔고 쌨다. 진짜다. 이 계집애들은 많아봐야 열여섯 살이고, 내 눈에는 푸로 인혜니오(완전 천재)들이다. 여자들의 의사소통 불능 상태로 봤을 때 두 연놈이 오래전 레프트뱅크**에서부터 만나온 사이가 아니란 건 뻔하다.

마그다는 제 친구들과 같이 가서 고른, 오슌***처럼 노란 망할 비

---

* 돼지 껍질을 튀긴 간식.

** 자유분방한 예술가 및 대학생들이 주로 모여들었던, 파리 센 강의 왼쪽 지역.

*** 요루바 종교 및 쿠바 산테리아(가톨릭의 영향을 받은 서아프리카와 카리브의

키니를 걸치고서 나를 고문하고 있는데, 나는 한심하게도 '샌디 후크****여 영원하라!'라고 쓰인 낡은 트렁크 팬티 차림이다. 인 정한다. 사람들 앞에서 반쯤 벗은 마그다와 같이 있으면 나는 사실 아슬아슬하고 불안하다. 나도 그녀의 무릎에 한 손을 얹는다. 난 그냥 네가 날 사랑한다고만 해줬음 좋겠다.

유니오르, 제발.

날 많이 좋아한다고는 말할 수 있어?

날 좀 내버려둘 순 없어? 참 성가시게 군다.

나는 뜨거운 태양 아래서 모래에 말뚝 박힌 듯 서 있다. 가슴 아프다. 나와 마그다. 우리는 커플처럼 보이지 않는다. 마그다가 웃어 보이면 깜둥이들은 손 내밀며 청혼을 하지만, 내가 웃어 보이면 그 인간들은 지갑부터 확인한다. 우리가 여기 온 뒤로 마그다는 계속 스타였다. 그 왜 도미니카에 옥토룬*****여자친구를 데려오면 어떤 반응들인지 알지 않나. 곳곳에서 형제들이 광분한다. 버스를 타면 마초들이 말을 건다. 투 시 에레스 베야, 무차차 (아가씨, 정말 미인이시네요). 내가 헤엄치러 물속에 들어가기만 하면 웬 지중해 출신 사랑의 전령이 마그다에게 잽싸게 들이대

토속신앙)에서 사랑과 모성 등을 관장하는 여신과 유사한 존재.

**** 뉴저지에 있는 해변.

***** 백인에 훨씬 더 가까운 흑백 혼혈인.

기 시작하는 거다. 당연히 나는 예의고 뭐고 없다. 그만하지, 판초? 우린 지금 신혼여행중이거든. 그런데 이 오징어 같은 새끼는 고집이 장난 아니어서 아예 우리 곁에 철퍼덕 주저앉아 젖꼭지 주변에 난 털로 마그다의 관심을 끌려 하고 그녀는 놈을 무시하는 대신에 대화를 시작하는데, 알고 보니 이 자식도 도미니카 놈인 거다. 키스케야 하이츠*에 사는, 제 민족을 사랑하는 검사보라나 뭐라나. 내가 검사인 게 낫죠, 그 자식의 말이다. 난 말이라도 알아듣잖아요. 저 자식 말투가 옛날 같으면 브와나(주인님)**한테 우릴 팔아넘겼을 깜둥일세, 하고 나는 생각했다. 나는 그 자식을 삼 분간 겪어보다가 더는 못 참고 말한다. 마그다, 저 새끼하고 말하지 마.

검사보 자식이 경악한다. 설마 내 얘기하는 건 아니겠지, 그 자식의 말이다.

맞는데? 내가 받아친다.

믿을 수 없는 일이다. 마그다가 벌떡 일어서더니 쿵쾅거리며 물가로 걸어간다. 엉덩이에 모래 반달이 묻어 있다. 완전, 가슴이 찢어진다.

---

* 도미니카인들이 많이 사는 뉴욕 시의 워싱턴 하이츠(맨해튼의 북쪽 지역).
** '상사'를 뜻하는 스와힐리어로 동아프리카 일부에서 상사를 부를 때 쓰는 호칭.

오징어가 나한테 몇마디 더 하지만 나는 귀담아 듣지 않는다. 그녀가 돌아와 자리에 앉으면 뭐라고 말할지 벌써 알고 있기 때문이다. 너는 네 할 일 하고 나는 내 할 일 할 시간이야.

그날 밤 나는 수영장과 리조트 내의 술집인 클럽 카시케 주변에서 어슬렁거린다. 마그다는 코빼기도 안 보인다. 나는 뉴욕 서부에서 왔다는 도미니카나를 만났다. 물론 매력적이지. 트리게냐(다갈색 피부의 여자)에 딕맨 이쪽*에서 단연 눈에 띄는 엄청난 파마머리다. 이름은 루시다. 십대인 여자 사촌 셋과 같이 놀러 나왔다고 한다. 수영장에 뛰어들려고 가운을 벗자 배 전체에 거미줄 같은 흉터가 보인다.

바에서는 코냑을 마시던, 나이가 좀 들어 보이는 돈 많은 형씨를 둘 만났다. 바이스프레지던트**와 그의 경호원 바르바로라고 자신들을 소개한다. 아물지 않은 재앙의 발자취가 내 얼굴에 남아 있었던 모양이다. 마치 두 명의 카포(마피아)를 상대로 내가 모종의 문제를 의뢰하며 살인을 들먹이기라도 하는 양 두 사람은 내게 귀를 기울인다. 그리고 나를 딱하게 여긴다. 바깥은 기

---

* 뉴욕 시의 워싱턴 하이츠를 가리킨다.
** 기업의 부사장 또는 부통령. 유니오르는 그가 정치판을 기웃대는 기업의 부사장이라 생각한다.

온이 1000도는 되는 것 같고 모기떼는 방금 전에 온 지구를 물려
받은 듯이 윙윙거리고 있지만, 이 두 인간은 값비싼 정장 차림인
데다가 경호원 바르바로는 보라색 애스컷 타이까지 하고 있다.
언젠가 군인 하나가 그의 목을 톱으로 따버리려 한 적이 있어서
지금은 흉터를 가리고 다닌다고. 난 겸손한 사람이거든, 그의 말
이다.

나는 방에 전화를 해보려고 잠시 자리를 비운다. 마그다 없음.
안내 데스크에 확인해본다. 메시지도 없음. 나는 바 자리로 돌아
와 씩 웃는다.

부사장은 삼십대 끝자락의 젊은 형님이고 추파바리오*치고는
꽤 쿨하다. 다른 여자를 찾아보라고 내게 조언한다. 베야(예쁜
여자)에다가 네그라(흑인 여자)로다가. 딱 카산드라네, 나는 생
각한다.

부사장이 손만 까딱하면 바르셀로** 잔을 얼마나 빨리 대령들
하는지, SF인 줄 알았다.

시들한 연애에 다시 시동을 거는 데는 질투심이 최고지, 부사
장의 말이다. 시러큐스에서 학교 다닐 때 배웠다니까. 다른 여자

---

* 정치 건달. 정계에 발을 담그고 있는 부패하고 권력을 남용하는 인물.
** 럼주 브랜드.

하고 춤을 춰봐, 그 여자하고 메렝게를 춰봐, 그럼 네 혜바(여인)가 당장 행동에 나설걸.

폭행에 나서겠죠.

여자가 자넬 때려?

말 꺼내기 무섭게 귀싸대기를 냅다 갈기던데요.

근데 에르마노(형제), 대체 왜 얘기했대? 바르바로가 궁금해한다. 그냥 잡아떼지 그랬어?

콤파드레(형님)*, 그녀가 편지를 받았어요. 편지에 증거가 담겨 있었다니까요.

부사장이 빙그레 웃는데 끝내준다. 왜 부사장인지 알겠다. 나중에 집으로 돌아가 어머니에게 자초지종을 이야기하면, 우리 어머니는 이 형님이 무슨 바이스프레지던트였는지 말해주겠지.

여자들이 때릴 땐 말이지, 그가 말한다. 아직 마음이 있다는 거야.

아멘, 바르바로가 꿍얼거린다. 아멘.

마그다의 친구들은 죄다 내가 도미니카 놈이어서 바람을 피운

---

* 본래 천주교의 '대부'라는 뜻으로 쓰였으나 현대에는 상대를 친근하게 부르는 표현.

거라고, 도미니카 사내들은 하나같이 개 같아서 믿을 수 없다고 말한다. 내가 모든 도미니카 남자를 대변할 수 있는지 의구심이 들지만 그건 개들도 마찬가지다. 내가 보기에 그건 유전자 문제가 아니다. 이유가 있었다. 인과관계가.

사실 난기류에 흔들리지 않는 남녀관계란 세상에 없다. 나의, 그리고 마그다의 남녀관계는 분명 그랬다.

나는 브루클린에 살고 있었고 그녀는 가족과 함께 뉴저지에 살았다. 우리는 매일 전화 통화를 하고 주말이면 만났다. 대개는 내가 갔다. 우리는 진짜 뉴저지 스타일이기도 했다. 쇼핑몰, 부모, 영화, 주구장창 티브이. 일 년을 함께한 우리의 현주소가 이거다. 우리의 연애는 해와 달과 별들처럼 아름답기만 한 건 아니었지만 허깨비도 아니었다. 특히 내 아파트에서 보내는 토요일 아침에는 더더욱. 그녀는 같이 마실 커피를 양말 같은 데다가 걸러서 캄포 스타일로 만들어오곤 했다. 부모한테는 클라리벨네 집에서 자고 온다고 말했을 것이다. 부모들은 마그다가 어디에 있는지 필시 알았을 테지만 잔소리를 한 적은 한번도 없었다. 나는 늦잠을 자고 그녀는 활 모양으로 천천히 내 등을 긁어주면서 책을 읽었다. 일어날 준비가 된 다음에는 마그다가 자지러질 때까지 키스를 했다. 아이, 유니오르, 다 젖게 만들고 있어.

나는 불행하지 않았고 다른 깜씨들처럼 아랫도리를 적극적으로 쫓아다니지도 않았다. 물론 다른 암컷들을 힐끔거리기도 하고, 나가면 같이 춤도 추고 했지만 전화번호를 저장해둔다거나 그런 짓은 안 했다.

적어도 누군가를 일주일에 한 번 만나는 것만으로 꼴리는 걸 식히지 못한다거나 그런 건 아니었다. 실제로 식었으니까. 커다란 엉덩이와 영리한 입놀림의 새 여자가 일터에 나타나기 전까지는, 그리고 거의 나타나자마자 내게 들이대기 전까지는 사실 별로 의식하지 못했다. 그녀는 내 가슴 근육을 쓰다듬으며 요즘 데이트하는 모레노가 자기를 함부로 대한다며 칭얼댔다. 흑인 남자들은 스패니시 여자들을 이해 못해.

카산드라. 그녀는 풋볼 경기 내기를 주도했고 전화 통화를 하는 동시에 낱말 퍼즐을 맞추었고 청치마를 즐겨 입었다. 우리는 습관처럼 점심을 먹으러 가서 똑같은 대화를 나누게 되었다. 나는 모레노를 차버리라고 조언했고, 그녀는 내게 같이 잘 수 있는 여자를 찾아보라고 조언했다. 그녀를 알게 된 첫 주에 나는 그녀에게 마그다와의 섹스가 에이급은 아니라고 말하는 실수를 저질렀다.

그것 참, 안됐다. 카산드라가 말했다. 루퍼트는 적어도 물건은 에이급이거든.

카산드라와 처음으로 했던 밤―물론 섹스는 좋았다. 과장 광고는 아니었다—하지만 기분이 너무 더러워서 잠을 잘 수가 없었다. 내가 품기 딱 좋은 사이즈의 라티나였는데도. 왠지 마그다가 다 알고 있을 것 같은 느낌이 들었고, 그래서 침대에서 바로 마그다에게 전화를 걸어 기분이 어떤지 물었다.

너 좀 이상해, 마그다가 말했다.

카산드라가 아랫도리의 뜨거운 틈새를 내 다리에 대고 누를 때 내가 말했던 기억이 난다. 그냥 네가 보고 싶어서.

여전히 완벽한 카리브 해의 햇살이 비치는 날이었지만 마그다는 한다는 말이 고작 로션 좀 줘, 뿐이다. 밤에는 리조트에서 파티가 열릴 예정이다. 투숙객이 모두 초대되었다. 반정장을 해야 하는데 나는 옷도 없고 잘 차려입을 기운도 없다. 마그다는 둘 다 갖췄다. 아주 꽉 끼는 금빛 라메* 팬츠와 그에 어울리는 홀터 넥을 입고 배꼽의 링을 드러내고 있다. 머리칼은 밤처럼 짙다. 내가 처음 그 곱슬머리에 키스하고 그녀에게 물었던 기억이 난다. 별들은 어디 있지? 그러자 그녀는 대답했다, 좀더 밑에 있지, 파피.

결국 우리는 둘 다 거울 앞에 선다. 나는 슬랙스에 구겨진 차카

---

* 금은사로 된 직물.

바나(남방) 차림이다. 그녀는 립스틱을 바르고 있다. 빨강은 우주가 라티나들만을 위해 만들어낸 색깔이라고 나는 늘 생각했다.

우리 근사해 보이는데, 그녀가 말한다.

사실이다. 다시 낙관주의가 찾아오기 시작한다. 나는 생각한다, 오늘이 화해의 밤이야. 내가 끌어안자 마그다는 씨바, 눈도 깜짝하지 않고 폭탄을 투하한다. 오늘밤 혼자만의 시간이 필요하다는 거다.

내 두 팔이 툭 떨어진다.

네가 화낼 줄 알았어, 그녀의 말이다.

너 진짜 나쁜 년이야, 알지?

난 여기 오고 싶지 않았어. 네가 오게 했잖아.

씨바, 오기 싫었으면 그렇다고 왜 진작 말 안 했어?

그렇게 계속 티격태격한다. 내가 결국 좆같다, 한마디 던지고 나가버릴 때까지. 나는 닻 풀린 배처럼 망연히 앞으로 뭐가 어찌될지 아무 생각이 없다. 이건 마지막 게임이고, 온갖 노력을 다하는 대신, 퐁간도메 마스 치보 케 운 치보(염소보다 더 영리하게 구는) 대신 나는 나 자신이 안쓰럽다. 코모 운 파리과요 신 수에르테(여자 운 더럽게 없는 등신처럼). 나는 거듭 생각한다. 난 나쁜 놈이 아냐, 나쁜 놈이 아니라구.

클럽 카시케는 만원이다. 나는 그 루시라는 여자를 찾아본다.

그녀는 찾지 못하고 대신 부사장과 바르바로를 발견한다. 바의 조용한 한쪽 끝에서 그들은 코냑을 마시며 메이저리그에 도미니카 사람이 쉰여섯인지 쉰일곱인지를 놓고 언쟁하고 있다. 내가 앉도록 자리를 내주며 어깨를 토닥인다.

여기 있자니 죽겠네요. 내가 말한다.

아주 드라마틱하군. 부사장이 열쇠를 찾으려고 자기 양복에 손을 뻗는다. 그는 끈을 꼬아 만든 슬리퍼처럼 보이는 이탈리아제 가죽 구두를 신고 있다. 우리랑 드라이브 가겠나?

그러죠 뭐, 내가 말한다. 씨바, 못할 게 뭐 있어요?

우리나라의 탄생지를 보여주지.

떠나기 전에 나는 군중을 훑어본다. 루시가 보였다. 죽여주는 검정 드레스 차림으로 바 한쪽 끝에 혼자 있다. 신이 나서 생긋 웃으며 한 팔을 들어올리는데 겨드랑이에 까슬하게 가뭇한 지점이 보인다. 옷에는 땀자국이 배었고 예쁜 팔에는 모기 물린 자국이 있다. 여기 남아야 한다는 생각이 들었지만 내 두 다리가 어느새 클럽 밖으로 나를 이끈다.

우리는 외교관들이 타는 검정색 BMW에 오른다. 나는 바르바로와 같이 뒷좌석에 타고 부사장이 앞좌석에서 운전을 한다. 카사 데 캄포와 라 로마나의 번잡함이 멀어지고 곧 온 천지에 가공된 사탕수수 냄새가 진동하기 시작한다. 도로는 어둡고─빛이라곤 좆도 없는 그런 어둠 말이다―전조등 불빛에는 성경에 나오는 역병처럼 벌레들이 득실거린다. 우리는 코냑을 돌린다. 부사장님하고 같이 있는데 씨바, 뭐 어떨라구.

부사장이 계속해서 주절거리면―뉴욕 북부에 살던 당시의 이야기다―바르바로도 마찬가지로 웅얼거린다. 경호원 복장은 구겨져 있고 담배를 피우는 손이 덜덜 떨린다. 망할, 무슨 경호원이 저래. 그는 아이티 국경 근처 산후안에 살던 어린 시절에 대해 이야기한다. 리보리오*의 고장이다. 나는 엔지니어가 되고 싶었어, 그가 내게 말한다. 푸에블로(국민)를 위해서 학교랑 병원을 짓고 싶었다구. 나는 그의 말을 귀담아듣지 않는다. 나는 마그다에 대해 생각하고 있다. 나는 다시는 그녀의 초차**를 맛보지 못하겠구나.

덤불과 기네오***와 대나무를 헤치면서 언덕길을 올라가 차에서 내리자 마치 특식을 기다렸다는 듯 모기떼가 우리를 물어뜯는다. 바르바로는 단번에 어둠을 물리치는 커다란 손전등을 찾아 들고 있다. 부사장은 욕을 해가며 덤불을 헤치고 밟고 나아가면

---

* 미국의 침공 당시 산후안 부근에 살던 농민으로, 미국에 의해 살해된 뒤 부활했다고 알려져 많은 농민들이 재림 예수로 믿었던 인물.

** 여성의 성기를 일컫는 속어.

*** 조리해 먹는 플라타노와 구분하여 바나나를 일컫는 말.

서 말한다. 여기 어디쯤인데. 사무실에만 있다보면 이렇게 되는 거야. 그제야 나는 바르바로가 거대한 기관총을 들고 있고 그의 손이 더는 떨리지 않는다는 걸 알아챈다. 그는 나나 부사장을 지켜보고 있지 않다—그는 귀를 기울이고 있다. 나는 겁이 나지는 않지만 이 상황이 너무 기괴하게 느껴지기 시작했다.

그게 무슨 총이에요? 내가 묻는다. 대화라도 해보려고.

P-90이지.

씨바, 그게 대체 뭔데요?

옛것을 새로이 만든 거랄까.

얼씨구, 나는 생각한다. 철학자 나셨네.

여기다, 부사장이 외친다.

기듯이 건너가보니 그는 땅에 난 구멍 위쪽에 서 있다. 땅이 붉다. 보크사이트다. 그리고 구멍은 우리 중 누구보다도 더 검다.

여기가 하과의 동굴*이야, 부사장이 존경어린 깊은 목소리로 발표한다. 타이노족의 탄생지.

나는 눈썹을 일그러뜨린다. 타이노는 남미 출신인 줄 알았는데요.

신화 얘길 하는 거지.

---

* 타이노족 원주민들이 종교의식을 행했던 동굴.

바르바로가 구멍 속으로 불빛을 비추지만 아무것도 보이지 않는다.

　안을 들여다보겠어? 부사장이 묻는다.

　내가 그러겠다고 한 모양이다. 바르바로가 내게 전등을 주고 두 사내가 내 발목을 붙잡고 구멍 속으로 나를 내려준다. 주머니 속에서 동전이 죄다 빠져 날아간다. 벤디시오네스(하느님의 축복을). 보이는 게 별로 없다. 침식된 벽면에 이상한 색깔들, 그러자 부사장이 아래를 향해 외친다. 아름답지 않나?

　이곳은 통찰을 얻기에, 한 인간이 더 나은 사람이 되기에 완벽한 곳이다. 바이스프레지던트는 어린 시절에 아마도 이 어둠 속에서 미래의 자신이 매달려 있는 모습을, 불도저로 가난한 이들을 오두막에서 몰아내는 자신을 보았을 것이다. 또한 바르바로 역시—어머니에게 콘크리트 집을 사주고 에어컨 작동법을 알려주는 모습을—보았겠지만 나는, 내가 볼 수 있었던 것은 나와 마그다가 처음 이야기를 나누던 추억뿐이다. 러트거스에 다닐 때였다. 우리는 조지 스트리트에서 E 버스를 함께 기다렸고, 그녀는 보라색을 입었다. 온갖 종류의 보랏빛을.

　그때 나는 끝났다는 걸 알았다. 처음에 대해 생각하기 시작하면 그때가 바로 끝이다.

　나는 운다. 그리고 그들이 나를 끌어올렸을 때 부사장은 화가 난 듯 말한다. 망할, 그렇다고 계집애처럼 굴 건 없잖아.

    그건 부두교의 강력한 주술이었던 게 틀림없다. 내가 동굴 안에서 보았던 결말은 현실이 되었다. 우리는 다음날 미국으로 돌아왔다. 다섯 달 뒤 나는 전 여자친구에게서 편지를 받았다. 나는 새로운 사람을 만나고 있었지만 마그다의 손 글씨는 여전히 내 폐 속의 공기 분자를 모조리 폭발시켰다.

    그녀도 다른 사람을 만나고 있었다. 아주 좋은 남자를 만났다고 했다. 나처럼 도미니카 사람이다. 그 사람은 날 사랑한다는 점이 다를 뿐이지, 마그다는 그렇게 썼다.

    아, 내가 너무 앞서가고 있다. 내가 얼마나 바보였는지 보여주는 걸로 마쳐야 하는데.

    그날 밤 방갈로로 돌아왔을 때 마그다는 나를 기다리고 있었다. 짐을 다 쌌고, 엉엉 운 모양이었다.

    난 내일 집에 갈 거야, 그녀가 말했다.

    나는 그녀 곁에 앉았다. 그녀의 손을 잡았다. 우린 잘할 수 있어, 나는 말했다. 해보기만 하면 돼.

NILDA 닐다

닐다는 우리 형 라파의 여친이었다.

이야기는 이렇게 시작된 거였다.

그녀는 여기 미국에서 태어난 도미니카 사람으로, 오순절교 여자들처럼 머리가 엄청 길고, 믿기 힘들 만큼—가히 세계 챔피언급으로—가슴이 컸다. 어머니가 자리에 들고 나면 라파는 닐다를 지하에 있는 우리 방에 몰래 데리고 들어와 무슨 곡이든 그 순간 라디오에서 나오는 음악에 맞춰 그녀와 뒹굴었다. 둘이 나를 방에서 쫓아낼 순 없었다. 내가 위층 소파에 있는 기척을 어머니가 듣기라도 한다면 우리 모두 개작살이 났을 테니까. 그렇다고 내가 밖으로 나가 나무 덤불에서 밤을 지새울 생각은 없었으니 그 수밖엔 없었다.

라파는 가끔 숨소리 비슷하게 낮은 소리만 낼 뿐 소리를 거의 내지 않았다. 문제는 닐다였다. 그녀는 내내 울음을 참는 듯한 소리를 흘렸다. 그 소리를 듣고 있자면 미칠 노릇이었다. 내가 자라면서 봐온 닐다는 그 누구보다 조용한 여자애였다. 긴 머리카락에 얼굴을 묻고는 『더 뉴 뮤턴츠』*를 읽던, 정면을 응시할 때라고는 창밖을 내다볼 때뿐이던.

하지만 그건 어디까지나 그 가슴이 생기기 전이자 그 검은 머리칼이 버스에서 잡아당기는 무언가가 아니라 어둠 속에서 쓰다듬는 대상으로 변모하기 전의 일이었다. 새로운 닐다는 딱 붙는 바지에 아이언 메이든** 티셔츠를 입었다. 그리고 엄마 집에서 가출해 결국 그룹홈***으로 들어갔다. 토뇨, 네스토르, 파크우드의 리틀 앤서니 등 영감탱이들과 이미 같이 잔 사이였다. 동네에서 소문난 보라차(술주정뱅이)인 자기 엄마를 싫어해 우리집에서 자고 갈 때가 많았는데, 아침이면 우리 어머니가 깨서 발견하기 전에 일찌감치 빠져나갔다. 버스정류장에서는 인간들이 나타나길 기다렸다가 자기 집에서 나온 척했다. 전날 입었던 똑같은 옷에 기름 낀 머리를 보고 다들 그녀를 걸레라고 생각했다. 우리 형을

---

* 십대의 슈퍼 영웅들이 등장하는 마블 코믹스의 만화.

** 영국의 유명 헤비메탈 밴드.

*** 쉼터와 유사한 지역사회 공동거주 형태의 집.

기다릴 때는 아무한테도 말을 걸지 않았고 아무도 그녀에게 말을 걸지 않았다. 섣불리 말을 섞었다간 멍청한 이야기의 소용돌이에 휘말리기 십상이어서 말을 건네기가 꺼려지는 부류의, 좀 덜 떨어지고 말수가 적은 여자였던 것이다. 라파가 학교에 안 가겠다고 마음먹은 날이면 닐다는 우리 어머니가 일하러 나갈 때까지 우리 아파트 근처에서 기다렸다. 라파는 곧바로 닐다를 안으로 들이기도 했지만 가끔은 늦게까지 자는 바람에 닐다는 길 건너에서 조약돌로 글자를 만들면서 기다려야 했다. 형이 거실에서 어슬렁거리며 돌아다니는 꼴이 눈에 띌 때까지.

닐다는 멍청해 보이는 커다란 입술에 슬픈 달덩이 얼굴, 너무나 건조한 피부의 소유자였다. 허구한 날 살갗에 로션을 문질러대면서 그런 피부를 물려준 모레노 아버지를 욕했다.

닐다는 언제고 우리 형을 기다리는 것처럼 보였다. 밤이면 노크를 했고, 그러면 내가 안으로 들였고, 우리는 라파가 카펫 공장에서 일하거나 헬스클럽에서 운동하느라 집을 비운 동안 같이 소파에 앉아 있곤 했다. 내가 최신작 만화책을 보여주면 닐다는 얼굴을 푹 파묻고 읽었지만 라파가 나타나면 곧바로 내 무릎에 책을 던지고는 형의 품에 안겼다. 보고 싶었어, 닐다가 여자애 같은 목소리로 말하면 라파는 낄낄 웃었다. 그때의 라파를 한번 봤어야 하는 건데. 얼굴 골격이 성자 같았다. 그러다가 마미의 방문이 열리면 라파는 몸을 휙 떼어내고 카우보이처럼 느긋한 걸음으로 마미한테 다가가 말했다. 비에하(할망구)*, 나 먹을 거 뭐 있어? 클라로 케 시(그럼 있지), 마미는 안경을 걸치며 말했다.

라파는 잘생긴 깜둥이만이 할 수 있는 방식으로 우리 모두를 휘어잡았다.

한번은 라파가 일이 늦게 끝나 우리 둘이 아파트에 오랫동안 같이 있게 되어 닐다에게 그룹홈에 대해 물었다. 학년말이 삼 주밖에 남지 않아 다들 아무것도 안 하는 단계에 들어간 때였다. 나는 열네 살이었고 『달그렌』**을 두번째 읽던 중이었다. 나는 아이큐로 말할 것 같으면 누구라도 두 동강을 내놓을 정도였지만, 반쯤이라도 멀쩡한 얼굴하고 맞바꿀 수만 있다면 아이큐쯤이야 당장이라도 포기할 수 있었다.

거기 꽤 괜찮았어. 닐다는 가슴에 바람이 통하도록 홀터넥을 잡아당기며 말했다. 음식은 꽝이었지만 귀여운 남자들이 꽤 많이 같이 지냈어. 다들 나를 원했지.

그녀는 손톱을 물어뜯기 시작했다. 내가 나온 뒤에도 거기서 일하던 남자들이 나한테 전화를 했지, 그녀가 말했다.

---

* '나이든'의 뜻이나, 아내나 어머니를 친근하게 부르는 표현이기도 하다.
** 사무엘 R. 델라니의 유명한 SF 소설.

라파가 닐다를 잡은 유일한 이유는 마지막 풀타임 여친—두 글라* 여자였는데 눈썹이 한쪽뿐이고 피부가 죽여줬다—이 기아나로 돌아갔고 마침 닐다가 들이댔기 때문이었다. 닐다는 그룹홈에서 돌아온 지 두어 달밖에 안 됐지만 이미 쿠에로(걸레)로 소문나 있었다. 근방의 도미니카 여자애들은 죄다 모종의 심각한 출입 감시하에 놓여 있었다—버스나 학교, 간혹 패스마크**에서는 마주쳤지만, 동네에 어떤 종류의 티게레들이 어슬렁거리는지 대부분의 가정에서 정확히 알고 있었기 때문에 바깥을 마음대로 돌아다니기가 어려웠다. 닐다는 달랐다. 그녀는 당시에 우리가 브라운 트래시***라고 부르던 그런 여자였다. 닐다의 엄마는 성질머리 고약한 술꾼이었고, 백인 남자친구들과 같이 사우스 앰보이 주변을 늘 돌아다녔다—그건 닐다도 놀아도 좋다는 뜻이었고, 웬걸, 닐다는 겁나 놀다 못해 영영 놀아났다. 날이면 날마다 싸돌아다녔고, 자동차들이 항상 닐다 곁에 멈춰 섰다. 그룹홈에서 돌아온 걸 내가 미처 알아차리기도 전에 닐다는 구석

* 주로 서인도제도에서 아프리카와 인도계의 혼혈을 일컬을 때 쓰이는 말.
** 대형 슈퍼마켓 체인.
*** '백인 쓰레기'를 가리키는 'white trash'에 견주어 비슷한 종류의 다갈색 피부의 인종(특히 히스패닉)을 가리키는 말.

진 아파트에 사는 깜둥이 영감탱이에게 낚였다. 영감탱이는 거의 넉 달 동안 닐다를 지 조탱이에다가 끼고 살았는데, 나는 신문 배달을 나갔다가 둘이서 그 새끼의 녹슨 선버드를 타고 돌아다니는 꼴을 보곤 했다. 거의 삼백 살쯤 처먹은 개자식이었지만 꼴에 자동차가 있고, 수집하는 레코드판에 베트남 시절 사진 앨범 나부랭이도 있고, 원래 입던 낡은 옷 쪼가리 대신 새 옷을 사준다고 닐다는 그 새끼라면 아주 설설 기었다.

나는 그 깜둥이라면 아주 열렬히 증오했지만 남자에 관한 한 닐다에게는 말을 붙일 수가 없었다. 나는 닐다에게 묻곤 했다. 영감탱이하곤 어때? 그러면 닐다는 단단히 화가 나서 며칠이고 내게 말을 하지 않다가 쪽지를 보냈다. 내 남자를 존중해주기 바람. 그러시든가, 내 답장이었다. 그러다가 이 노친네가 어딘가로 토껴버렸는데, 어디로 갔는지는 아무도 몰랐다. 우리 동네에서는 흔한 시나리오였다. 닐다는 두어 달 동안 파크우드에 사는 인간들 사이를 전전했다. 만화책 요일인 목요일이면 어떤 책을 구했는지 보려고 들러서는 자신이 얼마나 불행한지 내게 토로하곤 했다. 어두워질 때까지 앉아 있다보면 호출기에 불이 났고, 그러면 닐다는 액정 화면을 힐끔 보고는 말했다. 나, 가봐야 해. 이따금 나는 닐다를 붙잡아 다시 소파에 앉혔고, 우리는 오랫동안 그렇게 있었다. 나는 그녀가 나와 사랑에 빠지길 기다리며, 그녀는 뭐가 됐든 아무거나 기다리며. 하지만 그녀가 진지할 때도 있었다. 내 남자를 만나러 가야 해, 그녀의 말이었다.

그러던 만화책 요일 중 어느 날 그녀가 마주친 것은 5마일 장거리 달리기를 하고 온 형이었다. 라파는 당시 아직 권투를 하고 있었고 체격이 끝내주게 날렵했다. 흉근과 복근이 빨래판처럼 하도 도드라져서 꼭 프라제타*의 만화 캐릭터 같았다. 닐다는 말도 안 되는 짧은 반바지에 재채기 한 번이면 날아갈 것 같은 탱크톱을 입고 있었고 옷 사이로 얇은 뱃살이 조금 드러나 보였다. 라파는 그녀의 존재를 알아보고 씩 웃어 보였는데 닐다는 진짜로 심각해지면서 안절부절못했고, 라파가 아이스티나 한잔 만들어달라고 하자 그녀는 네가 직접 만들라고 대꾸했다. 니가 손님이잖아, 씨바, 밥값은 해얄 거 아냐, 라파가 받아쳤다. 라파가 샤워하러 들어가면 닐다는 바로 부엌으로 달려가 아이스티를 젓고 앉았는 거다. 내가 냅두라고 했지만 그녀는 별거 아니어서 그냥 하는 거라고 말했다. 우리는 아이스티를 남김없이 마셔버렸다.

나는 닐다에게 경고하고 싶었다, 저 인간 나쁜 새끼라고. 하지만 그녀는 이미 라파를 향해 빛의 속도로 다가가고 있었다.

---

* 판타지, SF 등 여러 장르의 만화와 단행본 표지 등을 그린 아티스트. 사실적인 근육질 인물을 많이 그렸다.

다음날 라파는 자동차가 고장나서—이런 우연의 일치가 있나—버스를 타고 학교에 가게 됐고, 우리가 앉은 자리를 지나가면서 닐다의 손을 잡아 일으켜세웠다. 그러자 그녀가 말했다, 놔. 두 눈은 바닥만 말끄러미 바라본 채. 보여줄 게 있어서 그래, 그가 말했다. 닐다는 팔을 잡아뺐지만 나머지 몸은 따라갈 준비가 돼 있었다. 어서, 라파가 말하자 그녀는 결국 따라갔다. 내 자리 맡아놔, 그녀가 어깨너머로 말했고 나는 그냥, 걱정 마, 하고 대답했다. 516번 도로를 타기도 전에 닐다는 형의 무릎에 올라앉았고 그 인간은 닐다의 치마 안쪽으로 어찌나 깊숙이 손을 집어넣었던지 꼭 무슨 수술이라도 하는 것 같았다. 버스에서 내릴 때 라파는 나를 곁으로 끌더니 내 코앞에다가 제 손을 갖다댔다. 맡아봐. 여자들은 이래서 문제야.

그날 하루는 종일 닐다 근처에도 갈 수가 없었다. 그녀는 머리를 뒤로 묶고 승리감에 도취되어 있었다. 백인 여자애들도 과도한 근육질에 곧 졸업반이 될 우리 형에 대해 알고 있었기 때문에 놀라워했다. 닐다가 점심 테이블의 반대쪽 끝에 앉아 다른 여자애들에게 뭐라고 속삭이는 동안 나랑 내 친구놈들은 더럽게 맛없는 샌드위치를 먹으면서 엑스맨—이건 엑스맨이 아직 어느 정도 말이 되던 시절 얘기다—에 대해 얘기했고, 우리는 인정하고 싶지 않았지만 이제 진실은 명백하고도 끔찍했다. 진짜 얼빠진 계집애들은 나방이 불빛에 달려들듯 고등학교로 몰려가버렸고, 이 마당에 아직 고딩도 안 된 우리 애송이들이 할 수 있는 일은 없다는 게 진실이었다. 내 친구놈 호세 네그론—일명 조 블랙—은 닐다의 이탈에 가장 큰 타격을 입었다. 닐다하고 가능성이 있다고 진짜로 상상했던 것이다. 놈은 닐다가 그룹홈에서 돌아오자마자 버스에서 닐다의 손을 잡은 적이 있었고, 닐다가 다른 남자들한테 간 뒤에도 그 일을 한번도 잊은 적이 없었다.

사흘 뒤 닐다와 라파가 함께 뒹굴 때 나도 지하실에 있었다. 그 첫날밤에는 둘 다 아무 소리도 내지 않았다.

둘은 그 여름 내내 데이트를 했다. 누구도 거창한 일을 한 기억은 없다. 나와 내 한심한 친구놈들은 모건 크리크로 하이킹을 가서 침출수 냄새가 나는 물에서 수영을 했다. 우리가 술에 한창 맛을 들이던 해였고, 조 블랙이 제 아버지가 숨겨둔 술을 몇 병 갖고 와 우리는 아파트 뒤쪽 그네에서 마지막 방울까지 술을 빨았다. 더위 때문에, 그리고 내 가슴에 꽉 찬 감정 때문에 나는 집 구석에서 형과 닐다와 가만히 앉아 있을 때가 많았다. 라파는 늘 피곤하고 창백했다. 며칠 만에 그렇게 되었다. 나는 말하곤 했다. 이거 보게, 백인 소년이잖아, 그러면 라파가 맞받아쳤다. 이거 보게, 못생긴 깜둥이. 라파는 그다지 하고 싶어하는 게 없었고 차까지 결국 고장나버려서 우리는 에어컨이 나오는 아파트에 나란히 앉아 티브이만 봤다. 졸업반이었지만 라파는 이미 학교로 돌아가지 않기로 결정했고, 어머니는 속상한 나머지 매일 다섯 번씩 형한테 죄책감을 들씌우려 했지만 라파가 하는 말은 새로울 게 없었다. 라파한테 학교는 영 적성에 맞지 않았고, 아버지가 스물다섯 살 먹은 여자 때문에 우릴 버린 뒤로 라파는 더이상 아닌 척할 필요도 없다고 생각했다. 씨바, 긴 여행을 갔으면 좋겠어, 그가 우리에게 말했다. 바닷속에 가라앉기 전에 캘리포니아도 보고 말야. 캘리포니아, 내가 말했다. 캘리포니아, 형이 말했다. 깜둥이도 거기선 잘될 수 있어. 나도 거기 가고 싶어, 닐다가 말했지만 라파는 대답하지 않았다. 형은 눈을 감은 채였고 아파하고 있는 게 보였다.

우리는 아버지에 대해 거의 이야기하지 않았다. 나는 더이상 엉덩이를 걷어차이지 않아도 돼서 좋았지만, '마지막 장기 출타'가 시작될 무렵 한번은 형에게 아버지가 어디 있다고 생각하느냐고 물었고 형은 이렇게 말했다. 씨바, 누가 상관이나 한대냐.

대화 끝. 계속되는 세상.

깜둥이들이 심심해서 정신줄을 놓을 지경인 날이면 우리는 떼거리로 수영장까지 내려가 공짜로 들어갔다. 라파가 안전요원 하나하고 친구였기 때문이다. 나는 헤엄을 쳤고, 닐다는 비키니 차림이 얼마나 짱짱한지 뽐내는 임무에 착수하여 수영장을 어슬렁거리고 다녔는데, 라파는 차양 아래서 그 모습을 감상했다. 이따금 라파는 날 불렀고 그러면 우리는 잠시 같이 앉아 있었다. 라파가 눈을 감으면 나는 내 잿빛 다리에서 물기가 증발하는 모습을 지켜보았고 그러면 형은 나더러 다시 풀로 들어가라고 했다. 닐다가 활보를 마치고 쉬고 있는 라파 곁에 다가와 무릎을 꿇고 앉으면, 그 인간은 닐다에게 진짜로 한참 동안 입을 맞추면서 두 손으로는 그녀의 등을 위아래로 쓰다듬었다. 그 두 손은 세상에 열다섯 살짜리 몸짱 소녀만한 건 없지, 라고 말하는 것 같았다, 적어도 내게는.

조 블랙은 항상 두 사람을 지켜보고 있었다. 우아, 저렇게 죽이는 몸매라면 똥꼬라도 빨겠는데, 그리고 너네 깜둥이들한테 다 얘기해주고 말야, 조가 웅얼거렸다.

라파가 어떤 인간인지 몰랐다면 나 역시 그 두 사람이 귀여운 커플이라고 생각했을지도 모르겠다. 그 인간이 닐다하고 에나모라오(사랑에 빠진)인 것처럼 보여도 제 궤도 안에 여자애들을 한둘 끼고 사는 게 아니었다. 세이어빌의 백인 쓰레기 계집애도 그렇고, 역시 집에서 자고 가는, 그 짓을 할 때면 화물 기차 소리를 내던 니우 암스테르담 빌리지 출신의 모레나도 있었고. 그 여자 이름은 기억나지 않지만 파마한 머리칼이 꼬마전등 불빛에 반짝이던 건 기억난다.

라파는 팔월에 카펫 공장 일을 그만두었다—씨팔, 너무 피곤해, 형은 불평했고 아침에 다리뼈가 너무 쑤셔서 침대에서 바로 빠져나오지 못하는 날도 많았다. 고대 로마인들은 쇠 곤봉으로 여기를 산산조각 냈다던데, 내가 정강이를 주물러주면서 말했다. 아파서 당장에 죽을걸. 좋네, 그가 말했다. 왜, 개새야, 이왕이면 좀더 위로 해주지. 어느 날 마미가 형을 병원에 데려가 검진을 받게 했고 돌아와서는 둘이 아무 일 없었던 듯이 외출복 차림으로 소파에 앉아 티브이를 보고 있었다. 둘은 손을 잡고 있었는데 형 옆에 앉은 마미가 유독 조그매 보였다.

뭐래?

라파는 어깨를 으쓱했다. 의사가 나보고 빈혈이래.

빈혈이면 나쁜 건 아니네.

내 말이, 라파가 씁쓸히 웃으며 말했다. 메디케이드* 만세.

티브이 불빛에 비친 안색은 끔찍했다.

그해 여름은 우리가 어떤 인물로 거듭날지 아직 알 수 없던 시기였다. 여자애들이 나를 눈여겨보기 시작했다. 나는 잘생기진

---

* 저소득층을 위한 미국의 건강보험 제도.

않았지만 남의 말에 귀를 기울였고 팔에는 권투로 생긴 근육이 있었다. 다른 우주였다면 나도 괜찮았을지 모른다. 내게 푹 빠진 노비아(여자친구)도 많고 일자리를 골라가며 사랑의 바다에서 허우적댔을 테지만, 이생에서는 암으로 죽어가는 형과 기나긴 검은 얼음장처럼 길고 어두운 인생 한 조각이 내 앞에 기다리고 있었다.

개학을 이 주 앞둔 어느 밤—두 사람은 분명 내가 잠들었다고 생각했을 거다—닐다가 미래에 대한 자기 계획을 라파에게 말하기 시작했다. 앞으로 무슨 일이 일어날지 닐다도 알고 있었던 모양이다. 자기 모습을 상상하는 그녀에게 귀를 기울이는 건 세상에서 가장 슬픈 일이었다. 그녀는 엄마한테서 달아나 가출한 아이들을 위한 그룹홈을 열고 싶어했다. 말하자면 여기는 아주 쿨한 데가 될 거야. 그저 문제가 좀 있는 평범한 애들을 위한 곳이거든. 계속해서 이야기를 이어간 걸 보면 그녀는 정말로 라파를 사랑했던 거다. 수많은 사람들이 완벽한 몰입에 대해 말하지만 그날 밤 나는 진짜배기를 들었다. 끊어지지 않는, 힘겹게 이어지면서도 동시에 앞뒤가 맞아들었던. 라파는 말이 없었다. 그녀의 머리를 어루만지고 있었는지도 모르지만 어쩌면 조까, 뭐 이런 거였는지도 모른다. 닐다가 이야기를 마쳤을 때 그 인간은 와 하는 한마디조차 하지 않았다. 내가 다 쪽팔려서 죽을 것 같았다. 반시간쯤 지나서 그녀는 일어나 옷을 입었다. 나를 볼 수도 없었고, 내가 자기를 예쁘다고 생각한다는 것도 알 리 없었다. 그녀는 매끄러운 동작으로 한번에 다리를 바지에 꿰고는 쑥 끌어올린 다음 배를 집어넣고 단추를 채웠다. 나중에 보자, 그녀가 말했다.

어, 라파가 대꾸했다.

닐다가 나간 다음 라파는 라디오를 켜고 펀치백을 치기 시작했다. 나는 자는 척을 그만두고 일어나 앉아 형을 지켜봤다.

싸우거나 그런 거야?

아니.

근데 왜 갔대?

라파가 내 침대에 앉았다. 그의 가슴에서 땀이 났다. 가야 하니까.

그럼 걔는 어디서 자라는 거야?

몰라. 형이 제 손을 내 얼굴에 가만히 갖다 댄다. 네 일이나 신경 쓰지?

일주일 뒤 라파는 다른 여자를 만났다. 트리니다드 출신 코코아 파뇰*이었는데, 딱 들어도 짝퉁 티가 나는 영국식 악센트로 말

---

* 트리니다드 이 토바고의 민족 집단.

했다. 당시엔 다들 그랬다. 아무도 깜둥이이고 싶어하지 않았다. 어떤 이유로도.

이 년쯤 지났을 때였다. 형은 이미 가고 없었고 나는 미친놈이 되어가는 중이었다. 학교는 대부분 빼먹었고 친구도 없었고, 집 안에 틀어박혀 유니비전* 따위를 보거나 하치장으로 가서 팔아야 할 모타(먼지)**를 앞이 안 보일 만큼 피웠다. 닐다도 잘 지내지 못했다. 하지만 닐다에게 일어난 많은 일들은 나나 우리 형과는 관계가 없었다. 그녀는 두어 번 더 사랑에 빠졌고, 어느 모레노 트럭 운전사한테 홀딱 빠졌는데 그 인간은 매널라펜***으로 닐다를 데려갔다가 여름 끝 무렵에 차버렸다. 한번은 내가 차로 데리러 가야 했고, 가보니 그 왜 싸구려 잔디가 딸린, 구질구질 코딱지만한 박스데기 집에 살고 있었다. 그러고는 자기가 무슨 이탈리아 여자인 양 행동하며 차에서 손으로 해주겠다고 했지만 나는 그녀의 손을 붙들고 그만하라고 했다. 집으로 돌아온 뒤 그녀는 멍청한 깜둥이 몇몇한테 또 빠졌다. 뉴욕에서 이사 온 놈들이었는데 완전 드라마를 썼다. 놈들의 여자들 몇몇이 닐다를 대

---

* 미국 뉴욕에 본사를 둔 최대의 스페인어 TV 방송사.
** 마리화나.
*** 뉴저지 주의 소도시.

차게 깠다. 일명 브릭 시티[*] 다구리 사건으로 닐다는 아래쪽 앞니
를 잃었다. 학교는 들락날락했고 한동안은 가정 학습 처분을 받
았다가 결국에는 완전히 때려치웠다.

내가 2학년 때 닐다는 돈을 좀 벌어보겠다고 신문을 돌리기 시
작했고, 나는 밖에서 시간을 많이 보내다보니 이따금 닐다를 보
게 됐다. 가슴이 아팠다. 그때만 해도 닐다는 아직 바닥을 치진
않았지만 그리로 향하고 있었고, 우리가 서로 스칠 때면 언제나
싱긋 웃으며 안녕, 하고 말했다. 살이 찌기 시작했고 머리카락은
보이지 않을 정도로 짧게 깎은데다 달덩이 얼굴은 무거워 보였
고, 혼자였다. 나는 늘 와썹, 하며 담배가 있으면 건네곤 했다. 형
의 다른 여자 두엇과 마찬가지로 닐다도 장례식에 왔는데 그때
입은 치마 꼴이라니, 아직도 형한테 뭔가를 확신시킬 수 있다고
생각하는 모양이었다. 닐다는 어머니한테 인사로 뺨에 키스했지
만 우리 비에하는 그녀가 누군지 몰랐다. 집으로 돌아가는 길에
내가 마미에게 말해줘야 했는데, 어머니가 닐다에 대해 기억하
는 건 좋은 냄새가 나던 아이라는 점뿐이었다. 마미가 얘기할 때
까지 나는 그 사실을 깨닫지 못했다.

---

[*] 뉴저지 주 뉴어크.

고작 여름 한철이었고 그녀가 특별한 사람도 아니었는데 이 모든 게 다 뭐란 말인가? 형은 갔는데, 형은 갔는데, 형은 갔는데. 나는 스물세 살이고 언스톤 로드에 있는 작은 쇼핑몰의 빨래 방에서 옷을 빨고 있다. 그녀가 여기 나와 같이 있다. 자기 빨래 를 개면서 생글거리며, 이가 빠진 횅한 자리를 드러내 보이며 말 한다. 참 오랜만이다, 그렇지, 유니오르?

몇 년 됐지, 나는 흰 빨래를 세탁기에 넣으며 대답한다. 밖에 는 하늘에 갈매기 한 마리 없고, 집에서는 엄마가 저녁을 차리며 날 기다리고 있다. 여섯 달 전에 티브이 앞에 앉아 있을 때 어머 니가 말했다. 에휴, 나도 이제는 이 아파트를 뜰 수 있겠구나.

닐다가 묻는다. 이사 가거나 했어?

나는 고개를 젓는다. 그냥 일하느라고.

와, 진짜, 진짜 오랜만이다. 그녀가 마법처럼 빨래를 매만지자 모든 게 단정해지고 각이 나온다. 계산대에는 다른 사람이 네 명 더 있다. 반양말과 카지노 딜러 모자 차림에 팔뚝에는 흉터가 구 불구불 기어올라온 날건달처럼 보이는 깜둥이들인데 닐다에 비 하니 다들 몽유병 환자 같다. 그녀는 빙긋 웃으며 도리질을 한 다. 네 형이란 사람, 그녀가 말한다.

라파.

그녀는 형이 늘 그랬듯이 손가락으로 나를 가리킨다.

가끔 형이 보고 싶어.

그녀가 고개를 끄덕인다. 나도야. 나한테는 좋은 남자였어.

그녀가 수건을 홱 펼치다 말고 나를 빤히 쳐다보는 꼴을 보니 내 얼굴에 못 믿겠다고 쓰여 있었나보다. 나한테 제일 잘해준 사람이야.

닐다.

내 머리카락을 자기 얼굴에 덮고 자곤 했어. 그러면 안전한 기분이 든다고 했어.

무슨 말을 더 할 수 있을까. 그녀는 빨래를 차곡차곡 다 개어 쌓았고 나는 문을 열어 붙잡아준다. 우리가 지나가는 걸 동네 사람들이 지켜본다. 우리는 빨래의 부피 때문에 느려진 걸음으로 옛 동네를 다시 가로질러간다. 매립지가 폐쇄된 뒤로 런던 테라스는 달라졌다. 월세가 엄청 뛰었고 아파트에는 남아시아 사람들과 백인들이 엄청 많이 살았지만 길에 다니고 포치*에서 노는 아이들은 우리 쪽 애들이다.

닐다는 넘어질까봐 겁이 나는 듯 땅바닥만 보고 있다. 내 심장이 뛰고 나는 생각한다. 우린 뭐든 할 수 있다. 우린 결혼할 수 있다. 차를 몰고 서부 해안으로 떠날 수도 있다. 우린 다시 시작할

---

* 주택 일층 밖에 난간을 만들어놓은 공간.

수 있다. 모든 게 가능하지만 둘 중 누구도 아주 오랫동안 말을
하지 않아 순간은 닫히고, 우리는 늘 알았던 세상으로 돌아온다.

우리가 만났던 날 기억해? 그녀가 묻는다.

나는 고개를 주억거린다.

넌 야구를 하고 싶어했어.

여름이었지, 내가 말한다. 넌 탱크톱을 입고 있었고.

내가 너네 팀에 들어가려면 웃옷을 하나 입어야 한다고 했어.
기억나?

기억나, 내가 말한다.

우린 다시는 이야기하지 못했다. 두어 해 뒤 나는 대학으로 떠
났고, 젠장, 그녀가 어디로 가버렸는지는 알지 못한다.

유니오르, 너에게는 알마라는 여친이 있어. 말처럼 길고 여린 목에, 청바지가 터질 듯 사차원으로 존재하는 것만 같은 빵빵한 도미니카 엉덩이. 달마저 궤도 이탈시킬 그런 엉덩이. 널 만나기 전엔 결코 그녀 스스로 맘에 들어한 적이 없는 엉덩이. 그 엉덩이에 얼굴을 갖다댄다거나 섬세하게 미끄러지는 그 목의 힘줄을 깨물고 싶지 않은 날이 없었어. 네가 깨물 때 바르르 떠는 그녀 모습, 오후 청소년 티브이 프로그램에나 나올 법한 가느다란 두 팔로 널 밀쳐내던 모습을 넌 즐겼지.

알마는 메이슨 그로스*에 다니는, 소닉 유스** 유의, 만화책을

---

* 뉴저지의 주립대인 러트거스 대학교의 예술대.

즐겨 읽는 알테르나티나***였지, 너의 동정을 가져가준. 호보큰
에서 자랐어. 80년대에 중심부가 불타버렸던, 허름한 공동주택
들이 화염에 휩싸였던 라티노 커뮤니티의 일부 있잖아. 십대 시
절은 거의 매일 로어 이스트 사이드에서 보냈지. 거기가 고향이
라고 늘 생각했지만 뉴욕대하고 컬럼비아에서 둘 다 입학을 거
부당하고는 외려 전보다 뉴욕에서 더 먼 데로 가게 됐어. 알마는
지금 한창 그림 그리는 재미에 빠져 있는데 그녀가 그리는 사람
들은 죄다 곰팡이 색깔에 호수 바닥에서 갓 건져올린 몰골이야.
알마가 최근에 그린 그림은 너, 현관문에 기대 구부정하게 서 있
는 모습이야. 난제3세계에서구린어린시절을보냈기땜에나한텐
삐딱한태도밖에안남았다라고 쓰인 두 눈만 간신히 알아볼 수 있
었지만. 그녀가 팔뚝을 거대하게 그려주긴 했어. 내가 그랬잖아,
근육 넣어줄 거라고. 지난 두어 주 사이 날씨가 따뜻해지고 나니
알마는 검정을 벗어던지고 그 왜 습자지로 만든 것 같은 거의 안
입은 듯한 드레스를 입기 시작했어. 바람만 한번 세게 불어주면
다 벗겨질 태세였지. 널 위해서 그러는 거라고 했어. 내 도미니카
유산을 되찾으려고(그건 아주 거짓말은 아냐—걔는 너네 엄마한

** 뉴욕에서 활동하는 얼터너티브 록 밴드.

*** '얼터너티브'와 '라티나'를 조합한 표현.

테 잘 보이려고 스페인어까지 수강했으니까). 길에서 알마를 볼 때면, 살랑살랑 교태를 부리고 다니는 걸 볼 때면 지나다니는 깜둥이들이 무슨 생각을 하는지 정확히 알 수 있어, 너도 같은 생각을 하고 있으니까.

알마는 갈대처럼 늘씬하고 넌 스테로이드에 중독된 근육질 덩어리. 알마는 운전을, 넌 책을 좋아해. 알마한테는 새턴이 있고 넌 운전면허증이 있고 벌점이 없고. 알마는 요리하기에는 손톱이 너무 더럽고 너는 지상 최고의 포요(닭고기) 스파게티를 만들고. 너희 둘은 달라도 너무 달라—네가 뉴스를 틀 때마다 알마는 정치는 '봐줄' 수가 없다며 눈을 부라려. 자신을 '히스패닉'이라 부르지도 않아. 제 친구들한테 네가 '급진적'이고 진짜 도미니카 사람(사귄 여자로 치면 알마가 고작 세번째니까 플라타노 지수로 치자면 넌 무無등급일 텐데도)이라고 자랑하지. 넌 친구 놈들한테 알마는 너희 중 누구보다도 앨범을 많이 갖고 있다고, 섹스할 때면 백인 계집애들이나 하는 더러운 소릴 즐긴다고 자랑하고. 침대에서 그녀는 네가 품었던 그 누구보다 더 모험을 즐기지. 첫 데이트에서 그녀는 자기 젖가슴이나 얼굴에 싸고 싶냐고 물었고, 자라면서 남자가 되는 법을 배우는 동안 뭘 놓쳤는지 몰라도 넌 이렇게 말했지, 엄, 아니. 그리고 적어도 일주일에 하루는 네 앞에서 매트리스에 꿇어앉아 한 손으로는 짙은 빛깔의 제 젖꼭지를 잡아당기면서 제 몸을 갖고 노는 거야, 너는 전혀 만지지 못하게 하면서, 손가락으로 제 몸의 부드러운 지점을 문지를 때 그녀의 얼굴은 절망적인 표정이 되면서 격하게 행복해 보였어. 그리고 그 짓을 하면서 지껄이는 것도 좋아했어. 너, 나 지켜보는 거 좋아하지, 그치, 내가 싸는 소리 듣는 거 좋아하지, 그러다가는 허물어지는 신음을 길게 내뱉으며 끝낼 때, 그때만 네가 끌어안는 걸 허락하는 거야, 질퍽한 손가락을 네 가슴팍에 닦으면서.

맞아—반대되는 사람한테 끌리는 그런 거였고, 죽여주는 섹스 그런 거였고, 생각 없이 하는 그런 거였어. 끝내줬어! 끝내줬다구! 적어도 네가 락스미라는 예쁘장한 신입생하고도 붙어먹는 걸 알마가 알게 된 유월 어느 날까지는. 그러니까 그녀, 네 여친 알마가 네 일기장을 펼쳐 읽으면서 네가 락스미랑 붙어먹었다는 걸 알게 되기까지는. (뭐 의심은 했었겠지.) 알마가 현관 계단참에서 널 기다리는 거야. 그러다가 그녀의 새턴을 세우고 내리던 너는 알마의 손에 들려 있는 네 일기장을 발견하곤 심장이 쿵 떨어지는 거지, 교수대에서 툭 떨어지는 뚱뚱한 강도처럼. 넌 뜸을 들이며 차의 시동을 껐지. 너는 머나먼 바다 같은 슬픔에 압도되는 거야. 딱 걸려서 슬프고, 그녀가 결코 널 용서하지 않을 거라는 논쟁의 여지가 없는 사실에 슬프고. 넌 그녀의 환상적인 다리와 그 사이를, 지난 여덟 달 동안 그토록 끊임없이 사랑했던, 다리보다 더 환상적인 포폴라*를 빤히 바라보지. 그녀가 분노에 휩싸여 다가오기 시작할 때에야 너는 마침내 뒷걸음질치지. 네 터무니없는 신베르구엔세리아(파렴치한 짓)의 마지막 매연을 동력으로 너는 잔디를 가로질러 춤을 추지. 어이, 무녜카(인형), 마지막까지 얼버무리며. 그녀가 쇳소리로 고함을 지르기 시작하자 넌 묻는 거야, 자기야, 대체 뭐가 문제야? 그러자 여자가 널 이렇게 부르는 거지.

줒빨아먹을새끼
니미호로새끼
개짝퉁도미니카새끼.

그녀는 네가 이렇다고도 우기지.

줒도좀만하다고
줒도없다고
게다가 제일 심한 건 인도커리처바른섭만좋아한다고.

---

* 여성의 질을 가리키는 속어.

(에이, 그건 아니지, 하고 넌 말해보려고 하지, 락스미는 기아나 출신이니까, 하지만 알마는 듣지 않아.)

고개를 숙이고 남자답게 받아들이는 대신에 너는 일기장을 집어들지, 아기가 똥 싼 기저귀를 집듯이, 방금 싼 콘돔을 두 손가락으로 집듯이. 너는 문제의 문단들을 흘깃 넘겨다보는 거야. 그러고는 그녀를 건너다보고 네 가식적인 낯짝이 죽는 날까지 기억하게 될 미소를 짓는 거야. 베이비, 너는 말하지, 베이비, 이건 내 소설의 일부야.

너는 이렇게 그녀를 잃었어.

오트라비다, 오트라베스[*]

OTRAVIDA, OTRAVEZ

[*] 다른 생을, 다시 한번.

그는 매트리스에 앉는다. 그의 살진 넓은 엉덩이가 닿자 팽팽하던 침대 시트 귀퉁이가 바람 빠지는 소리를 내며 벗겨지려 한다. 그의 옷은 추위에 뻣뻣해졌고, 바지에 점점이 튀어 말라붙은 페인트 자국은 대갈못처럼 얼어붙었다. 그에게선 빵냄새가 난다. 그는 사고 싶은 집에 대해 말해왔다, 라티노가 그런 집을 구하기가 얼마나 어려운지. 침대 좀 정리하게 일어서라고 하자 그는 창가로 다가간다. 눈이 너무 많이 왔어, 그가 말한다. 나는 고개를 끄덕이며 그가 조용히 해주었으면 좋겠다고 생각한다. 아나 이리스가 방 반대쪽에서 잠을 청하고 있다. 그녀는 사마나에 두고 온 아이들과 다시 만나게 되길 기도하느라 밤을 반쯤 새웠고, 아침이면 파브리카(공장)에서 일을 해야 한다는 걸 나는 알고 있다. 그녀는 안절부절 몸을 뒤척이다 이불 속에 푹 파묻혀 머리를 베개 밑에 묻었다. 그녀는 이곳 미국에서까지 침대 위에 모기장을 치고 지낸다.

트럭 한 대가 모퉁이를 돌리고 하네, 그가 말한다. 저 차마코 (젊은이), 돌기가 꽤 힘들 텐데.

혼잡한 길이니까요, 내가 말한다. 사실 그렇다. 아침이면 트럭 들이 흘리고 간 소금과 자갈을 앞마당에서 발견한다. 눈 속의 작은 보물 더미들. 좀 누워요, 그에게 말하자 그가 내게로 다가와 이불 속으로 미끄러져든다. 나는 그의 뻣뻣한 옷이 시트 속에서 따뜻해지길 기다렸다가 그의 바지 버클을 풀어준다. 우리의 몸이 덜덜 떨린다. 우리 둘 다 더이상 떨지 않게 될 때까지 그는 나를 만지지 않는다.

야스민, 그가 말한다. 톱질하듯 내 귀에 와닿는 콧수염. 오늘 빵 공장에서 한 사람이 죽었어. 그는 잠시 말이 없다. 침묵이 다음 말들을 가져올 고무줄이라도 되는 듯이. 에스테 티포(그 사람), 지붕 골조에서 떨어졌대. 엑토르가 컨베이어벨트 사이에서 그 사람을 발견했어.

친구였어요?

이 사람, 내가 바에서 데려왔지. 여기 오면 사기당하지 않는다고 했거든.

안됐네요, 내가 말한다. 가족이 없어야 할 텐데.

아마 있을 거야.

그 사람을 봤어요?

무슨 말이야?

죽은 거 봤냐고요.

아니. 매니저를 불렀더니 나보고 아무도 가까이 가지 못하게 하라더군. 그가 팔짱을 낀다. 그 지붕 작업, 나도 늘 하는 일이거든.

당신은 운이 좋은 사람이에요, 라몬.

그렇지, 하지만 나였으면 어쩔 뻔했어?

바보 같은 질문이에요.

당신이라면 어떻게 했겠어?

내 얼굴을 그의 얼굴에 갖다댄다. 그 이상을 기대했다면 사람 잘못 본 거다. 나는 이렇게 말하고 싶었다. 산토도밍고에 있는 당신 아내와 똑같이 했겠지요. 아나 이리스가 구석에서 큰 소리로 구시렁대지만 그냥 그런 척하는 것이다. 나를 곤경에서 구해주려고. 그 역시 그녀를 깨우고 싶지 않았는지 조용해진다. 잠시 후 그가 일어나 창가에 앉는다. 다시 눈이 내리기 시작했다. 라디오 채널 와도*에서는 올겨울 추위가 지난 사 년간의 겨울보

---

* WADO. 뉴욕의 스페인어 라디오 방송국.

다 더 혹독할 것이며 근 십 년 이래 최악일 거라고 한다. 나는 그를 지켜본다. 그는 담배를 피우고 있다. 그의 손가락이 눈 주위의 여린 뼈와 입 주위의 처진 피부를 짚는다. 나는 그가 누구를 생각하고 있을지 궁금하다. 그의 아내 비르타일까, 아니면 그의 아이일까. 그는 비야 후아나에 집이 있다. 비르타가 보낸 사진들을 보았다. 죽은 아들 곁의 그녀는 말랐고 슬퍼 보인다. 그는 침대 밑에 놔둔 병에 사진들을 보관하고 있다. 단단히 밀봉해서.

우리는 키스 없이 잠든다. 얼마 후 나는 잠이 깨고 그도 깬다. 집으로 돌아가느냐고 물으니 아니라고 한다. 내가 두 번째 깼을 때 그는 깨지 않는다. 이 방의 추위와 어둠 속에서는 그가 누구라도 상관없다. 나는 그의 도톰한 손을 들어본다. 손은 무겁고 손톱마다 밀가루가 끼어 있다. 때로 밤이면 나는 말린 자두처럼 쪼글쪼글한 그의 손가락 마디에 입을 맞춘다. 우리가 함께했던 지난 삼 년 동안 그의 두 손에서는 늘 크래커와 빵 맛이 났다.

그는 옷을 입으면서 내게도 아나 이리스에게도 말을 걸지 않는다. 겉옷 윗주머니에는 날카로운 날 부분에 녹이 보이기 시작한 파란색 일회용 면도기를 갖고 다닌다. 파이프에서 갓 흘러나온 차가운 물로 뺨과 턱에 비누칠을 하고 얼굴을 깨끗이 밀어내고 나면 까슬하게 자란 수염이 피딱지로 바뀔 뿐이다. 그를 지켜보는 사이, 맨살이 드러난 내 가슴에 소름이 돋는다. 그는 쿵쾅거리며 아래층으로 내려가 집 밖으로 나간다, 이에는 치약이 조금 묻은 채. 그가 떠나자마자 하우스메이트들이 그에 대해 불평하는 소리가 들린다. 내가 부엌에 들어가면 다들 물을 것이다. 그 남자는 가서 잘 자기 집이 없대? 그러면 나는 있지, 하고 웃을 것이다. 그리고 서리 낀 창을 통해 여전히 그를 바라본다. 그가 후드를 덮어쓰고 셔츠와 스웨터, 코트까지 세 겹이나 껴입어 둔한 어깨를 추스르는 모습을.

아나 이리스가 자기 이불을 차낸다. 너 뭐 하는 거야? 내게 묻는다.

아무것도, 나는 대답한다. 그녀는 엉망이 된 머리칼 사이로 내가 옷 입는 걸 지켜본다.

넌 네 남자를 믿는 법을 배워야 해.

믿어.

그녀는 내 콧잔등에 입을 맞추고 아래층으로 향한다. 나는 머리를 빗고 이불에서 빵 부스러기와 체모를 쓸어낸다. 아나 이리스는 그가 나를 버릴 거라고 생각지 않는다. 그는 여기서 너무 편안히 자리잡았다고, 우리가 너무 오랜 시간을 함께했다고 말이다. 그는 공항으로 갔다가도 결국은 비행기에 올라타지 못하고 말 부류의 사내라는 것이다. 아나 이리스는 섬에 아이들을 두고 왔고, 거의 칠 년이나 세 아들을 보지 못했다. 우리의 긴 여행에서 무엇이 희생되어야 하는지 그녀는 이해하고 있다.

화장실에서 나는 내 두 눈을 응시한다. 까슬하게 자랐던 그의 수염이 물 구슬 속에서 흔들린다, 나침반 바늘처럼.

나는 두 블록 떨어진 세인트피터스 종합병원에서 일한다. 늦는 적이 없고, 세탁실을 떠나는 적도 없다. 그 열기를 벗어나지 않는다. 나는 세탁기를 돌리고 건조기를 돌리고, 거름망에서 보풀을 긁어내고, 유리 결정 같은 세제를 용기에 그득 떠담아 분량을 측정한다. 나는 다른 작업자 네 명을 책임지고 있다. 미국인만큼 월급을 받지만 단조롭고 고된 일이다. 장갑 낀 손으로 침대보 더미를 헤집으며 빨래를 분류한다. 더러운 빨래는 잡역부들이 가져오는데, 대개 모레나들이다. 환자를 직접 만날 일은 없다. 그들은 침대보에 남기는 얼룩과 자국을 통해서 나를 찾아온다. 아프고 죽어가는 자들의 알파벳이다. 얼룩이 너무 진해서 별도의 바구니에 분리해야 할 때도 많다. 바이토아에서 온 여자애들 중 하나가 그 바구니에 들어간 것은 죄다 소각된다고 들었다고 한다. 시다* 때문이래, 그녀가 속삭인다. 얼룩은 때로는 오래 묵어 색이 바래고, 때로는 피비린내가 비 냄새처럼 훅 끼칠 때도

---

* SIDA. 에이즈(AIDS)를 가리킨다.

있다. 우리가 일하면서 접하는 피만 보면 바깥세상에 엄청난 전쟁이라도 난 것 같아요. 몸속에서 벌어지는 전쟁이겠죠, 새로 온 여자애가 말한다.

내가 데리고 있는 아가씨들은 믿을 만하다고 할 수 있는 애들은 아니지만 나는 그애들과 일하는 게 좋다. 그애들은 음악을 틀고, 서로 다투기도 하고, 내게 웃긴 이야기를 들려준다. 나는 소리를 지르거나 못되게 굴지 않기 때문에 그애들도 나를 좋아한다. 부모에 의해 미국으로 보내진 어린애들이다. 내가 여기 왔을 때와 같은 나이다. 이들이 지금 보는 나는 여기서 오 년을 보낸 스물여덟 베테랑에 든든한 사람이지만 그때는, 그 첫 며칠은 너무도 외로워서 하루하루가 마치 내 심장을 갉아먹는 듯했다.

애들 중 몇은 남자친구가 있는데 그애들은 내가 마음놓고 신뢰하지 못한다. 걸핏하면 늦게 오거나 한번에 몇 주씩 빠지기도 한다. 말도 하지 않고 누에바요르크(뉴욕)나 유니온시티로 이사를 가버린다. 그러면 나는 매니저의 사무실로 가야 한다. 그는 마르고 왜소한 남자다, 새처럼. 얼굴에는 털이 없는데 가슴과 목에는 초가지붕이 자라고 있다. 무슨 일이 있었는지 얘기하면 그는 그애들의 지원서를 꺼내 찌익, 명징한 소리를 내며 반으로 찢는다. 한 시간도 안 되어 다른 애들 중 하나가 친구를 내게 보내 지원하게 만든다.

새로 온 아이는 이름이 사만사인데 문제가 있다. 피부가 검고 눈썹이 짙은데 입은 쓸어 담지 않은 유리 조각이다—예상치 못할 때 베고 만다. 다른 여자애 하나가 델라웨어로 달아나고 난 뒤에 일을 하러 나타났다. 미국에 온 지 육 주밖에 안 됐고, 추위가 얼마나 심한지 믿을 수가 없다고 했다. 세제통을 두 번이나 엎었고, 장갑을 끼지 않고 일하다가 눈을 비비는 나쁜 습관이 있다. 그애는 아팠다고, 두 번이나 이사해야 했다고, 하우스메이트들이 자기 돈을 훔쳐갔다고 말한다. 운 나쁜 사람 특유의 겁에 질린, 쫓기는 듯한 표정을 하고 있다. 일은 일이야, 나는 그녀에게 말하면서도 점심값으로 넉넉할 만큼 돈을 빌려주고, 우리 기계로 개인 빨래를 하도록 허락해준다. 나는 그애가 고마워하길 기대하지만, 대신에 그애는 나더러 남자처럼 말한다고 한다.

　그런데 나아지긴 해? 그애가 다른 애들에게 묻는 소리가 들린다. 더 나빠지기만 하지, 다른 애들이 말한다. 얼음비 한번 와보라지. 그애는 나를 건너다본다. 머뭇머뭇 반쯤 웃으며. 아마 열다섯쯤 되었을 테고, 아이를 낳았다고 보기에는 너무 말랐지만 통통한 아들 마놀로의 사진을 이미 내게 보여주었다. 그애는 내가 대답하기를, 내 대답을 특히 기다린다, 내가 베테라나(베테랑)이니까. 하지만 나는 새로 넣을 빨랫감으로 고개를 돌린다. 그애에게 열심히 일하는 요령을 가르치려고도 해봤지만 그애는 신경쓰지 않는 것 같다. 껌을 씹으며 칠십 대 노인이라도 대하듯 내게 미소짓는다. 다음 시트를 펼치자 마치 꽃 같은 피 얼룩이 나온다. 내 손바닥만하다. 바구니, 내가 말하자 사만사가 바구니 뚜껑을 연다. 나는 시트를 둥글게 뭉쳐 던진다. 펄럭, 통에 들어간다. 늘어진 시트 자락을 가운데 뭉치가 끌어당긴다.

아홉 시간 동안 침대 시트를 갈무리한 뒤 집에 돌아와 핫오일을 곁들여 차가운 유카를 먹으면서 라몬이 빌린 차로 나를 데리러 오길 기다린다. 그는 나를 데리고 다른 집을 보러 간다. 그것은 미국에 첫발을 디딘 이래 그의 꿈이었고, 여러 직장을 전전하며 돈을 모은 지금은 실현 가능한 꿈이 되었다. 얼마나 많은 이들이 여기까지 오는가? 이탈하지 않는 이들, 결코 실수하지 않는 이들, 운이 나빴던 적이 없는 이들만이 도달한다. 그리고 라몬이 대략 그렇다. 그는 집에 대해 진지하고, 그건 나도 진지해야 한다는 뜻이다. 우리는 매주 세상으로 나가 집을 본다. 그는 일종의 행사처럼 집을 보러 다닌다. 비자 인터뷰라도 하는 양 옷을 차려입고는 패터슨의 조용한 구역들로, 지붕과 차고 위로 나뭇가지가 뻗어 있는 곳으로 데려간다. 조심해야 해, 아주 중요하지, 그는 이렇게 말하고, 나도 같은 생각이다. 그는 가능한 한 나를 데려가지만 내가 별 도움이 되지 않는다는 건 나도 알고 있다. 나는 변화를 좋아하는 편이 아니에요, 나는 이렇게 말하고, 그가 원하는 집들에서 잘못된 점만 눈에 들어온다. 그러고 나면 그는 자동차로 돌아와 내가 그의 꿈을 훼방놓는다고, 두라(냉담한 여자)라고 나를 힐난한다.

오늘 저녁에도 우리는 또다른 집을 보기로 되어 있다. 그는 갈라진 손을 마주치며 부엌으로 들어서지만 나는 영 내키지 않고 그도 그걸 알아차린다. 그가 내 곁에 앉는다. 내 무릎에 한 손을 올린다. 안 갈 테야?

아파요.

얼마나 아픈데?

충분히 아파요.

그가 까슬하게 자란 수염을 어루만진다. 내가 집을 찾으면? 나 혼자 결정하길 바라나?

그런 일은 일어나지 않을 거 같은데요.

일어나면?

나를 그 집으로 이사시킬 수 없다는 거 알잖아요.

그는 노여운 표정이다. 시계를 본다. 떠난다.

아나 이리스는 두번째 직장에서 일하는 중이어서 나는 저녁시간을 혼자 보내며 이 나라 전체가 추워진다는 라디오 소식에 귀를 기울인다. 나는 가만히 있으려 애쓰지만 아홉시가 되자 그가 벽장에 보관해둔 물건들을, 절대 만지지 말라고 하던 물건들을 내 앞에 펼쳐놓고 있다. 그의 책들, 옷가지, 합판지 상자에 든 오래된 안경 하나, 그리고 낡은 창클레타(슬리퍼) 두 짝. 건드리기만 해도 부스러지는, 구깃구깃하게 한 다발로 뭉쳐둔 케케묵은 복권 수백 장. 야구 카드 수십 장, 도미니카 선수들, 구스만, 페르난데스, 더 알루스, 안타를 치고, 와인드업하고, 직선을 그리며 날아가는 장타를 치는. 그가 부탁했는데 시간이 없어 못해주고 있던 빨랫감을 오늘밤 내 앞에 펼쳐본다. 바짓단과 작업복 윗도리에 묵은 이스트가 아직 진하게 남아 있다.

벽장 꼭대기 선반에 있는 상자에는 비르타의 편지를 차곡차곡 모아 굵은 갈색 고무줄로 묶어 보관해두었다. 거의 팔 년치 편지다. 봉투마다 닳고 해졌다. 그 편지들이 여기 있는 걸 그는 잊은 모양이다. 나는 그가 물건들을 보관하고 한 달 뒤에, 우리의 관계가 갓 시작되었던 그 무렵에 편지들을 발견했다. 참지 못했는데 나중에 후회했다, 참을 것을.

그는 그전 해부터 그녀에게 편지를 안 쓰고 있다고 주장하지만 그건 사실이 아니다. 세탁물을 갖다주러 매달 그의 아파트에 들를 때마다 나는 그녀가 새로 보내온 편지들을, 그가 침대 밑에 숨겨두는 편지들을 읽는다. 나는 비르타의 이름과 주소를 알고 그녀가 초콜릿 공장에서 일한다는 걸 안다. 그가 그녀에게 나에 대해 말하지 않았다는 걸 알고 있다.

편지들은 몇 년에 걸쳐 아름답게 변했고 어느새 글씨체도 변했다―글자마다 방향타처럼 다음 줄을 향해 축 늘어지면서 아래로 구부러져 있다. 제발, 제발, 미 케리도(내 사랑하는) 남편, 무슨 일인지 내게 말해줘요. 아내가 안중에도 없게 되기까지 얼마나 걸리던가요?

그녀의 편지를 읽고 나면 나는 언제나 기분이 나아진다. 물론 이런 사실이 나에 대해 좋은 인상을 주진 않겠지만.

우리는 재미로 여기 있는 게 아니야. 아나 이리스는 우리가 만나던 날 이렇게 말했고 나는 대답했다. 그래, 당신 말이 맞아요, 인정하고 싶진 않았지만.

오늘 나는 사만사에게 똑같은 말을 했다. 그리고 그녀는 증오 어린 눈으로 나를 바라본다. 아침에 출근해서 화장실에서 우는 그애를 보았다. 한 시간이라도 쉬게 해주면 좋겠지만 우리에게 그런 상사는 없다. 세탁물을 개라고 했더니 이젠 손을 떨면서 곧 다시 울 것 같은 기색이다. 오랫동안 지켜보다가 뭐가 잘못됐느냐고 물었더니 대답한다. 잘못되지 않은 게 뭐가 있는데요?

여기는, 아나 이리스는 말했다, 쉬운 나라가 아니야. 첫해를 못 넘기는 여자애들이 많아.

일에 집중할 필요가 있어, 나는 사만사에게 말한다. 그러면 도움이 돼.

어린아이 같은 얼굴이 멍해진 채 그애는 고개를 주억거린다. 필시 아들이나 애아버지가 보고 싶은 게지. 아니면 우리나라가, 사라질 때까지는 생각해본 적이 없는 나라, 떠나오기까지는 사랑한 적이 없는 그 나라가. 그녀의 팔을 꼭 잡아준 다음, 위층으로 출근 보고를 하러 다녀오니 그애는 가고 없다. 다른 여자애들은 그애가 없어진 걸 모르는 척한다. 화장실을 확인해보니 바닥에 구겨진 종이 타월 뭉치들뿐이다. 나는 종이 타월을 펴서 세면대 가장자리에 놓는다.

점심시간이 지난 뒤에도 나는 그애가 언제라도 걸어들어올 것만 같다. 저 왔어요. 산책 나갔다 왔어요, 하고.

사실 아나 이리스 같은 친구가 있다는 건 행운이다. 그녀는 꼭 언니 같다. 미국에서 내가 아는 사람 중에는 이곳에 친구가 없는 사람이 대부분이다. 이들은 아파트에 모여 산다. 이들은 춥고 외롭고 지쳤다. 나는 본 적이 있다. 장거리전화 업소에 길게 늘어선 줄을, 훔친 전화카드 번호를 파는 남자들을, 이들이 주머니에 가지고 다니는 쿠아르토(현금)를.

미국에 처음 왔을 때 나도 그랬다. 혼자서, 다른 여자들 아홉

명과 같이 술집 위에 살았다. 밤이면 아래층에서 들려오는 비명과 병 깨지는 소리에 아무도 잘 수가 없었다. 하우스메이트 대부분은 누가 누구에게 무엇을 빚졌고 누가 돈을 훔쳤는지를 두고 서로 싸웠다. 나도 돈이 좀 남을 때면 전화 업소로 가서 어머니에게 전화를 걸었다. 그저 사람들의 목소리를 들으려고 전화를 걸면, 우리 바리오(동네)에 사는 이들은 내가 마치 행운아인 것처럼 손에서 손으로 수화기를 건넸다. 그때 나는 라몬 밑에서 일하고 있었고 우리는 아직 사귀고 있지는 않았다—사귄 건 이 년은 더 지난 뒤이다. 당시 라몬은 주로 피스카타웨이 지역을 대상으로 가사 도우미 사업을 하고 있었다. 우리가 만났던 날 그는 나를 삐딱한 눈으로 바라보았다. 어떤 푸에블로 출신이지?

모카요.

마타 딕타도르(독재자를 죽여라)*, 그는 이렇게 말하더니 어떤 팀을 좋아하느냐고 내게 물었다.

아길라스요, 나는 별로 신경쓰지 않고 대답했다.

리세이, 그가 우렁차게 외쳤다. 섬에서 제대로 된 팀은 리세이뿐이야.

그 우렁찬 목소리로 그는 내게 변기를 닦으라거나 오븐을 문

---

* 모카는 독재자 트루히요에 대한 암살 기도로 유명한 곳이다.

지르라고 시켰다. 당시에는 그를 좋아하지 않았다. 그는 너무 오만하고 너무 시끄러워서, 그가 집주인들과 요금에 대해 이야기할 때면 나는 콧노래를 흥얼거리는 습관이 생겼다. 하지만 그는 적어도 다른 많은 상사들처럼 성폭행을 하려들지는 않았다. 적어도 그건 있었다. 그는 자기 눈길과 손길을 다스릴 줄 알았다. 그는 다른 계획이, 중요한 계획이 있었고, 우리에게도 그렇게 말했는데 그를 지켜보기만 해도 그의 말을 믿을 수 있었다.

나의 첫 몇 달은 집들을 청소하면서 라몬이 실랑이하는 소리를 들으며 흘러갔다. 나의 첫 몇 달은 도시 곳곳을 한참 걷고, 어머니에게 전화하는 일요일을 기다리며 그렇게 흘러갔다. 나는 낮이면 일하는 대단한 집들의 거울 앞에 서서 잘한 일이라고 중얼거렸고, 그런 다음에야 집에 돌아가 모두들 둘러앉은 작은 텔레비전 앞에 웅크리고는 이 정도면 충분하다고 믿었다.

나는 라몬이 사업에 실패한 뒤에 아나 이리스를 만났다. 이 부근에는 리코(부자)들이 충분치 않아, 그는 기죽지 않고 말했다. 친구들이 만남을 주선해 수산시장에서 아나 이리스를 만났다. 아나 이리스는 대화를 나누는 동안에도 생선을 자르고 손질했다. 나는 그녀가 보리쿠아(푸에르토리코 사람)일 거라고 생각했지만 나중에 그녀가 말하길 반은 보리쿠아, 반은 도미니카나라고 했다. 카리브 해의 최고와 최악이 만났지, 그녀의 말이었다. 그녀의 손놀림은 빠르고 정확했고, 그녀가 손질한 생선포는 얼음 조각 위에 놓인 다른 것들처럼 삐뚤빼뚤하지 않았다. 병원에서 일할 수 있어? 그녀가 알고 싶어했다.

뭐든 할 수 있어요, 내가 말했다.

피가 있을 텐데.

당신이 할 수 있다면 나도 병원에서 일할 수 있어요.

내가 처음으로 집에 보낸, 옷은 잘 차려입었지만 불확실한 표정으로 희미하게 웃고 있는 사진을 찍어준 이도 그녀였다. 미국적일수록 어머니가 좋아하실 것 같아 맥도날드 앞에서 찍은 한 장. 그리고 서점에서 찍은 사진 한 장. 들고 있는 책이 영어로 되어 있는데도 나는 그 책을 읽는 척하고 있다. 머리는 핀을 꽂아 올렸고 귀 뒤의 피부는 햇빛을 못 쬐서 창백하다. 게다가 너무 깡말라 아파 보인다. 제일 잘 나온 사진은 어느 대학 건물 앞에 서 있는 것이다. 학생은 없고 건물 앞에는 무슨 행사를 위해 접이식 철제의자 수백 개를 정렬해놓았는데, 나는 그 의자들을 향하고 의자들은 나를 향하고 있어 반사된 빛에 원피스의 푸른 천 위에 놓인 내 두 손이 깜짝 놀라고 있다.

우리는 일주일에 세 번 저녁에 집을 보러 간다. 집들은 상태가 엉망이다. 유령과 바퀴벌레를 위한 집들이자 우리, 이스파노(히스패닉)들을 위한 집들이다. 그런데도 우리에게 집을 팔려는 사람은 거의 없다. 우리를 상대할 때는 잘해주지만 결국 우리는 이들에게서 아무 소식도 듣지 못하고, 다음에 라몬이 차를 몰고 가보면 다른 사람들이 거기에 살고 있다. 블랑키토스(백인들)가 우리 것이어야 마땅한 잔디를 돌보며 우리 오디나무에서 까마귀를 쫓고 있다. 오늘은 붉은 기가 감도는 희끗한 머리의 할아버지가 우리를 마음에 들어한다. 그는 게라 시빌(내전) 당시에 우리나라에서 복무했다. 좋은 사람들이에요, 그가 말한다. 아름다운 사람들이고. 집이 완전히 폐가는 아니어서 우리는 둘 다 긴장한다. 라몬은 새끼 낳을 곳을 찾는 고양이처럼 활보하고 있다. 그는 벽장 안에 들어가보고 벽을 탕탕 쳐보고, 지하의 젖은 벽 모서리들을 거의 오 분에 걸쳐 손가락으로 쓸어본다. 그는 곰팡이 기운이 있는지 보려고 공기의 냄새를 맡는다. 화장실에서 그가 샤워기를 한껏 틀어놓고 손을 내밀고 있는 동안 나는 변기 물을 내려본다. 우리는 함께 부엌 찬장을 열어보며 바퀴벌레가 있는지 살펴본다. 할아버지는 옆방에서 우리의 신원 보증인들에게 전화를 하면서 누군가가 한 어떤 말에 껄껄 웃고 있다.

그는 전화를 끊고 라몬에게 무언가를 말한다. 나는 알아듣지 못하는 얘기다. 이런 사람들은 목소리로는 믿을 수가 없다. 블랑코(백인)들은 당신을 환영할 때와 똑같은 목소리로 당신의 어머니를 푸타(창녀)라 부른다. 나는 별 기대 없이 기다리는데 라몬이 몸을 가까이 숙이며 예감이 좋다고 내게 말한다.

잘됐네요, 나는 그렇게 말하면서도 라몬이 마음을 바꿀 거라 확신한다. 그는 사람을 믿는 적이 거의 없다. 밖으로 나가 차에 시동을 걸면서 노인이 그를 속이려 한다고 확신한다.

왜? 뭐 잘못된 거라도 봤어요?

좋아 보이게 해놓는 거지. 그게 속임수의 일부야. 잘 봐, 이 주면 지붕이 무너지기 시작할걸.

그럼 고치지 않을까요?

고친다고 말은 하지만 저런 노인을 믿겠어? 저 비에호가 아직 거동을 하는 게 놀랍구만.

우리는 더는 말하지 않는다. 그가 머리를 돌리면서 어깨로 숙이자 목의 힘줄들이 튀어나온다. 내가 말을 하면 그가 소리 지르리란 걸 알고 있다. 눈 위에서 미끄러지는 타이어. 그는 집 밖에 차를 세운다.

오늘밤에 일해요? 내가 묻는다.

당연히 일하지.

다시 뷰익에 올라타는 그는 피곤하다. 앞유리는 거뭇한 가운데 기다란 얼룩이 져 있고 와이퍼가 닿지 않는 가장자리에는 더께가 앉았다. 두 아이가 다른 한 아이에게 눈덩이를 던지는 모습을 둘이서 지켜보다가 나는 라몬이 슬퍼하는 걸 감지한다. 자기 아들이 생각나서 그런다는 걸 알기에 나는 바로 그 순간 팔로 그를 감싸안고 괜찮을 거라고 말하고 싶다.

집에 들를 거예요?

일이 어떻게 되는지 봐서.

그래요, 내가 말한다.

하우스메이트들은 내가 집에 대해 얘기하자 기름진 식탁보 너머로 거짓 미소를 주고받는다. 이제 비엔 코모다(참 편안하겠네), 마리솔의 말이다.

걱정거리가 없겠어.

전혀 없지. 뿌듯하겠다.

응, 내가 말한다.

나중에 나는 침대에 누워 바깥의 트럭에 귀를 기울인다. 모래와 소금을 실은 트럭 때문에 침대가 덜그럭댄다. 나는 한밤중에 잠이 깨서 그가 돌아오지 않았다는 걸 깨닫지만 아침이 돼서야 화가 난다. 아나 이리스는 벌써 침대를 정돈했고, 발치에 가지런히 개둔 모기장은 거즈 같다. 화장실에서 그녀가 입안을 헹구는 소리가 들린다. 내 손발은 추위에 새파래졌고, 서리와 고드름 때문에 나는 창밖을 내다볼 수 없다. 아나 이리스가 기도를 시작하자 내가 말한다. 제발, 오늘만은 하지 마.

그녀가 두 손을 내린다. 나는 옷을 입는다.

그가 지붕 골조에서 떨어진 남자 얘기를 다시 꺼낸다. 그게 나였으면 넌 어떻게 하겠어? 그가 다시 내게 묻는다.

다른 남자를 찾겠죠, 그에게 말한다.

그가 싱긋 웃는다. 그럴까? 어디서 남자를 찾겠어?

당신 친구들 있잖아요.

어떤 남자가 죽은 남자의 노비아를 건드리나?

글쎄요. 내가 굳이 그 말을 할 필요는 없겠죠. 당신을 찾은 것처럼 그렇게 남자를 찾겠죠.

알아챌걸. 아무리 브루토(무식한 남자)라고 해도 네 눈에서 죽음을 볼 거야.

사람이 평생 애도를 하는 건 아니잖아요.

그런 사람들도 있겠지. 그가 내게 키스한다. 너라면 그럴 거야. 나는 대체하기 어려운 남자거든. 직장에서 나한테 그랬어.

당신은 아들을 얼마나 애도했는데요?

그가 키스를 멈춘다. 엔리키요. 오랫동안 애도했지. 아직도 보고 싶어.

당신을 보면 그런지 모르겠던데요.

유심히 안 보니까 그렇지.

그렇게 안 보여요, 내 생각엔.

그의 손이 옆으로 툭 떨어진다. 넌 영리한 여자가 아니야.

그렇게 안 보인다고 말하는 것뿐이에요.

그래 보여, 그가 말한다. 넌 영리한 여자가 아냐.

그가 창가에 앉아 담배를 피우는 동안 나는 그의 아내가 쓴 마지막 편지를 내 핸드백에서 꺼내 그의 앞에서 펼친다. 그는 내가 얼마나 당돌해질 수 있는지 모른다. 바이올렛 향기가 나는 단한 장. '제발'이라고 비르타가 종이 한가운데에 깔끔하게 적어놓았다. 그뿐이다. 나는 라몬에게 빙긋 웃어 보이고는 편지를 다시봉투에 넣는다.

아나 이리스가 언젠가 내게 그를 사랑하느냐고 물었을 때 나는 산토도밍고 옛날 집의 전등 얘기를 했다. 그 불빛이 얼마나깜빡였는지, 과연 저 불이 꺼질지 안 꺼질지 알 수 없었다고. 우리는 하던 일을 내려놓고 불이 마음의 결정을 할 때까지 아무 일도 하지 못하고 기다려야 했다고. 내 감정이, 나는 대답했다, 꼭그래.

그의 아내는 이렇게 생겼다. 체구가 작고 엉덩이가 거대하며마흔도 되기 전에 도냐(부인)라 불리게 될 여인의 심각한 표정을하고 있다. 같은 생에 살았다면 우리는 친구가 되지는 못했을 것 같다.

　나는 푸른색 병원 침대보를 앞에 들고 눈을 감지만 어둠 속에서도 핏자국이 내 앞에 어른거린다. 이거 표백제로 살릴 수 있어요? 사만사가 묻는다. 그애는 돌아왔지만 얼마나 갈지는 모른다. 내가 왜 그녀를 해고하지 않는지 나도 모르겠다. 어쩌면 기회를 주고 싶어서 그런지도 모르겠다. 어쩌면 그애가 남아 있을지 떠날지 보고 싶어서 그런지도 모르겠다. 그것이 내게 무엇을 말해준단 말인가? 말해주는 게 거의 없겠지. 내 발치의 가방에는 그의 옷가지가 들어 있고 나는 그 옷을 병원 빨래와 같이 세탁한다. 하루 동안 그에게서는 내 일터의 냄새가 나겠지만 나는 빵이 피보다 더 강하다는 걸 알고 있다.

　나는 그가 그녀를 그리워하는 조짐을 찾는 걸 그만두지 않았다. 그런 생각은 하면 안 돼, 아나 이리스가 내게 말한다. 그런 생각은 떨쳐버려. 그런 생각 때문에 미쳐버리고 싶지 않으면.

　그것이 아나 이리스가 이곳에서 생존하는 방법이자 아이들을 생각하면서도 정신을 놓아버리지 않을 수 있는 방법이다. 부분적으로는 이곳에서 지내는 우리 모두의 생존법이기도 하다. 나는 그녀의 세 아들의 사진을 본 적이 있다. 하르딘 하포네스(일본 정원)에서 사내아이 셋이 뒹굴고 있는, 소나무 부근에서 미소를 띠고 있는, 제일 어린 녀석은 사진 찍히는 게 부끄러워 달아나느라 노란 흔들림으로 찍힌. 나는 그녀의 조언을 따르기로 하고 일터로 오가는 길에 내 주변의 다른 몽유병자들에게 집중한다. 길거리를 쓸고 있는 남자들, 덥수룩한 머리로 레스토랑 뒤쪽에 서서 담배를 피우며 어슬렁거리는 이들, 양복 차림으로 열차 안에서 비틀거리는 사람들— 많은 이들이 애인의 거처에 들를 터이고, 집에서 차가운 밥을 먹는 동안, 배우자와 침대에 누워 있는 동안에도 온통 그 생각만 할 것이다. 나는 우리 어머니를 생각한다. 내가 일곱 살 때 유부남을 곁에 두었던, 멋진 턱수염에 두 뺨이 앙상했던 남자를, 너무 시커메서 다들 노체(밤)라고 불렀던 남자를. 코데텔 직원이었던 그는 캄포에서 전선을 연결하는 일을 했지만 우리 바리오에 살았고, 페데르날레스에 아내와 두 아이를 두고 있었다. 그의 아내는 아주 예뻤다. 라몬의 아내를 생각할 때면 나는 하이힐을 신은 미끈한 갈색 다리의 그녀가, 주변 공기보다 더 따스한 여인이 떠오른다. 우나 헤바 부에나(착하고 아름다운 여인이). 내 생각에 라몬의 아내가 배우지 못한 여자일 것 같지는 않다. 그저 시간을 보내기 위해 텔레노벨라(드라마)를 보는 거겠지. 편지에서 그녀는 제 아이를 사랑했던 만큼이나 아낀다는, 그녀가 돌보는 아이에 대해 언급한다. 처음에, 라몬이 떠난 지 오래되지 않았을 때 그녀는 두 사람이 아들을, 그녀의 아모르시토인(그녀가 아껴마지않는) 이 아이 빅토르 같은 아들을 다시 가질 수 있으리라 믿었다. 이 아이는 당신처럼 야구를 해, 비르타는 그렇게 썼다. 그녀는 엔리키요에 대해서는 결코 언급하지 않는다.

이곳에선 재앙이 끝도 없다―하지만 나는 이따금 우리의 미래를 또렷이 볼 수 있는데, 그 미래는 괜찮아 보인다. 우리는 그의 집에 살 것이고 나는 그를 위해 요리를 할 것이고 그가 카운터에 요리를 남기면 나는 그를 상가노(게으름뱅이)라 부를 것이다. 나는 아침마다 면도하는 그를 지켜보는 내 모습을 그려볼 수 있다. 때로 나는 그 집에 있는 우리를 그려본다. 어느 밝은 날 (아니면 오늘처럼 너무 추워서 바람 따라 마음도 같이 흔들리는 이런 날) 그가 아침에 깨어 모든 게 잘못되었다고 결심하는 걸. 그는 세수를 하고는 나를 향해 돌아설 것이다. 미안해, 그는 말할 것이다. 난 이제 떠나야 해.

사만사는 독감에 걸려 출근했다. 죽을 거 같아요, 그녀가 말한다. 그녀는 이 작업에서 저 작업으로 몸을 간신히 끌고 다니다가 벽에 기대어 쉬고 아무것도 먹지 않는다. 다음날에는 나도 독감에 걸렸다. 나는 독감을 라몬에게 옮긴다. 그는 독감을 옮겼다고 날 멍청이라 부른다. 내가 일 안 하고 하루 쉴 수 있는 줄 알아?

그가 묻는다.

나는 아무 말 하지 않는다. 말해봐야 화만 더 돋울 것이다.

그는 오랫동안 화나 있는 법이 없다. 마음속에 담고 있는 것이 너무 많기 때문이다.

금요일에 그가 집에 대한 소식을 전해주러 들른다. 노인이 우리에게 팔고 싶어해, 그가 말한다. 그는 내가 이해하지 못하는 서류들을 보여준다. 그는 흥분하면서도 두려워한다. 나는 그게 어떤 것인지 안다. 겪어본 적이 있다.

내가 어떻게 해야 한다고 생각해? 그의 눈은 나를 바라보고 있지 않다, 창밖을 향하고 있다.

당신이 집을 사야 한다고 생각해요. 당신은 그럴 자격이 있어요.

그는 고개를 끄덕인다. 하지만 값은 좀더 깎아야 해. 그가 담배를 꺼낸다. 내가 얼마나 오래 기다렸는지 알아? 이 나라에서 집을 갖는다는 건 드디어 살기 시작한다는 거야.

나는 비르타에 대해 말을 꺼내보지만 그는 여느 때처럼 묵살한다.

끝났다고 벌써 얘기했잖아, 그가 버럭 화를 낸다. 뭘 더 바라는 거야? 빌어먹을 시신이라도 원해? 당신네 여자들은 내버려둘 줄을 몰라. 놓아줄 줄도 모르고.

그날 밤 아나 이리스와 나는 영화관에 간다. 우리는 영어를 못 알아듣지만 새 영화관의 깔끔한 카펫을 좋아한다. 파랑과 분홍 야광빛 줄무늬가 번개처럼 벽면을 가로지르고 있다. 우리는 같이 먹을 팝콘을 사고 보데가*에서 타마린드 주스를 사서 몰래 들여간다. 우리 주변의 사람들이 떠든다. 우리도 떠든다.

그 집에서 이사 나가다니 행운이지 뭐야, 그녀가 말한다. 그놈의 쿠에로들 때문에 미치겠어.

이 말을 하기엔 아직 이르지만 나는 말한다. 네가 보고 싶을 거야. 그러자 그녀가 웃는다.

넌 다른 인생으로 가는 기로에 있어. 날 보고 싶어할 시간 따윈 없을걸.

아니, 보고 싶을 거야. 어쩌면 매일같이 널 만나러 찾아갈지도 몰라.

그럴 시간 없을걸.

시간이야 내면 되지. 나랑 끝내려는 거야?

물론 아니지, 야스민. 바보 같은 소리.

하지만 어쨌든 당분간은 그럴 일이 없다. 라몬이 거듭, 거듭 하던 말을 기억하기 때문이다. 무슨 일이든 일어날 수 있어.

우리는 영화가 끝날 때까지 조용히 앉아 있다. 내가 이사하는

---

* 주류와 음료를 판매하는 상점.

것에 대해 어떻게 생각하느냐고 나는 그녀에게 묻지 않았고, 그녀는 의견을 말하지 않았다. 우리는 서로 어떤 일들에 대해서는 침묵을 존중한다. 언젠가 아이들을 데리러 갈 생각이냐고 내가 묻는 법이 없듯이. 그녀가 어떻게 할지 나는 알지 못하겠다. 그녀에게도 남자들이 있었고 그들도 우리 방에서 잤지만 그녀는 어떤 남자도 오래 만나지 않았다.

극장을 나온 우리는 서로 딱 붙어 눈 위에서 흉터처럼 반들거리는 얼음을 조심하며 집으로 걸어간다. 이 동네는 안전하지 않다. 욕을 하는 정도의 스페인어만 아는 소년들이 길모퉁이에 몰려서서 노려보고 있다. 이들은 앞을 보지도 않고 인파에 섞여들더니, 우리가 지나가는 순간 뚱뚱한 한 녀석이 입을 연다. 조개 따먹는 건 내가 짱인데. 코치노(더러운 자식) 같으니라고, 아나 이리스가 한 손으로 나를 지그시 누르며 녀석에게 쏘아붙인다. 우리는 내가 예전에 살았던, 술집 위층에 있는 오래된 아파트를 지나친다. 나는 아파트를 올려다보며 내가 밖을 내다보던 유리창이 어디였는지 기억해내려 한다. 가자, 아나 이리스가 재촉한다. 꽁꽁 얼겠어.

*

라몬이 비르타에게 무슨 얘기를 한 게 틀림없다. 편지가 끊겼다. 사람들이 하는 말이 맞는 모양이다. 오래 기다리면 뭐든 변한다는.

한편 집을 사는 일은 내가 예상한 것보다 더 오래 걸린다. 그가 대여섯 번이나 계약을 엎을 뻔했고, 전화를 쾅 끊어버리면서 술을 벽에다 홱 뿌려대는 통에 나는 일이 무산되리라고, 성사되지 않으리라고 예측했는데. 하지만 기적처럼 성사된다.

봐, 그가 서류를 들고 말한다. 좀 보라고. 그는 거의 애원한다.

그가 좋아하니 나는 진심으로 기쁘다. 당신이 해냈어요, 미 아모르(내 사랑).

우리가 해냈지, 그가 가만히 말한다. 이제 우린 시작할 수 있어.

그러더니 식탁에 고개를 떨구고 운다.

십이월이면 우리는 그 집에 입주한다. 집은 반쯤 폐허여서 들어가 살 수 있는 방은 두 개뿐이다. 집은 내가 이 나라에 도착했을 때 처음 살았던 곳과 비슷하다. 겨울 내내 난방이 안 돼서 한 달 동안 우리는 양동이의 물로 목욕을 해야 한다. 카사 데 캄포*

_____

* '시골집'이라는 뜻으로, 동명의 최고급 리조트도 있다.

네, 나는 농담으로 한 말인데 그는 제 '니뇨(아이)'에 대한 어떤 비판도 친절하게 받아들이지 못한다. 아무나 집을 가질 수 있는 게 아니야, 그가 내게 상기시킨다. 난 이 집을 위해서 팔 년 동안 저축했어. 그는 쉬지 않고 집을 수리한다. 자재를 구하러 동네의 버려진 집들을 찾아간다. 마루 널 하나를 구해올 때마다 돈 굳었다고 자랑한다. 나무가 그렇게 무성한 동네인데도 평온하지 않아 우리는 항상 전부 다 꽁꽁 잠가놓는다.

몇 주 동안이나 사람들이 문을 두드리며 아직 집을 파느냐고 물었다. 개중에는 우리도 꼭 저렇게 보였겠지 싶을 만큼 희망에 찬 커플들이 있었다. 라몬은 마치 그들 같은 상태로 다시 끌려들어갈까봐 겁이 나는 듯 그들 앞에서 문을 쾅 닫아버린다. 하지만 내가 문을 열면 나는 부드럽게 그들을 실망시킨다. 아니요, 나는 말한다. 행운을 빌어요.

나는 알고 있다, 사람들은 영원히 희망을 품고 산다.

병원에는 새 동을 건설하고 있다. 사흘 뒤 크레인이 기도하듯 우리 건물을 둘러싸는데, 사만사가 나를 옆으로 잡아끈다. 겨울이 모든 걸 바짝 말려놓았다. 두 손은 파충류 같고 입술은 너무 터서 금세라도 찢어질 것만 같다. 돈을 빌려야 해요, 그녀가 속삭인다. 어머니가 아파요.

항상 어머니다. 나는 등을 돌린다.

제발요, 그녀가 애걸한다. 우린 같은 나라에서 왔잖아요.

그건 사실이다. 우린 같은 나라에서 왔다.

누군가에게 도움을 받으신 적이 있을 거 아니에요.

역시 사실이다.

다음날 나는 그녀에게 팔백 달러를 준다. 내가 모은 돈의 절반이야. 기억해.

기억할게요.

그녀는 너무나 행복해한다. 내가 그 집에 입주했을 때보다 더 행복해한다. 나도 그렇게 자유로울 수 있다면. 그녀는 남은 시간동안 내내 노래를 흥얼거린다. 내가 어릴 때 듣던 노래, 아다모 등속의 노래다. 하지만 그녀는 여전히 사만사다. 퇴근 시간표를 찍기 전에 그녀가 내게 말한다, 립스틱을 너무 많이 바르지 마세요. 안 그래도 입술이 큰데.

아나 이리스가 킥킥 웃는다. 그애가 너한테 그렇게 말했다고?

응, 그랬어.

케 데스그라시아다(건방진 것), 아나 이리스는 그녀의 당돌함이 제법이란 듯이 말한다.

주말이 가까워오자 사만사는 일터에 나타나지 않는다. 주변에 물어보지만 그녀가 어디 사는지 아무도 알지 못한다. 그애가 마지막 날 어떤 의미심장한 말을 했던 기억은 없다. 그애는 버스를 탈 수 있는 도심 쪽으로 그 어느 때보다 더 조용하게 표표히 걸어나갔다. 나는 그녀를 위해 기도한다. 내 첫해를 기억한다, 얼마나 필사적으로 집으로 돌아가고 싶었는지, 얼마나 자주 울었는지. 나는 기도한다, 그녀가 머무르길, 내가 그랬듯이.

일주일. 나는 일주일을 기다린 다음 그애를 떠나보낸다. 그애자리에 들어온 여자는 말이 없고 뚱뚱하고 불평도 없이 쉬지 않고 일한다. 때로 나는 그런 감상에 젖는 날이면 고향에 돌아가 자기 사람들과 같이 있는 사만사를 그려본다. 따뜻한 고향으로 돌아간 그애를. 이렇게 말하는 그애를. 절대로 돌아가지 않을 거야, 무엇을 위해서도, 누구를 위해서도.

라몬이 배관 작업을 하거나 마루를 샌딩하는 밤이면 나는 오래된 편지들을 읽으며 주방 개수대 아래 보관해둔 럼주를 홀짝이고, 물론 그녀를 생각한다, 다른 생의 그 여자를.

*

마침내 다음 편지가 도착했을 때 나는 임신중이었다. 라몬의 옛 집에서 우리의 새 집으로 보내진 편지다. 나는 우편물 더미에서 편지를 빼내고 노려본다. 심장이 쿵쾅댄다, 외로운 듯이, 내안에 다른 아무것도 없다는 듯이. 나는 편지를 뜯어보고 싶지만 그 대신 아나 이리스에게 전화를 건다. 우리는 오랫동안 통화를 못했다. 나는 신호가 울리는 동안 새가 잔뜩 앉아 있는 관목 울타리를 골똘히 바라본다.

산책하러 가고 싶어, 나는 그녀에게 말한다.

나뭇가지마다 끝에 새순이 움트고 있다. 옛날 집에 들어서자 그녀가 내게 입을 맞추고 식탁맡에 앉힌다. 내가 아는 하우스메이트는 둘뿐이다. 나머지는 다른 곳으로 갔거나 고향으로 돌아갔다. 섬에서 새로 온 여자애들이 있다. 털털거리며 들락거리는 이들은 나를 거의 쳐다보지도 않는다. 자신과의 약속에 녹초가 되었다. 나는 이들에게 조언하고 싶다. 어떤 약속도 저 바다에서 살아남을 순 없다고. 나는 배가 불렀고, 아나 이리스는 마르고 지쳤다. 그녀는 몇 달이나 머리를 자르지 않았다. 굵은 머리칼의 갈라진 부분이 또 다른 가닥처럼 튀어나와 있다. 하지만 그녀는 아직 씩 웃을 수 있다. 불이 붙지 않는 게 신기할 만큼 너무도 밝게. 위층 어딘가에서 한 여자가 바차타를 부르고 있다. 허공의 목소리가 이 집의 크기를, 천정이 얼마나 높은지를 다시금 상기시킨다.

여기, 아나 이리스가 목도리를 건넨다. 산책 가자.

나는 두 손에 편지를 쥐고 있다. 날은 잿비둘기 빛깔이다. 우리의 발이 여기저기 흩어진, 자갈과 흙 위로 딱딱하게 얼어붙은 눈발을 바작바작 밟는다. 우리는 뒤엉킨 자동차들이 신호등에서 속도를 줄이기를 기다렸다가 공원으로 총총 들어간다. 라몬과 나는 첫 몇 달 동안 이 공원에 날마다 찾아왔다. 그냥 일 마치고 쉬러 오는 거지, 그는 말했지만 나는 매번 손톱에 매니큐어를 빨갛게 칠했다. 우리가 처음 사랑을 나누었던 그 전날을 기억한다, 그 일이 일어날 줄 알고 있었던 걸. 그가 아내와 아들에 대해 막 말하고 난 뒤였다. 나는 그 사실에 대해 고심하고 있었다, 아무 말 없이, 내 두 발이 날 인도하게 내버려두면서. 우리는 야구하는 남자아이들 한 무리를 만났는데, 그가 아이들에게서 야구 방망이를 뺏듯이 낚아채더니 방망이로 허공을 가르곤 아이들을 멀리 보낸다. 나는 그가 망신을 당할 거라 생각하곤 멀찌감치 떨어져서 그가 넘어지거나 공이 그의 발치에 떨어지면 그의 팔을 다독일 준비를 하고 있었는데, 그는 상체만 살짝 트는 것으로 알루미늄 방망이에 부딪는 명징한 소리와 함께 아이들 너머로 공을 보내버렸다. 아이들이 두 손을 허공에 뻗으며 소릴 질렀고 그는 아이들 머리 너머로 내게 빙그레 웃어 보였다.

우리는 말없이 공원의 긴 모서리를 따라 걷다가 고속도로를 가로질러 다시 시내 쪽으로 갔다.

그 여자가 다시 편지를 보내고 있어, 내가 말했지만 아나 이리스가 내 말을 자른다.

아이들한테 전화를 하고 지냈어, 그녀가 입을 연다. 법원 건너편에 있는 남자를 가리킨다, 훔친 전화카드 번호를 그녀에게 파는 남자를. 아이들이 정말 많이 커서, 내가 목소리를 알아듣기가 힘들 정도였어.

잠시 후 우리는 앉아야만 했다, 내가 아나 이리스의 손을 잡아주고 그녀가 울 수 있도록. 나는 무언가 말해야 하지만 이럴 땐 어디서부터 시작해야 하는지 알지 못한다. 그녀는 아이들을 데려오거나 자신이 돌아갈 것이다. 그만큼은 변했다.

날이 추워진다. 우리는 집으로 간다. 우리는 문간에서 한 시간처럼 느껴질 만큼 오래도록 껴안는다.

그날 밤 나는 라몬에게 편지를 건네고 미소를 띠려 애쓴다, 그가 편지를 읽는 동안.

FLACA 플라카

피곤하거나 속상할 때면 너의 왼쪽 눈은 표류했었지. 눈이 뭔가를 찾고 있어, 너는 그렇게 말하곤 했고, 우리가 만나던 날들에도 네 눈은 떨리고 돌아갔고 너는 그러지 않도록 눈가에 손가락을 갖다대야 했지. 내가 자다가 깨서 내 의자 끝에 걸터앉은 너를 발견할 때면 넌 꼭 그러고 있었어. 너는 아직 교사 복장이었지만 재킷은 벗은 채였고 블라우스의 단추는 내가 사준 검정 브래지어와 가슴의 주근깨가 내게 보일 만큼 풀려 있었어. 그게 우리의 마지막 날들이라는 걸 몰랐지만, 알았어야 했어.

방금 도착했어, 네가 말하자 나는 네가 네 시빅을 주차해둔 곳을 내다보았어.

가서 창문 올리고 와.

여기 오래 있지 않을 거야.

누가 훔쳐가면 어쩌려고.

이제 갈 거야.

넌 의자에 그대로 앉아 있었고 난 그럴 땐 가까이 다가가면 안 된다는 걸 알고 있었어. 너에게는 정교한 시스템이 있었지. 너는 그 시스템이면 무작정 침대로 뛰어드는 상황을 물릴 수 있을 거라고 생각했고. 방 반대편에 앉고, 내가 네 손가락 마디를 꺾지도 못하게 하고, 십오 분 이상 머물지 않는 거야. 하지만 한번도 제대로 먹히지 않았어, 안 그래?

너희 주려고 저녁을 갖고 왔어, 네가 말했어. 우리 반에 가져갈 라자냐를 만들고 있었거든, 남은 걸 좀 갖고 왔어.

내 방은 작고 더웠고, 책이 아무렇게나 널려 있었지. 넌 여기 있고 싶어한 적이 없었고 (꼭 양말 속에 들어와 있는 것 같아, 그렇게 말했지) 친구놈들이 없을 때면 우린 늘 거실에서, 러그 위에서 잤어.

넌 긴 머리 때문에 땀이 났고 마침내 눈에서 손을 뗐지. 그러면서도 말하는 것은 멈추지 않았어.

오늘 새 학생이 왔어. 그 여자애 어머니가 나더러 조심해야 한다고 그러더라. 아이가 뭘 본다나 뭐라나.

남들이 못 보는 걸 본다고?

너는 고개를 끄덕였어. 내가 그 세뇨라(부인)한테 그게 아이의 학교생활에 도움이 되느냐고 물었어. 별로 그렇진 않지만 복권 번호를 몇 번 맞혀서 나한텐 도움이 됐어요, 하더군.

나는 웃어야 하는데 밖을 내다봤지, 벙어리장갑 모양 나뭇잎이 네 차 앞유리에 붙어 있었고. 넌 내 곁에 서 있지. 난 널 봤을 때, 우리가 듣던 조이스 수업에서 처음에, 그다음엔 체육관에서, 내가 널 플라카(말라깽이)라고 부르리란 걸 알았어. 네가 도미니카 사람이었다면 우리 가족은 널 엄청 걱정하면서 내 방문 앞에 음식을 갖다놓고 그랬을걸. 플라타노하고 유카*를 듬뿍 올린 다음에 간肝이나 케소 프리토**로 숨도 못 쉬게 덮어갖고 말이지. 플라카. 네 이름은 베로니카인데 말이지. 베로니카 아르드라다.

친구놈들이 곧 집에 올 거야, 내가 말했어. 창문을 올리고 오는 게 좋을 거야.

나 지금 갈 거라니까, 넌 그렇게 말하곤 한 손을 다시 눈에 갖다대지.

우린 심각해질 사이는 아니었어. 내 생각에 우린 결혼하거나

---

* 고구마와 비슷한 작물.
** 기름에 구운 덩어리 치즈.

뭐 그럴 거 같진 않아, 라고 했더니 넌 끄덕거리면서 이해한다고 했지. 그러고 나서 바로 우린 그 짓을 했어, 서로 상처 주는 일은 전혀 일어나지 않은 척할 수 있도록. 우리가 다섯번째 만났을 땐가 그랬고, 넌 몸에 착 붙는 검정 드레스에 멕시칸 샌들 차림이었지. 내가 전화하고 싶을 때 너에게 전화해도 되지만 넌 나에게 전화하지 않을 거라고 했어. 언제 어디서 만날지도 네가 결정해야 돼. 넌 그렇게 말했어. 나한테 맡겨둔다면 나야 널 매일 보고 싶을 테니까.

넌 적어도 정직했어, 난 정직했다고 하긴 어렵지만. 난 주중엔 너에게 절대 전화하지 않았고 네가 보고 싶지도 않았어. 친구놈들과 트랜잭션스 프레스에서 하는 일 때문에 바빴으니까. 하지만 금요일과 토요일 밤에 클럽에서 아무도 만나지 않은 날이면 너에게 전화를 했지. 우린 침묵이 길어질 때까지, 네가 마침내 물어볼 때까지 얘길 나눴어, 나 만나고 싶어?

나는 그렇다고 대답했고 널 기다리는 사이 친구놈들한테 말했지, 그냥 섹스일 뿐이야, 알잖아, 아무것도 아냐. 그러고 나면 네가 도착하곤 했지, 갈아입을 옷하고 나와 친구놈들의 아침을 만들어줄 프라이팬을 가지고, 너희 반 아이들을 위해 구운 쿠키를 갖고 올 때도 있었고. 친구놈들은 다음날 아침에 부엌에서 널 발견했지, 내 셔츠를 입고 있는 널, 친구놈들도 처음엔 불평하지 않았어, 네가 그러다 가버리려니 했으니까. 놈들이 구시렁거리기 시작할 때쯤엔 이미 늦은 거지, 안 그래?

기억나, 친구놈들이 날 주시하던 게. 녀석들도 이 년은 하찮은 시간이 아니라는 걸 알게 됐어, 그 두 해 내내 내가 너를 여자친구로 인정한 적이 한번도 없었는데도. 하지만 제정신이 아니었다싶은 건 내 기분이 멀쩡했다는 거야. 마치 여름이 날 장악해버린 것만 같았어. 친구놈들한테 내가 내린 결정 중에 최고의 결정이라고 말했어. 평생 백인 계집애들하고 놀아날 수는 없잖냐.

어떤 무리에서는 그건 당연한 일 이상이었지만 우리 패거리에선 아니었어.

조이스 수업에서 넌 한마디도 안 했지만 난 줄곧 말을 했어, 그러다 한번은 네가 날 바라봤고 그 순간 나도 널 바라봤는데 넌 교수까지도 눈치챌 정도로 얼굴이 새빨개졌지. 네가 패터슨 교외의 가난한 백인 출신이라는 건 네 볼품없는 패션 감각에서 드러났지. 넌 깜둥이들을 많이 사귀었어. 너 우리 깜둥이들한테 뭐가 끌리는 게 있나보다고 했더니 네가 화가 나서 말했지, 아니, 그렇지 않아.

하지만 사실 넌 그랬어. 넌 바차타를 추고, 라티나 소로리티*에 가입 서약을 하고, 산토도밍고에 벌써 세 번이나 가본 백인 여자였어.

기억나, 네 시빅으로 나를 집에 데려다주겠다고 제안하곤 했지.

기억나, 세번째 제안했을 때 내가 받아들였고. 두 좌석 사이에서 우리의 두 손이 스쳤어. 넌 내게 스페인어로 말하려 애썼고 난 네게 그만하라고 했지.

우리, 오늘은 다툼 없이 대화가 가능했네. 나는 말했지. 우리, 아무래도 내 친구놈들하고 같이 놀아야겠다. 그랬더니 넌 고개를 절레절레 저었지. 난 너랑 시간을 보내고 싶어, 그렇게 말했어. 우리 아직 괜찮은 거면 다음주쯤이 어떨까.

그게 우리가 바랄 수 있는 최선이었지. 두고두고 몇 년 동안 기억할 만한 짓거리나 말도 없이. 넌 브러시로 머리를 빗으며 날 지켜보는데, 부서지는 머리카락 가닥이 내 팔만큼이나 길어. 넌 보내고 싶어하지도 않고 상처받는 것도 원치 않아. 기분이 썩 좋지는 않지만 내가 너에게 무슨 말을 할 수 있을까?

우리는 몽클레어까지 차를 몰고 가지. 파크웨이 도로에는 거의 우리뿐이야. 모든 게 조용하고 어둡고 어제 내린 비에 젖은 나무들이 반짝여. 한 지점에서, 즉 오렌지스 길 바로 남쪽에서 파크웨이는 공동묘지를 관통해. 비석 수천 개와 기념비들이 길

---

* 미국 대학의 여학생 클럽.

양쪽에 늘어서 있지. 저 집에 살아야 한다고 상상해봐, 제일 가까운 집을 가리키며 넌 말했어.

꿈자리가 사납겠지, 내가 말했고.

넌 고개를 끄덕이지. 악몽들일 거야.

우리는 지도 가게 반대편에 주차하고 서점으로 들어가. 대학이 가까운데도 손님은 우리뿐이야. 우리와 다리가 셋인 고양이. 넌 복도에 자리잡고 앉아서 상자들을 뒤적이기 시작하지. 고양이가 냉큼 네게 다가가. 나는 역사책들을 뒤적이고. 내가 만나본 사람 중에서 나만큼이나 오랫동안 서점을 견딜 수 있는 사람은 너뿐이야. 똑똑이들, 쉽게 만날 수 없는 종류의. 내가 다시 너 있는 데로 돌아왔을 때 넌 어린이책을 읽으면서 신발을 벗어던진 발의 굳은살을 잡아 뜯고 있었어. 내가 어깨동무를 했지. 플라카, 그렇게 불렀어. 네 머리카락이 위로 살며시 날아올라와 내 까슬한 턱수염에 붙었어. 난 누구를 생각해서 수염을 자주 깎는 사람은 아니거든.

이런 식이면 괜찮겠는걸, 네가 말했지. 흘러가는 대로 내버려두기만 한다면.

지난여름에 네가 어디든 가고 싶어해서 나는 스프루스 런에 데려갔어. 우리 둘 다 어릴 때 가봤던 곳이지. 넌 어느 해에 갔는지, 심지어 몇 월이었는지까지도 기억했지만, 난 기껏해야 '내가 어릴 때'가 고작이었어.

앤 여왕의 레이스* 좀 봐, 네가 말했어. 넌 밤공기 속으로, 창밖으로 몸을 쑥 내밀고 있었고 나는 혹시 몰라서 네 등에 한 손을 얹고 있었어.

우리는 둘 다 취했고, 치마 속에 가터벨트에 스타킹만 입고 있던 너는 내 손을 네 다리 사이로 가져갔어.

너희 가족은 여기서 뭘 했어? 네가 물었지.

나는 밤물결을 바라봤어. 우린 바비큐를 했어. 도미니카식 바비큐. 아버지는 할 줄 모르면서도 고집을 피웠고. 이상한 빨간 소스를 만들어갖고는 출레타(갈비)에다가 뿌려놓고 생판 모르는 사람들한테 와서 먹으라고 초대하는 거야. 끔찍했어.

난 어릴 때 안대를 하고 다녔어, 넌 말했지. 어쩌면 우리 여기서 만나서 형편없는 바비큐를 먹으며 사랑에 빠진 적이 있을지도 몰라.

안 그랬을 거 같은데, 내가 말했다.

그냥 하는 말이야, 유니오르.

어쩌면 오천 년 전에 우리가 사귀었을지도.

---

* 레이스 문양을 닮은 야생화.

오천 년 전에 난 덴마크에 있었어.

맞네. 그리고 내 절반은 아프리카에 있었고.

뭘 하면서?

농장을 했을 거 같은데. 어디서나 다들 하는 거.

어쩌면 우린 다른 시대에 사귀었는지도 몰라.

언제인지 생각을 못하겠는데, 내가 말했다.

넌 날 바라보지 않으려 애썼다. 어쩌면 오백만 년 전에.

그때는 사람도 사람이 아니었어.

그날 밤, 넌 잠에서 깬 채 침대에 누워 구급차들이 우리집 앞길을 가르며 달려오는 소릴 들었어. 네 얼굴의 열기가 내 방을 며칠이고 따뜻하게 만들었지. 네 열기를, 가슴의, 얼굴의 열기를 네가 어떻게 견디는지 알 수 없었어. 난 널 만지지도 못할 지경이었으니까. 그러다 네가 난데없이 말했어, 널 사랑해. 그게 무슨 도움이 될지는 모르겠지만.

그건 내가 잠 못 들던 여름이었어, 새벽 네시에 뉴브런즈윅의 거리를 달리곤 했던 그 여름. 내가 5마일 기록을 유일하게 깼던 때였지, 거리는 텅 비어 있고 할로겐 가로등이 모든 것의 색깔을 은빛으로 바꾸어놓으며 자동차에 맺힌 이슬을 온통 반짝이게 했던. 메모리얼 홈스* 주위로, 조이스 킬머 길을 따라서, 스프루스 런을 지나서, 광란의 술집 캐멀롯이 합판을 못질해 붙이고 불에 탄 채 서 있는 근처를 뛰었던 걸 기억해.

난 매일 밤을 꼴딱 지새웠고 올드맨이 UPS 배달 일을 마치고 집에 돌아올 시간이면 난 프린스턴 정션에서 들어온 열차가 도착한 시각을 적고 있었지—우리 거실에서도 열차의 제동 소리가 들렸거든, 내 심장 바로 밑에서 들리는 듯한 굉음. 난 이렇게 밤을 지새우는 게 뭔가 의미가 있다고 생각했어. 어쩌면 그건 상실이나 사랑, 아니면 빼도박도 못하게 너무 늦어버렸을 때 우리가 하는 다른 어떤 말이었는지도 모르지만, 친구놈들은 멜로드라마에는 관심이 없었으니까. 녀석들은 내가 지껄이는 걸 듣고는 그건 아닌 것 같다고 말했어. 특히 올드맨이 그랬지. 나이 스물에 이혼한 그 녀석은 D.C.**에 아이 둘을 두고 있었지만 그 녀석은 둘 중 누구도 만나지 않았지. 올드맨은 내 말을 듣고는 말했어, 잘 들어. 이걸 극복하는 방법은 마흔네 가지가 있어. 그는 엉망이 된 두 손을 내게 보여줬어.

우리는 스프루스 런에 한 번 더 갔어. 기억나? 싸움은 끝도 없

---

* 장례 업체.
** 워싱턴 D.C.

이 지속되는 듯했고, 그럴 때마다 꼭 우리 둘이 침대에 드는 것으로, 서로를 쥐어뜯으며 끝났지. 마치 그러면 모든 걸 바꿀 수 있다는 듯이. 두어 달 뒤에, 넌 다른 누군가를 만나고 나 역시 마찬가지였지. 너보다 피부색이 더 짙다고는 할 수 없지만 그 여자는 샤워를 하면서 팬티를 빨았고, 머리카락은 작은 푸뇨(주먹)들이 넘실대는 것 같은 라티나였어. 넌 우릴 처음 마주쳤을 때 등을 돌리고 버스에 올라탔어, 그건 네가 타려던 버스가 아니란 걸 난 알았어. 내 여자가 물었어, 누군데? 난 대꾸했지, 그냥 아는 여자.

두번째 여행에서 난 해변에 서서, 네가 물속으로 헤치고 들어가는 걸 지켜봤어, 네가 그 깡마른 팔과 목을 호수에 적시는 걸. 우린 둘 다 숙취가 있었고, 난 조금도 젖고 싶지 않았어. 물속엔 치유가 있어, 네가 설명했지. 신부님이 미사 때 그렇게 말했어. 넌 물병에 물을 조금 담았어. 백혈병에 걸린 사촌과 심장이 안 좋은 이모한테 드린다고. 넌 비키니 팬티와 티셔츠를 입고 있었고, 언덕 쪽에선 안개가 가라앉으며 나무를 감쌌어. 넌 허리까지 잠기도록 들어가서는 멈췄지. 내가 널 물끄러미 바라보고 너도 날 바라봤고, 바로 그 순간엔 사랑 같은 그런 기분이었어, 안 그래?

그날 밤 넌 내 침대로 들어왔어, 믿기 어려울 만큼 마른 몸이었어, 그리고 네 젖꼭지에 키스하려고 하자 넌 한 손을 내 가슴으로 뻗었고. 잠깐만, 넌 말했어.

아래층에선 친구놈들이 소릴 지르며 티브이를 보고 있었어.

네가 입에서 물을 흘려보냈고 물은 차가웠어. 그리고 넌 물병에서 다시 물을 머금기 전에 내 무릎으로 손을 뻗었지. 난 네 숨결에 귀를 기울였어. 숨결은 얼마나 가늘었는지, 병에서 물이 내는 소리에도 귀를 기울였어. 그리고 넌 내 얼굴과 내 사타구니와 내 등을 덮었어.

넌 내 이름을 성까지 부르며 속삭였고 우린 서로의 품에서 잠들었고 난 기억해, 다음날 아침에 네가 없던 걸, 감쪽같이 사라지고 없던 걸, 내 침대나 집의 어떤 것도 그게 아니라고 입증할 수 없었던 걸.

THE PURA PRINCIPLE 푸라 원칙

마지막 몇 달. 그 사실을 곱게 포장한다거나 달리 가장할 방법은 없다. 라파는 죽어가고 있었다. 그때쯤이면 이미 나와 마미 단둘이 라파를 돌볼 때였고, 우린 대체 무슨 짓거리를 해야할지, 뭐라고 지껄여야 좋을지 몰랐다. 그래서 우리는 아무 말도 하지 않았다. 엄마는 어차피 감정을 요란하게 표현하는 타입은 아니었고, 그 왜 있잖나, 이벤트 호라이즌*형 성격이라고, 그런 사람이었다—하늘에서 날벼락을 맞는다 해도 어떤 감정인지 알 도리가 없는 사람이었다. 그냥 받아들이는 것 같았고, 빛도, 열

---

* 일반상대성이론에서 말하는 '사건 지평선'. 안에서 일어난 사건이 그 외부에 영향을 줄 수 없는 경계면.

도, 아무것도 발산하지 않았다. 나는, 나로 말할 것 같으면, 엄마가 말할 의향이 있었다 해도 내가 말하고 싶어하지 않았을 것이다. 학교에서 친구놈들이 그 얘길 몇 번 꺼냈을 땐 씨바, 니들 할 짓이나 하라고 말해줬다. 내 앞에서 꺼지라고.

나는 열일곱 살 반이었고 마리화나를 하도 피워대서 그즈음에는 아무 날이나 골라 한 시간만 기억해내는 것도 엄청난 일이었다.

어머니도 나름의 방식으로 신경을 끈 상태였다. 엄마는 녹초가 되도록 바빴는데—형과 공장 일과 집안일 틈에서 잠을 자기나 했는지 모르겠다. (난 우리집에서 손가락 하나 까딱할 필요가 없었다. 남자의 특권이랄까, 베이비.) 그래도 우리 여사님은 한두 시간씩 긁어모아서 당신이 새로이 집중하고 있는 남자, 헤오바(하느님)하고 시간을 보냈다. 나한텐 내 예르바(마리화나)가 있었고 엄마한텐 헤오바가 있었다. 전에는 교회에 나가는 것쯤 대수롭지 않게 여기던 엄마인데, 우리가 암 행성에 착륙하자마자 예수 그리스도 앞에 회까닥 엎어지고 만 것이다. 아마 십자가만 하나 옆에 있었으면 스스로 당신 몸을 십자가에 못 박았을지도 모른다. 특히 그 마지막 해에 엄마는 완전 아베 마리아였다. 기도 모임 사람들을 하루에도 두세 번씩 우리 아파트에 데려왔다. 나는 그들을 '지구 종말의 말馬상 사인방'*이라고 불렀다. 가

장 젊으면서 가장 말상이었던 사람은 글래디스였다—한 해 전
에 유방암 진단을 받고 한창 치료중이었는데 사악한 남편이 콜
롬비아로 달아나 제 사촌 하나와 결혼을 했다나. 할렐루야! 이름
이 기억나지 않는 다른 여인은 나이가 마흔다섯이었는데 꼭 아
흔 살처럼 보였고 완전 게토 끝판왕이었다. 과체중에 허리도 안
좋아, 신장도 안 좋아, 무릎도 안 좋아, 당뇨에다 어쩌면 좌골신
경통까지 있었는지도 모른다. 할렐루야! 하지만 압권은 우리 위
층에 사는 이웃인 도냐 로지였다. 진짜 마음 좋은 보리쿠아 부
인으로, 앞이 안 보이는데도, 만나본 중에 제일 행복한 사람이
었다. 할렐루야! 그런데 이분은 자기 아래쪽으로 조금이라도 의
자 비슷한 게 있는 것 같으면 확인도 않고 털썩 앉아버리는 습관
이 있어서 이미 두 번이나 소파를 놓치고는 엉덩방아를 찧은 전
적이 있는데다—가장 최근에는 꽥 소리를 지르기도 했다. 디오
스 미오, 케 메 아스 에초(아이구 주여, 날 어떻게 하셨수)?—이
할매만 오면 일어나는 걸 도와줘야 해서 나는 지하실에서 기어
나와야 했다. 이 비에하들이 우리 어머니의 유일한 친구였고—
이 년째 접어든 뒤로는 친척들마저 코빼기도 보기 힘들었다—
이분들이 왔을 때만 마미는 자신의 원래 모습과 조금이나마 비

---

* '요한계시록의 네 기사(Four Horsemen of the Apocalyse)'를 빗댄 말.

숫해 보였다. 얼빵한 캄포식 농담을 하길 좋아했고, 각 타시타(작은 찻잔)에 담긴 커피 양을 정확히 똑같게 맞춘 뒤에만 커피를 내왔다. 그리고 사인방 중 한 사람이 말도 안 되는 소리를 할 때면 엄마는 모음을 길게 빼면서 부에에에에노오오오오(됐고오오오오) 한마디로 그만하라고 알렸다. 그런 때가 아니면 평소에는 대부분 도무지 의중을 알 수 없었고 잠시도 가만히 있지 않았다. 청소하고, 정돈하고, 먹을 걸 만들고, 이걸 반납하고 저걸 사러 가게에 가고. 그러다가 멈추는 모습을 본 적은 거의 없지만 그럴 때면 엄마는 한 손으로 두 눈을 지그시 누르곤 했고, 그때에야 나는 엄마가 녹초가 되었다는 걸 알았다.

하지만 우리 중에서 압권은 단연 라파였다. 두번째 발병했다가 퇴원해 집에 돌아왔을 때 라파는 아무 일도 없었던 척했다. 말하자면 미친 짓이었다. 방사선이 뇌를 잔뜩 주물러놓은 탓에 라파는 자기가 어디 있는지도 모를 때가 반이었고, 나머지 절반은 너무 피곤해서 방귀도 제대로 못 뀔 지경이었다. 화학 치료 때문에 살이 80파운드나 빠지는 바람에 브레이크댄스라도 추는 해골처럼 보였고(우리 형은 운동복과 로프체인 스타일을 결코 포기하지 않을 인간이었다), 등짝에는 요추 천자 흉터가 잔뜩이었지만 거들먹대는 꼴은 아프기 전이나 대략 비슷했다. 완전, 백퍼 로코(미친놈)였다. 형은 동네 대표 또라이라는 데 자부심을 느꼈고 암 따위가 공식 임무에 방해가 되도록 내버려두지 않을 참이었다. 퇴원한 지 일주일도 안 돼서 불법체류중인 페루 애송이 놈의 면상을 망치로 냅다 갈겼고, 두 시간 뒤에는 어떤 새끼가 자기에 대해 개소리를 하고 다닌다며 패스마크까지 찾아가 날려버렸는데 그 머저리 자식 아가리를 오버핸드 스타일로 살짝 손봐준 거다, 우리가 미처 말릴 틈도 없이. 쌍, 무슨 개수작이야, 라파는 오히려 우리가 제정신이 아니라는 듯이 계속해서 소릴 질렀다. 말리는 우리한테 저항하느라 생긴 푸르스름한 멍은 아기 허리케인급이었다.

못 말리는 독종 중의 독종이었다. 언제나 파피 출로(킹카)였으니 말할 필요도 없이 옛날 수시아들 품으로 직행했고, 어머니가 집에 있든 없든 그년들을 몰래 지하로 데리고 들어왔다. 한번은 마미의 기도 모임이 한창인데 지구 최대 방뎅이를 장착한 파크우드 계집애를 데리고 기어들어왔길래 할 수 없이 나중에 한마디했다, 운 친 데 레스페토(존중 좀 하지). 그 인간은 어깨를 으쓱했다. 내가 뻗었다고들 생각하는 것도 곤란하잖아. 혼다 힐에서 시간을 죽이다가 집에 기어들어오는 날이면 도무지 알아듣기 힘들게 말을 해대는 바람에 무슨 아람* 말을 하는 줄 알았다.

---

* 히브리어와 비슷한 언어로 구약성경의 일부에 쓰였으며, 시리아 및 아라비아

잘 모르는 사람들은 다들 그 인간이 낫고 있겠거니 했다. 체중을 다시 늘릴 거야, 두고 봐, 라파는 사람들에게 입버릇처럼 말했다. 어머니에게는 온갖 구역질나는 단백질 셰이크를 만들어달라고 하면서.

마미는 어떻게든 이 인간이 집구석에 붙어 있게 하려고 애썼다. 의사가 한 말 기억해라, 이호. 하지만 이 인간은 건성으로 타토(알았어), 엄마, 타 토, 라고 하면서 건들건들 문밖으로 나서기 일쑤였다. 엄마는 한번도 형을 말린 적이 없었다. 나한테는 소리지르고 욕을 하고 때리기도 했지만 형한테는 마치 무슨 멕시코드라마의 배역을 따내려고 오디션이라도 보는 것처럼 콧소리로 말했다. 아이 미 이히토, 아이 미 테소로(아잉, 사랑하는 내 아드을, 내 보무울). 나는 치즈퀘이크에 사는 자그만 백인 여자애한테 완전 집중하던 와중에도 그 인간이 골로 가는 속도를 늦추게 하려고도 시도해봤는데—어이, 요양인지 뭔지 해야 하는 거 아냐?—그 인간은 그 죽은 눈으로 날 물끄러미 바라보기만 했다.

어쨌든 몇 주 동안 센 기어를 너무 쓴다싶더니 이 인간, 결국은 벽에 부딪혔다. 밤새 그렇게 나돌아다니더니 다이너마이트급 기침이 터져 결국은 이틀 동안 다시 병원 신세를 지게 됐는데—

문자의 기원이 되었다.

그전 입원 기간(여덟 달)에 비하면 물론 그건 껌이었다—퇴원하고 나자 변화를 감지할 수 있었다. 이제 날밤을 까거나 토할 때까지 술 처먹는 짓은 그만뒀다. 아이스버그 슬림 같은 짓*도 그만뒀다. 소파에서 그 인간 위에 올라타고 울어젖힌다든가 지하에서 라보**를 열라 빨아주던 계집애들도 더는 없었다. 꿋꿋하게 남아 있던 유일한 여자는 전 여친 태미 프랑코였는데, 그 인간은 사귀는 내내 그녀를 신체적으로 학대했었다. 그것도 심하게. 이년 동안이나 공공연하게. 그 인간은 태미한테 열을 딱 받으면 여자의 머리채를 잡고 주차장에서 질질 끌고 다녔다. 한번은 여자의 바지 단추가 풀려서 바지가 발목까지 내려와 태미의 토토*** 등등까지 다 보였던 적도 있었다. 나한테는 태미 하면 아직도 생각나는 이미지가 그거다. 형이랑 헤어진 다음에 태미는 백인 남자로 갈아타고 광속으로 결혼했다. 예쁜 여자였다. 그 왜 호세 칭가의 히트곡 〈플라이 테타스(죽이는 젖통)〉 있잖나, 태미가 딱 그랬다. 결혼한, 예쁜 여자, 그리고 여전히 우리 형을 따라다니는. 이상한 건 그 여자는 우리집에 들르는 날이면 집안으로 들어오지 않으려 했다는 거였다, 단 한 번도. 그녀가 캠리를 집 앞

---

* 전직 포주로 작가가 된 인물. 슬림의 책에 등장하는 남자들은 늘 매춘을 알선한다.

** 남성의 성기를 일컫는 속어.

*** 여성의 질을 일컫는 속어.

에 대고 기다리면 라파가 나가서 조수석에 앉아 있다가 들어오
곤 했다. 나는 여름방학이 막 시작된 참이어서 백인 계집애가 내
전화에 답해오길 기다리면서 부엌 창문에서 그들을 지켜보았다.
그 인간이 여자의 머리를 손바닥으로 눌러 제 무릎으로 가져가
길 기다리면서. 하지만 그런 일은 결코 일어나지 않았다. 둘은
말을 하는 것 같지도 않았다. 십오 분, 이십 분 뒤에는 라파가 기
어나오고 여자는 차를 몰고 가버리는 걸로 끝이었다.

　너네 둘이 뭔 지랄했냐? 뇌파 교환?

　형은 어금니를 손가락으로 만지작대고 있었다─방사선이 이
미 두 개나 앗아가버린.

　저 여자 무슨 폴란드놈인가하고 결혼하지 않았어? 애도 있지
않나, 둘인가?

　라파가 날 건너다봤다. 씨바, 니가 아는 게 뭔데?

　없지.

　좆도 없지. 엔톤세스 카야테 라 퍼킹 보카(그럼 주둥이 닥쳐라).

　그러니까 라파는 처음부터 이랬어야 했다. 느긋하게 쉬면서,
집구석에서나 어슬렁대면서, 내 대마초나 왕창 빨고(실은 라파
가 거실에서 조인트를 마는 동안 나머지를 숨겨야 했다) 티브이
나 보다가 잠이나 처자면서. 마미는 기뻐서 어쩔 줄 몰랐다. 가
끔은 얼굴에서 빛이 날 지경이었다. 기도 모임에서는 디오스 산

티시모(거룩하신 하느님)가 기도를 들어주셨다고 했다.

알라반사(찬양할지어다), 도냐 로지는 말했다, 구슬 같은 눈알을 굴리면서.

나는 메츠의 경기 중계가 있을 때면 가끔 형이랑 앉아서 함께 보기도 했는데 그럴 때조차도 그 인간은 자기 기분이 어떤지, 앞으로 어떻게 되어갈 것 같은지에 대해서는 한마디도 없었다. 침대에 누워 있거나 어지럽거나 메슥거릴 때만 신음 소리가 들렸다. 제길, 이게 무슨 일이지? 어떡하지? 어떡하지?

그게 폭풍 전의 고요라는 걸 나는 알았어야 했다. 형은 기침에서 회복한 지 이 주도 안 된 어느 날, 하루가 다 가도록 보이지 않다가 은근슬쩍 차를 대고 기어들어와 아르바이트 자리를 구했다고 발표했다.

알바? 내가 물었다. 씨바, 형 미쳤어?

남자라면 바쁘게 살아야 하는 거야. 이가 숭숭 빠진 빈자리를 드러내며 라파가 씩 웃었다. 나도 좀 쓸모가 있어야 할 거 아냐.

알바를 하는 곳은 하필이면 '얀 반*'이었다. 그 소식을 듣고 엄마는 처음엔 이제 더이상 형과 말을 섞지 않으려 했다. 네가 죽

---

* '털실 헛간'이라는 뜻의 털실 가게 이름.

고 싶구나, 죽고 싶어. 하지만 얼마 안 가 부엌에서 엄마가 형에게 낮은 목소리로 조분조분 말하는 걸 들었다. 급기야 형이 이렇게 말할 때까지. 마, 나 좀 냅두시지, 응?

완전 미스터리였다. 형한테 갈고닦아야 할 무슨 어마어마한 직업윤리 같은 게 있던 것도 아니다. 라파가 해본 유일한 일이라고는 올드 브리지 백인 애들한테 약을 팔았던 것뿐인데 그때도 라파는 엄청 느긋했다. 바쁘게 살고 싶으면야 다시 그 일로 돌아가면 되고—그게 더 쉬울 터였다. 형한테도 그렇게 말했다. 우린 클리프우드 비치와 로렌스 항구 쪽 백인 애들을, 말하자면 순전한 쓰레기 고객층을 아직도 많이 알고 있다. 하지만 라파는 그짓은 안 하겠다고 했다. 그런 유산을 남길 수야 있나?

유산? 나는 내 귀를 의심했다. 형, 털실 가게에서 일할 거라며!

약 장사보다야 낫지. 그거야 아무나 하니까.

털실 파는 건? 그건 대단한 사람들만 한대?

라파는 두 손을 무릎에 올려놓고는 물끄러미 바라봤다. 넌 네 인생을 살아, 유니오르. 난 내 인생을 살 테니까.

형이 원래부터 대단히 이성적인 사람은 아니었지만 이건 진짜 깼다. 난 그게 다 지루해서 그런 거라고, 병원에서 여덟 달을 보낸 여파라고 생각한다. 복용하던 약 때문일 수도 있고. 어쩌면 라파는 그냥 평범해지고 싶었는지도 모른다. 정말이지 형은 그

일에 대해 엄청 신이 난 듯 보였다. 출근할 때면 옷도 말끔히 차려입었고, 화학치료 뒤에 머리칼이 체모처럼 드문드문 다시 나기 시작한, 한때는 근사했던 그 머리를 조심스레 빗었다. 시간도 충분히 잡고 나갔다. 늦으면 안 돼. 라파가 출근할 때마다 어머니는 그의 등뒤로 문을 쾅 닫았고, 할렐루야 팀이 집에 같이 있을라치면 이들은 바로 묵주 기도 신공을 발휘했다. 나는 약에 취해 맛이 가 있거나 치즈케이크의 그 계집애를 따라다닐 때가 대부분이었을 테지만, 그래도 가끔은 라파가 모헤어 코너에서 바닥에 고개를 처박고 쓰러져 있진 않은지 확인하러 가게에 가보곤 했다. 초현실적인 광경이었다. 우리 동네에서 짱 먹는 인간이 비실대며 가격표를 쫓아다니는 꼴이라니. 나는 그 인간이 살아 있는지 확인만 하고는 자리를 떴다. 라파는 날 못 본 척했다. 나도 그 인간을 못 본 척했다.

첫 급여로 받은 수표를 처음으로 집에 가져온 날 라파는 탁자에 돈을 내려놓고는 쿡쿡 웃었다. 이러다 대박나겠는데, 베이비.

오예, 죽이는데. 나도 맞장구를 쳤다.

그리고 그날 밤, 좀 있다가 나는 형한테 이십 달러를 달라고 했다. 라파는 나를 물끄러미 보다가 돈을 건넸다. 나는 차에 올라타고는 로라가 친구들하고 있겠다던 곳으로 달려갔지만 내가 도착했을 때 로라는 이미 없었다.

그 알바 어쩌고 하던 짓거리는 오래가지 못했다. 하긴 오래갈 수나 있었겠나. 대략 삼 주 정도 라파는 해골 같은 몰골로 뚱뚱한 백인 아줌마들을 긴장시키더니, 망할 건망증이 시작되고, 방향감각을 잃고 헤매고, 손님들한테 거스름돈을 잘못 거슬러주고, 아무한테나 욕을 해대며 손님들을 쫓아내곤 했다. 그러다 결국은 상품이 진열된 코너 중간에 주저앉더니 도로 일어나지 못하는 날이 오고 말았다. 스스로 운전해서 집에 올 수 없을 정도로 아파해 가게 사람들이 집에 전화를 걸어 나를 침대에서 불러냈다. 갔더니 라파는 사무실에 고개를 푹 숙이고 앉아 있었다. 그 인간을 부축해 일으켜세우려니까 라파를 돌보던 스패니시 여자는 내가 무슨 가스실에라도 데려가는 것처럼 왱 하고 울어젖히기 시작했다. 이 개새한테서 열라 열이 나고 있었다. 데님 앞치마에서까지 열기가 느껴졌다.

이런, 라파, 내가 말했다.

형은 올려다보지도 않고 웅얼거렸다, 노스 푸이모스(우린 끝났어).

내가 자기 모나크를 운전하는 동안 라파는 뒷좌석에 널브러져 있었다. 나 지금 죽어가는 거 같아, 그가 말했다.

죽어가는 거 아니거든? 하지만 진짜 골로 갈 거면 이 차는 나

138

한테 줘라, 알았지?

내 애마는 아무한테도 안 줘. 이 안에 탄 채로 묻힐 거야.

이 똥차에?

넵. 내 티브이하고 권투 글러브도.

뭐 파라오냐?

그는 허공에 엄지를 치켜들며 말했다. 넌 노예니까 트렁크에 묻혀라.

열은 이틀 정도 계속되다 잠잠해졌지만 알량하게나마 나아지는 데는, 침대보다 소파에서 시간을 더 많이 보내게 되기까지는 일주일이나 걸렸다. 저 인간은 거동할 수 있게 되면 바로 털실 가게로 돌아가거나 해병대 입대 따위를 할지도 모른다고 나는 생각했다. 어머니도 같은 걱정을 했다. 기회가 있을 때마다 그렇게는 안 된다고 단단히 일렀다. 내가 허락 못한다. 마드레스 데 플라사 데 마요* 스타일 안경 안쪽에서 어머니의 두 눈이 빛났다. 난 못해. 나, 네 엄마가 허락 못한다고.

마, 나 좀 냅둬. 좀 냅두라고.

보나마나 멍청한 짓을 하리라는 게 훤히 보였다. 좋은 소식은

---

* 5월 광장의 어머니들. 아르헨티나 군사정권이 좌파 척결을 위해 자행한 '더러운 전쟁' 동안 실종된 이들의 어머니들이 만든 단체로, 불법으로 납치된 자녀의 귀환과 인권을 위해 수십 년간 싸웠다.

인간이 털실 가게로 돌아가려고 하지는 않았다는 사실이었다.

　나쁜 소식은 그 인간이 집을 나갔고, 간단히 말해 결혼을 했다는 거였다.

　털실 헛간에서 라파를 위해 목놓아 울던 스패니시 여자 기억하나? 뭐, 알고 보니 그 여자는 도미니칸이었다. 형이나 나 같은 도미니카 사람이 아니라 진짜 도미니카 사람 말이다. 그 왜 갓 입국해서 따끈따끈한, '불법체류'할 때의 그 도미니칸 말이다. 그리고 열라 멍청했다. 라파가 좀 나아지기도 전에 여자는 세심과 배려를 앞세워 라파를 찾아오기 시작했다. 그러고는 라파와 같이 소파에 앉아 텔레문도를 봤다. (난 티브이가 없거든, 여자는 적어도 스무 번은 공표했다.) 그녀 역시 런던 테라스에, 동으로는 22동 건물에 아드리안이라는 어린 아들을 데리고 살고 있었는데, 구자라트* 출신의 중늙은이 주인 남자한테서 코딱지만한 방 한 칸을 빌려 살고 있었으니, 그 여자가 (제 말을 빌리자면) 자기 헨테(사람)하고 시간을 보내는 걸 무지하게 고된 일이라곤 할 수 없었다. 여자는 우리 엄마를 세뇨라라고 부르며 두 다리를 꼭꼭 모으고 몸가짐을 단정히 하려 애썼지만 라파는, 알게 뭐야,

---

　* 인도 서부의 주.

여자한테 문어처럼 달려들었다. 다섯번째 방문쯤에는 할렐루야 모임이 있든 없든 여자를 지하로 끌고 갔다.

푸라가 여자의 이름이었다. 푸라(순수한) 아다메스.

엄마는 여자를 푸라 미에르다(순전 구라)라고 불렀다.

뭐, 공식적으로 말하는데 나는 푸라가 그렇게 나쁘다고는 생각지 않았다. 라파가 데려오던 걸레들 대부분보다는 훨씬 나았다. 키가 큰 인디에시타(원주민 여자)로, 발이 엄청 크고 감정이 굉장히 풍부한 얼굴이었지만 이웃에서 흔히 볼 수 있는 섹시녀들과 달리 푸라는 자신의 아름다움을 어찌해야 할지 모르는 듯했고, 진심으로 자신의 미모에 대해 개념이 없었다. 말을 할 때 자신을 굉장히 낮추는 걸로 봐서는 완전 캄페시나(촌년)였는데, 하도 시골스럽게 말을 해대는 통에 나는 푸라가 하는 말을 반도 못 알아먹었다―데파비나오(엉망이야)니 에스트리바오(돈이 많아) 따위 말을 줄창 썼다. 가만 내버려두면 귀가 아프도록 수다를 떨었고 너무 솔직했다. 일주일도 안 돼서 평생 살아온 얘기를 우리에게 다 들려주었다. 어릴 때 아버지가 죽었고, 불과 열세 살 때 어머니가 나이 오십 된 구두쇠한테 시집을 보냈으며(첫아들 네스토르는 그때 생긴 아이라고), 그렇게 끔찍한 이 년여를 보낸 뒤에 라스 마타스 데 파르판에서 뉴어크로 도약할 기회가 생겼는데, 다름 아니라 모자란 아들과 몸겨누운 남편의 수발을 들어달라며 어떤 티아(친척 아주머니)가 미국으로 그녀를 데려왔다고. 미국에 온 뒤에는 그 티아에게서도 도망쳤는데 그건 누구의 노예로 살려고 누에바욕(뉴욕)에 온 게 아니기 때문이라고, 더이상은 그렇게 안 산다고 했다. 그다음 사 년은 그때그때 필요에 따라 뉴어크에서 엘리자베스, 패터슨, 유니언시티, 퍼스 앰보이(여기서 어떤 미친 쿠바노가 그녀를 임신시켜 둘째 아들 아드리안이 생겼다고)로 바람처럼 이리저리 몸을 맡겼고, 만나는 사람마다 그녀의 착한 천성을 악용했으며, 이제 여기 런던 테라스에서, 다음 기회를 엿보며 근근이 살고 있다고 했다. 그렇게 말하면서 그녀는 형에게 밝게 웃어 보였다.

마, 도미니카에서 여자애들을 정말 그런 식으로 시집보내진 않죠, 진짜 그래요?

포르 파보르(제발), 마미는 말했다. 저 푸타가 하는 말 하나도 믿지 마라. 하지만 일주일 뒤 어머니와 말상녀들은 시골에서 그런 일이 얼마나 자주 일어나는지 모른다며 탄식했다. 마미 자신도 염소 두어 마리하고 자신을 막무가내로 바꾸려 하던 어머니와 싸워야 했다고.

이제 우리 어머니는 형의 '아미기타(여자친구)'들에 대해 단순한 정책을 갖고 있다. 어차피 오래갈 여자는 아무도 없으니 어머니는 굳이 이름조차 알려 들지 않았고 도미니카에서 길렀던 우리 고양이들만큼도 신경쓰지 않았다. 마미가 이들을 모질게 대했다거나 한 건 아니다. 여자가 하이, 하면 엄마도 하이, 했고 여자가 깍듯이 나오면 마미도 그렇게 대했다. 하지만 우리 비에하는 자신의 에너지는 단 1와트도 쓰지 않았다. 흔들림 없이, 응징이라도 하듯 무관심했다.

그런데 푸라는, 와, 정말이지 완전 다른 얘기였다. 마미가 이 여자를 좋아하지 않는다는 건 애당초 분명했다. 푸라가 불법체류중인 제 신분에 대해서 너무 속보이게 끊임없이 힌트를 불쑥불쑥 떨어뜨렸던 것 때문만은 아니었다―신분 문제만 해결된다면 내 인생이 훨씬 더 나아질 텐데, 아들 인생도 훨씬 더 나아질 테고, 불쌍한 어머니며 라스 마티스에 두고 온 아들도 언젠가는 찾아가볼 수 있을 텐데, 딱 한 가지만 해결된다면, 하면서. 마미는 비자 때문에 매달리는 년들이라면 전에도 겪어봤지만, 이렇게 열받아한 적은 없었다. 푸라 얼굴의 무언가가, 그녀가 등장한 타이밍, 성격, 모든 게 마미를 빡 돌게 만들었다. 심사가 완전히 뒤틀렸다. 아니면 마미는 다가올 일에 대한 예감 같은 게 있었는지도 모르겠다.

이유야 뭐가 됐든 어머니는 푸라를 혹독하게 구박했다. 푸라의 말투나 옷차림에 대해 트집 잡지 않으면, 먹는 꼬라지 좀 보라고(주로 입을 벌리고 먹을 때), 걸음걸이는 어떻고, 딱 캄페시나에 프리에타(깜둥이 계집)라며, 마미는 푸라가 눈에 안 보이는 것처럼 휙 지나쳐가기도 하고, 옆으로 밀치기도 하고, 푸라가 묻는 아주 기본적인 질문마저도 무시했다. 어쩔 수 없이 푸라에 대해 언급해야 할 때면 이런 식으로 말했다. 라파, 푸타 년은 뭘 처먹겠다니? 보다 못한 나까지, 씨바, 마, 쫌! 하고 말릴 정도로. 하지만 더 심한 건 뭐였냐면 정작 푸라 자신은 적대감을 전혀 눈치채지 못하는 듯했다는 거다! 마미가 어떤 행동을 하건 무슨 말을 하건, 푸라는 계속 마미와 대화를 나눠보려 애썼다. 마미가 모질게 대하면 대할수록 외려 푸라의 존재감만 더욱 부각시키는 듯했다. 라파하고 단둘이만 있을 때면 푸라는 아주 조용했지만 마미가 곁에 있을 때면 모든 것에 대해 의견이 있었고 모든 대화에 끼어들었으며 말도 안 되는 소릴 해대면서—미국의 수도가 뉴욕 시라든지 대륙은 셋뿐이라든지—죽도록 우겨댔다. 마미가 사사건건 주시하고 있으니 조심도 좀 하고 자제해도 좋으련만와아, 푸라는 절대 아니었다. 완전 제멋대로였다! 부스카메 알고 파라 코메르(나 뭐 좀 먹게 찾아와), 여자는 내게 말하곤 했다. 부탁인데, 같은 말은 한마디도 없이. 원하는 걸 내가 갖다주지 않으면 소다나 플란* 따위를 스스로 찾아 먹었다. 어머니는 푸라의 손에서 음식을 낚아챘지만 마미가 돌아서자마자 푸라는 냉장고를 다시 뒤져 알아서 찾아 먹었다. 심지어 어머니한테 아파트에 페인트를 다시 칠해야 한다고까지 말했다. 색깔이 좀 있어야지요. 에스타 살라 에스타 무에르타(거실이 죽었잖아요).

나는 웃으면 안 됐지만 그 모든 게 사실 좀 웃겼다.

말상들은 어땠냐고? 말상녀들이 분위기를 좀 누그러뜨리지 않았을까싶겠지만 이 아줌마들은, 엿 먹으라고 해, 친구 좋다는 게 뭐야, 불이 났으면 부채질을 해야지, 식이었다. 날마다 반反푸라 북을 두두둥 두들겨댔다. 에이야 에스 프리에타. 에이야 에스 페아. 에이야 데호 운 이호 엔 산토도밍고. 에이야 티에네 오트로 아키. 노 티에네 옴브레. 노 티에네 디네로. 노 티에네 파펠레스. 케 투 크레에스 케 에이야 부스카 포르 아키?(저 여잔 깜둥이야. 못생겼어. 산토도밍고에 아들이 있어. 여기 딴 남자가 있어. 남자가 없어. 돈이 없어. 불법체류야. 여기 뭐 하러 왔겠어?) 이들은 푸라가 형의 시민권자 정자로 임신을 한 다음 마미에게 자신과 자기 아이들, 산토도밍고에 있는 자기 가족을 영영 부양하게 만들려 한다는 시나리오로 마미를 위협했고, 이즈음에는 메카 시간표에 맞춰 기도를 올리던 마미는 만일 그런 일이 일어난다면 손수 푸라의 배를 따버리겠다고 말상들에게 대꾸했다.

---

* 달걀, 치즈, 과일 등을 넣은 파이.

텐 무초 쿠이다도(제발 조심해라), 어머니는 형에게 신신당부했다. 내 집에 모노(원숭이 새끼)는 싫다.

너무 늦었어, 라파는 나를 곁눈질하며 말했다.

형은 푸라가 너무 자주 오지 않게 하거나 마미가 공장에 나갔을 때만 오게 한다든지 해서 인생을 좀더 쉽게 만들 수도 있었지만, 뭐 그 인간이 한 번이라도 합리적인 짓을 한 적이 있었던가. 그 인간은 그 팽팽한 긴장 속에서 소파에 처박혀서는 외려 재밌어하는 듯했다.

라파가 주장했던 것처럼 그 여자를 그만큼 좋아했을까? 말하기 어려운 문제다. 분명 다른 여자애들한테보다는 푸라에게 훨씬 더 신사답긴 했다. 문도 열어주고 예의를 차리며 말했다. 심지어 푸라의 사팔뜨기 아이도 귀여워했다. 그 인간의 전 여친들은 대부분 이런 라파를 볼 수 있다면 죽음이라도 불사했을 텐데. 그들 모두가 기다렸던 라파의 모습이었다.

로미오였든 아니든 나는 둘의 관계가 지속될 거라고는 생각지 않았다. 내 말은, 우리 형은 한 여자를 오래 달고 있던 적이 없었다는 거다. 한 번도. 그 인간은 푸라보다 나은 년들도 주기적으로 버렸다.

그리고 결국 그렇게 된 것처럼 보이기도 했다. 한 달 정도 뒤에 푸라가 사라졌다. 어머니는 축배를 들지는 않았지만 언짢아하지도 않았다. 그런데 그러다 두어 주 뒤에 형도 사라졌다. 모나크를 타고 나가 홀연히 없어졌다. 하루가 지나고 이틀이 지났다. 그쯤 되자 마미는 정신줄을 완전히 놓기 시작했고, 말상녀네 명에게 하느님 라인에 연락해서 당장 전국 수배령을 내리게 했다. 나도 슬슬 걱정되기 시작한 게, 처음에 진단받았을 때 운전석에 올라타곤 친구놈이 있다나 뭐라나 하는 마이애미까지 차로 가려고 했던 게 기억나서 말이다. 필라델피아까지도 못 가서 차가 고장났다. 나는 너무 걱정이 된 나머지 태미 프랑코의 집까지 걸어가봤지만 초인종에 폴란드놈 서방이 대답하는 바람에 기가 꺾여서 돌아나와버렸다.

사흘째 밤, 모나크가 멈추는 소리가 들렸을 때 우리는 집에서 망연히 기다리던 중이었다. 어머니는 창가로 뛰어갔다. 손가락 마디가 하얘지도록 커튼 자락을 움켜쥐고 있다가 어머니가 마침내 말했다, 왔다.

라파는 푸라를 뒤에 거느리고 쿵쾅거리며 들어왔다. 술에 취한 게 분명했고 푸라는 방금 클럽에서 돌아온 듯한 차림새였다.

집에 잘 왔다, 어머니가 가만히 말했다.

이거 좀 봐, 라파가 자기 손과 푸라의 손을 들어 보이며 말했다. 둘은 반지를 끼고 있었다.

우리 결혼했어요!

정식으로 결혼했어요. 푸라가 핸드백에서 혼인신고증명서를 꺼내며 방정맞게 말했다.

어머니는 짜증 섞인 안도감에서 도무지 알 수 없는 표정으로 변했다.

임신했니? 어머니가 물었다.

아직은요, 푸라가 대꾸했다.

쟤 임신했냐고! 어머니가 형을 똑바로 쳐다보았다.

아니, 라파가 말했다.

한잔하자구, 형이 말했다.

어머니의 대답, 내 집에선 아무도 술 마실 수 없다.

난 한잔할 건데. 형이 부엌 쪽으로 걸어갔지만 어머니가 라파를 밀쳤다.

마, 라파가 말했다.

아무도 이 집에서 술 마실 수 없다고. 어머니가 다시 라파를 밀쳐냈다. 어머니는 푸라 쪽으로 손을 떨쳐 보이며 말했다. 남은 생을 이렇게 보내고 싶다면, 라파엘 우르바노, 더는 너한테 할말이 없다. 부탁인데, 너랑 네 푸타가 내 집에서 나갔으면 좋겠다.

형의 눈에 맥이 풀렸다. 난 아무데도 안 가.

둘 다 나가.

나는 이러다 형이 어머니를 치겠다고 잠시 생각했다. 진짜다.

하지만 욱하며 불끈대던 근육질의 모습은 이내 사라졌다. 라파는 푸라(그녀는 그제야 비로소 뭔가 잘못됐다는 걸 이해하는 듯했다)를 감싸안았다. 나중에 봐요, 마. 그가 말했다. 그러곤 다시 모나크에 올라타고 푸라와 함께 사라져버렸다.

문 잠가라, 방으로 돌아가기 전에 어머니가 한 말은 그게 전부였다.

그렇게 오래가리라고는 난 결코 예상하지 못했다. 어머니는 형을 이기지 못했다. 단 한 번도. 그 인간이 어떤 지랄을 해도—그 인간이 지랄을 해도 좀 했나—어머니는 언제나 라티노 어머니들이 케리도(사랑하는) 장남에게만 그렇듯 백 퍼센트 라파의 편이었다. 가령 어느 날 라파가 집에 돌아와 말하길, 헤이 마, 지구의 절반을 몰살시켰어요, 라고 한다 해도 나는 어머니가 그 인간 편을 들 거라고 확신한다. 이호, 뭐 인구가 너무 많은 건 사실이잖아. 문화적인 것도 있는데다 물론 암까지 겹치긴 했지만, 마미가 첫 두 차례 임신에서 유산을 하고 라파가 생겼을 때는 다시는 아이를 못 가질 거라는 말을 벌써 몇 년이나 들은 뒤였다는 걸 감안해야 한다. 형부터도 태어날 때 난산으로 죽을 뻔했고 두 돌이 될 때까지 마미는 누군가가 아들을 납치해갈지 모른다는 병적인 공포를 안고 살았다(고 우리 이모들이 말했다). 또한 라파는 아들들 중에서도 언제나 가장 잘생긴 아들―완전히 어머니의 콘센티도(응석받이)―이었다는 점까지 감안하면 어머니가 이 미친 인간을 어떻게 여겨왔는지 감이 올 것이다. 어머니들이 자식을 위해서라면 죽을 수도 있다고 하는 말을 어렵지 않게 들어봤겠지만 우리 엄마는 그런 개소리를 입 밖으로는 낸 적이 없다. 말할 필요가 없었다. 형에 관해서라면 얼굴에 112포인트 투팍 고딕체로 쓰여 있었으니까.

그러니까 정말이다. 나는 어머니가 며칠 뒤면 제풀에 무너지고 그다음엔 포옹과 입맞춤이 이어질 거라고(뭐 푸라의 머리통도 발로 한번 차주면서), 그러곤 다시 사랑이 넘치는 우리집이될 거라고 생각했다. 하지만 어머니는 장난이 아니었고, 라파가다시 문간에 나타났을 때도 이렇게 말했다.

네가 여기 오는 거 싫다. 마미는 단호하게 고개를 저었다. 가서 네 마누라하고 살아.

내가 많이 놀랐겠다고? 우리 형을 봤어야 하는 건데. 라파는 놀라다 못해 크게 한방 먹은 얼굴이었다. 조까 그럼, 인간이 마미한테 그렇게 말했고, 엄마한테 그 따위로 말하지 말라고 내가끼어들자 이러는 거다. 너도 조까, 새꺄.

라파, 제발, 내가 길까지 따라나서며 말했다. 진심은 아니겠지―저 여자 제대로 알지도 못하잖아.

그 인간은 내 말을 듣지 않았다. 내가 다가가자 주먹으로 내 가슴을 쳤다.

커리 냄새나 실컷 맡아라, 뒤통수에 대고 내가 외쳤다. 애기 똥 냄새하고!

마, 내가 말했다. 무슨 생각이에요?

무슨 생각이냐고 그 자식한테 물어봐라.

이틀 뒤 마미는 출근하고 나는 올드 브리지에서 로라하고 노닥거리고 있을 때—그날 데이트는 결국 로라가 계모를 얼마나 싫어하는지 불평을 들어주는 걸로 귀결되었다—라파가 집에 들어와 나머지 자기 물건을 가져가버렸다. 자기 침대와 티브이, 게다가 마미의 침대까지 갖고 가버렸다. 라파를 본 이웃들이 말하길 인도 남자 하나가 라파를 거들더라고 했다. 나는 열이 뻗쳐서 경찰을 부르려고 했지만 어머니가 말렸다. 걔가 인생을 그렇게 살고 싶다면 난 안 말린다.

거 듣기는 좋은데요, 마, 난 내가 좋아하는 프로는 뭘로 보냐고요!

어머니가 어두운 표정으로 날 바라보았다. 티브이 한 대 더 있잖아.

있었다. 음량이 2단계에 영구 고정되어 있는 10인치짜리 흑백 티브이.

마미는 내게 도냐 로지의 아파트에서 남는 매트리스를 갖고 내려오라고 했다. 뭐 이런 끔찍한 일이 다 있다니, 도냐 로지가 말했다. 이쯤은 아무것도 아니에요, 마미가 대꾸했다. 제가 어릴 때 자던 데를 보셔야 하는 건데.

다음번에 길에서 형을 봤을 때는 푸라와 그 아이와 함께였는데, 꼬마는 작아진 옷을 걸치고 있어 보기에도 민망할 지경이었다. 나는 소릴 질렀다. 이 개새야, 너 때문에 마미가 바닥에서 주무시잖아!

나한테 말 걸지 마라, 유니오르, 그 인간이 경고했다. 목을 확 따버릴 테니까.

언제든 환영이야, 형님! 내가 말했다. 언제든! 형은 이제 고작 110파운드밖에 안 나가는데다 나는 벤치프레스를 179파운드까지 들어올릴 수 있으니 뻐길 수 있던 건데, 그 인간은 아랑곳 않고 손가락으로 목을 긋는 시늉을 했다.

그냥 냅둬, 푸라가 나를 쫓아오려는 라파를 만류하며 애원했다. 우리 좀 가만 냅둬.

오, 안녕, 푸라? 아직 추방 안 됐나보네?

그때 형은 이미 나를 향해 돌진하고 있었고, 110파운드나마나 더는 긁지 않기로 했다. 나는 토꼈다.

전혀 예상치 못했지만 마미는 냉담하게 버텼다. 출근을 했고,

기도 모임을 계속했고 당신 방에서 나머지 시간을 보냈다. 지가 선택한걸 뭐. 하지만 어머니는 형을 위한 기도를 멈추지 않았다. 기도 모임에서 하느님에게 형을 보호해달라고, 낫게 해달라고, 분별력을 달라고 간구하는 소리를 들었다. 때로 어머니는 약을 갖다준다는 핑계로 형을 들여다보고 오라고 내게 시켰다. 나는 그 인간이 문간에서 나를 죽이려 들까봐 겁이 났지만 어머니는 고집을 피웠다. 안 죽어, 그렇게 말했다.

일단 구자라트 남자가 나를 아파트로 들여준 다음, 노크를 하고서야 두 사람의 방에 들어갈 수 있었다. 푸라는 방을 제법 깔끔히 정돈해두었고, 이렇게 찾아갈 때마다 잔뜩 치장을 하고 있었으며 아들도 FOB* 스타일이지만 제일 좋은 옷을 입혀두었다. 그녀는 맡은 역할에 철저했다. 나를 꼭 껴안고는 인사도 건넸다. 어떻게 지내, 에르마니토(동생)? 반면 라파는 좆도 신경쓰지 않는 듯했다. 내가 침대 끝자락에 앉아 이 알약 저 알약 설명하고 푸라가 전혀 이해하지 못한 것 같으면서도 고개는 계속 주억거리는 동안 라파는 팬티 바람으로 침대에 누운 채 내게 아무 말도 하지 않았다.

---

* Fresh Off the Boat, '갓 배에서 내린'이라는 뜻으로, 여기서는 미국에 갓 도착한 이민자의 촌스러운 스타일을 말한다.

그러다가 나는 조용히 물었다. 형이 요새 음식은 좀 먹나? 아픈 적 있었어?

푸라는 형을 힐끗 보았다. 요즘 계속 무이 푸에르테했어(아주 튼튼했어).

토한 적은? 열은?

푸라는 고개를 저었다.

알았어, 그럼. 나는 일어섰다. 잘 있어, 형.

잘 가, 똥강아지.

내가 이런 임무를 수행하고 돌아오는 날이면 어머니가 절망적으로 보이지 않도록 도냐 로지가 언제나 함께 있었다. 좀 어때 보이든? 도냐가 물었다. 무슨 말을 좀 하든?

저보고 똥강아지래요. 그 정도면 희망적이죠.

한번은 마미와 내가 패스마크 슈퍼마켓에 가는 길이었는데 멀리서 푸라와 그 애새끼와 같이 있는 형의 모습이 어렴풋이 보였다. 나는 그 인간들이 손이라도 흔드나 보려고 고개를 돌려봤지만 어머니는 묵묵히 걸음을 재촉했다.

구월이 되고 개학을 했다. 그리고 내가 따라다니면서 공짜로 풀을 공급해주던 로라는 다시 원래 자기 친구들 틈으로 돌아갔다. 물론 복도에서 마주치면 아는 척은 했지만 별안간 더이상 내게 시간을 내주지 않았다. 친구놈들은 그게 웃겨죽겠다고 했다. 년 아닌 모양이다. 난 아닌 모양이네, 나도 말했다.

공식적으로 나는 졸업반이었지만 그마저도 의심스러웠다. 나는 이미 우등반에서 대학 대비반—우리 학교 시다 리지에서 이 반은 실은 대학에 안 가는 반이었다—으로 강등되었고, 줄창 책만 읽었고, 너무 맛이 가서 책을 못 읽을 때는 물끄러미 창밖을 내다보았다.

이런 뻘짓으로 두어 주를 보낸 다음에는 다시 수업을 빼먹기 시작했는데, 애초에 우등반에서 잘린 것도 그 때문이었다. 엄마는 일찍 출근하고 늦게 퇴근했으며 영어는 까막눈이었기 때문에 엄마한테 걸릴 위험도 없었다. 잠가둔 현관문을 열고 형이 기어 들어왔던 날 집에 있던 나와 마주친 것도 그 때문이었다. 인간은 소파에 앉아 있는 나를 보고는 놀라서 펄쩍 뛰었다.

여기서 뭔 지랄이야?

나는 쿡쿡 웃었다. 형은 여기서 뭔 지랄인데?

형은 꼴이 엉망이었다. 입가에 거무칙칙한 발진이 돋아 있고 눈은 퀭하니 쑥 들어가 있었다.

무슨 짓을 한 거야? 꼴 죽인다.

그 인간은 내 말을 무시하고 마미 방으로 들어갔다. 계속 앉아 있자니 뒤적거리는 소리가 들리고 곧 라파가 나갔다.

이런 일이 두 번 더 있었다. 그 인간이 마미 방에서 세번째로 부스럭거리던 날에야 내 돌대가리는 무슨 일이 벌어지고 있는지 깨달았다. 라파는 어머니가 방에 숨겨둔 돈을 빼내가고 있었던 거다! 돈은 작은 철제 상자에 들어 있었고 어머니는 상자의 위치를 자주 바꿨지만 나는 급전이 필요할 때를 대비해 위치를 계속 추적하고 있었다.

나는 라파가 벽장에서 노닥거리는 동안 엄마 방에 들어가 서랍에서 상자를 슬쩍 꺼내 겨드랑이에 끼웠다.

그제야 인간이 벽장에서 나왔다. 그는 나를 꼬나봤고 나도 그 인간을 꼬나봤다. 내놔, 그가 말했다.

씨바, 암것도 못 갖고 가.

그 인간이 날 와락 붙잡았다. 우리 생에서 다른 때였다면 금세 끝날 게임이었지만—형이 날 네 조각쯤 내놨을 거다—이제 규칙이 바뀌어 있었다. 나는 난생처음 몸으로 형이라는 인간을 이기는 희열이 더 클지, 아니면 거기서 오는 두려움이 더 클지 판단할 수 없었다.

누가 먼저랄 것도 없이 서로 끌어안고 이리 뒹굴고 저리 뒹구는 와중에 나는 상자를 내주지 않았고 라파도 결국은 포기했다. 나는 2라운드도 치를 준비가 되어 있었지만 그는 부들부들 떨고 있었다.

좋아, 라파가 헐떡이며 말했다. 돈은 니가 가져라. 하지만 걱정 마. 내가 곧 네놈을 손봐줄 테니까, 열라 잘난 척하는 새끼.

열라 겁나네.

그날 밤 나는 마미에게 전부 다 말했다. (물론 나는 모든 일은 방과후에 일어났다고 강조했다.)

엄마는 아침에 불려놓은 콩 냄비에 불을 켰다. 제발 형한테 대들지 마라. 원하는 게 뭐든 가져가라고 해.

우리 돈을 훔쳐 가는데도?

갖고 가도 돼.

엿 먹으라고 해요, 내가 말했다. 자물쇠 바꿀 거예요.

아니, 안 된다. 여긴 라파 집이기도 해.

씨바, 지금 장난 해, 마? 폭발 일보 직전에 정신이 번쩍 들었다.

마?

그래, 이호.

형이 이딴 짓거리 한 지 얼마나 된 거죠?

뭘?

돈 가져가는 거.

어머니가 내게서 등을 돌리자, 나는 철제 상자를 바닥에 내려놓고 한 대 빨러 나갔다.

시월 초에 우리는 푸라에게 전화를 한 통 받았다. 라파가 몸이 안 좋아요. 어머니는 고개를 끄덕였고, 나는 형을 들여다보러 갔다. 과소 표현도 그런 과소 표현이 없었다. 형은 안 좋은 정도가 아니라 열에 들떠 정신이 오락가락했다. 몸이 불덩이 같고, 내가 자기 몸에 손을 대도 나를 전혀 알아보지 못했다. 푸라는 침대 가장자리에 아들을 안고 앉아 아주 걱정스러운 듯이 보이려 애썼다. 염병할, 열쇠 내놔, 내 말에 여자는 엷은 미소를 띠었다. 잃어버렸어.

물론 거짓말이었다. 내게 차 열쇠를 건넸다간 두 번 다시 모나크를 못 보리란 걸 여자는 알고 있었다.

하지만 형은 걷지 못했다. 입술도 달싹이기 어려웠다. 나는 형을 업고 가보려 했지만 그렇게는 열 블록도 갈 수 없었고, 우리 동네 역사상 처음으로 주위에 아무도 없었다. 그때쯤 라파는 이미 횡설수설하고 있었고 나는 진짜로 겁이 덜컥 났다. 진짜로. 나는 정신줄을 놓기 시작했다. 형이 여기서 죽는구나 싶었다. 그러다 쇼핑 카트 하나가 눈에 띄었다. 나는 카트까지 형을 끌고 가서 태웠다. 이제 됐어, 형한테 말했다. 이제 괜찮다고. 푸라는 현관 계단참에서 우릴 지켜보았다. 난 아드리안을 봐야 해서, 여자가 설명했다.

마미의 기도발이 먹혔는지 우리는 그날 기적을 만났다. 아파트 앞에 차를 대다가 내가 쇼핑 카트에 뭘 태우고 가는지 보고는 냉큼 뛰어와 라파와 나와 마미와 말상 아지매들을 죄다 베스 이스라엘 병원으로 데려간 게 누구였을까?

맞았다. 태미 프랑코. 일명 플라이 테타스.

형은 아주 오랫동안 입원해 있었다. 그사이에 그리고 그 뒤에 많은 일이 일어났지만 여자는 더이상 없었다. 그의 인생에서 그 부분은 끝이었다. 가끔 태미가 병원에 문병을 왔지만 옛날과 같은 형국이었다. 태미는 가만히 앉아서 아무 말이 없었고 라파도 아무 말이 없었고 태미는 그러다 가곤 했다. 씨바, 그게 뭐냐? 나는 형에게 물었지만 그 인간은 설명은커녕 한마디도 하지 않았다.

한편 푸라는—형이 입원해 있을 때 정확히 단 한 번도 문병을 온 적이 없었던—한 번 더 우리집에 들렀다. 라파가 아직 병원에 있었기 때문에 굳이 그년을 들일 의무는 내게 없었지만, 안 들이는 게 멍청한 짓 같아 보였다. 푸라는 소파에 앉아 어머니의 손을 잡으려 했는데 마미한테는 어림없었다. 푸라는 아드리안을 데려왔고, 이 망간손(망나니 녀석)은 오자마자 여기저기 부딪히며 뛰어다니기 시작해 나는 녀석을 확 걷어차고 싶은 충동을 참아야 했다. '불쌍한 내 신세' 하는 표정을 거두지 않은 채 푸라는 라파가 자기한테서 돈을 빌려갔고 그 돈이 필요하다고 설명했다. 안 그러면 아파트에서 쫓겨난다는 거였다.

오. 포르 파보르. 내가 버럭했다.

어머니가 여자를 면밀히 살폈다. 얼마였는데?

이천 달러요.

이천 달러란다. 198—년도에. 완전 미친년이다.

어머니는 생각에 잠긴 듯 고개를 끄덕였다. 걔가 그 돈으로 뭘 했을 것 같냐?

난 몰라요, 푸라가 기어들어가는 소리로 말했다. 나한테 아무것도 설명한 적이 없거든요.

그러더니 씨바, 썩소를 날리는 거다.

여자는 진짜 천재였다. 마미와 나는 똥 씹은 표정으로 앉아 있는데 여자는 아주 멀쩡하고 자신만만했다. 이제 모든 게 다 끝난 마당에 여자는 굳이 감추려고 들지도 않았다. 힘이 남아 있었다면 박수라도 쳐주고 싶은 연기였지만 나는 너무나 우울했다.

마미는 잠시 아무 말도 하지 않다가 방으로 들어갔다. 나는 아버지가 남기고 간 것 중에 어머니가 보관해온 유일한 물건인 아버지의 토요일 밤 스페셜*을 가지고 나올 거라고 생각했다. 우릴

---

 * 싸구려 권총을 가리키는 속어.

보호하려는 거지, 어머니는 그렇게 주장했지만, 혹시라도 한 번 더 아버지를 보게 되면 쏴 죽이려는 심산일 가능성이 더 높았다. 나는 아무것도 모른 채 신이 나서 「티브이 가이드」를 집어던지고 있는 푸라의 아들을 지켜보았다. 고아가 되면 저 자식이 얼마나 좋아할까 생각했다. 그때 어머니가 백 달러짜리 지폐 한 장을 손에 들고 나타났다.

마, 나는 힘없이 말했다.

어머니는 푸라에게 지폐를 건넸지만 한쪽 끝을 놓지 않았다. 두 여자가 잠시 서로를 노려보다가 마미가 지폐를 놓았는데, 두 사람 사이의 긴장이 하도 팽팽해 종이돈에서 팝, 소리가 났다.

케 디오스 테 벤디가(하느님이 축복하시길), 푸라는 그렇게 말하더니 가슴 위로 상의를 고쳐 입은 뒤 일어섰다.

우리 중 아무도 푸라나 그 아들을, 우리 티브이나 우리 침대를, 라파가 그 여자를 위해 훔쳐간 얼마인지 모를 돈을, 두 번 다시 보지 못했다. 여자는 크리스마스 전에 런던 테라스를 떠나 어딘지 모를 곳으로 사라졌다. 패스마크에서 나와 마주친 구자라트 남자가 말했다. 그는 푸라가 거의 두 달 치 월세를 떼먹었다고 아직도 열이 받아 있었다.

내가 다시 너네 족속들한테 세를 주나 봐라.

아멘, 내가 대꾸했다.

이쯤 되면 라파가 퇴원한 뒤에는 적어도 뉘우치는 빛이라도 있었으리라고들 생각할 거다. 땡. 그 인간은 푸라에 대해 일언반구도 없었다. 그 무엇에 대해서도 말이 없었다. 자신이 나아지지 않으리라는 걸 이제 진짜로 알았던 거 같다. 티브이를 많이 봤고 이따금 매립지로 느린 산보에 나섰다. 십자가 목걸이를 거는 습관이 들었지만 어머니가 기도하라거나 예수에게 감사하라고 하면 거절했다. 말상들도 돌아와 거의 날마다 집에 들렀고 형은 그네들과 마주치면 재미로 말했다, 조까 예수. 그 말은 그들을 더욱 간절히 기도하게 만들었다.

나는 라파에게 거치적거리지 않으려 애썼다. 로라한테는 반도 못 미치지만 적어도 나를 좋아하는 여자애랑 마침내 엮였다. 그 애가 나를 버섯*의 세계로 안내해줘서 나는 학교에 있어야 할 시간에 그애랑 버섯질로 뿅간 채 시간을 보냈다. 나는 미래에 대해서는 손톱만큼도 생각이 없었다.

가끔 나와 라파 단둘이 있고 티브이에서 야구 경기를 할 때면 라파에게 말을 걸어보곤 했지만 그는 아무 대꾸도 하지 않았다. 그리고 머리칼이 다 빠져서 이제는 실내에서도 양키스 팀 모자

---

* 환각 버섯.

를 쓰고 지냈다.

그렇게 라파가 퇴원한 지 한 달쯤 되었을 무렵, 나는 가게에서 1갤런들이 우유를 한 통 사갖고 돌아오는 길이었다. 한창 뻥깐 채 새 여자친구에 대해 생각하는 중이었는데 별안간 내 얼굴이 터져버린 거다. 뇌 속의 회로 전체에서 불이 나갔다. 얼마나 오래 그러고 있었는지 모르겠지만, 꿈 반쯤 지났을까, 정신이 들고 보니 나는 무릎을 꿇고 있고 얼굴에는 불이 났고 두 손에는 우유통이 아니라 거대한 자물통 하나가 들려 있었다.

집에 들어가 마미가 내 볼 밑에 생긴 옹이에 습포제를 붙여줄 때까지도 알아채지 못했다. 누군가가 자물통을 내게 던진 거였다. 누군가, 우리 고등학교 야구팀에서 선수로 뛸 때 시속 93마일의 강속구를 던졌던 누군가가.

끔찍하구만, 라파가 쯧쯧 혀를 찼다. 눈깔이 뽑힐 뻔했네.

나중에, 마미가 잠자리에 든 뒤에 그 인간이 나를 똑바로 바라보았다. 내가 손봐준다고 하든, 안 하든?

그러곤 낄낄 웃었다.

INVIERNO 겨울

우리 동네 큰길인 웨스트민스터 대로 꼭대기에서는 수평선 동쪽 끝에 걸쳐 있는 대양을 아주 가느다랗게 한 조각이나마 볼 수 있다. 아버지는 그 광경을 본 적이 있다지만—아파트 관리실에서 모두에게 보여주었다고 한다—JFK 공항에서 우릴 태워 오면서는 굳이 차를 세워 보여주지는 않았다. 바다라도 보았다면 우리는 기분이 좀 나아졌을 터였다. 달리 볼 게 없었으니. 런던 테라스는 그 자체로 엉망이었다. 동마다 반쯤은 아직 전선작업도 안 되어 있는 상태였고, 저녁 불빛에 드러난 구조물들은 벽돌로 만든 큰 배들이 좌초한 것처럼 아무렇게나 퍼져 있었다. 천지가 자갈 바닥에 진흙탕이었고 가을 늦게나 심은 잔디는 눈 사이로 누렇게 뜬 조각들이 곳곳에 드러나 있었다.

동마다 세탁실이 있어, 파피가 설명했다. 파카에 몸을 묻고 있는 마미는 넋이 반쯤 나간 듯 고개만 주억거렸다. 훌륭하네요, 엄마가 대꾸했다. 나는 끊임없이 흩날리는 밀가루 같은 눈발을 겁에 질린 채 지켜보았고, 형은 손가락 마디를 꺾고 있었다. 미국에서 보내는 우리의 첫날이었다. 세상은 꽁꽁 얼어붙어 있었다.

아파트는 우리한테 엄청 커 보였다. 라파와 나는 우리끼리 쓰는 방이 생겼고, 냉장고와 전기스토브가 있는 부엌은 섬너 웰리스 길에 있던 우리집만큼이나 컸다. 파피가 실내 온도를 화씨 80도쯤으로 올릴 때까지 우리는 줄곧 덜덜 떨었다. 창문에는 물방울 구슬이 벌떼처럼 맺혀 있어 밖을 내다보려면 유리를 닦아야 했다. 새 옷을 입은 라파와 나는 멋있어 보였다. 우린 나가고 싶었지만, 파피는 우리더러 부츠와 파카를 벗으라고 했다. 우리를 텔레비전 앞에 앉히는 아버지의 팔뚝은 기름기 없이 야위었고, 반소매 밑으로 드러난 팔에는 놀랍도록 털이 많이 나 있었다. 아버지는 우리에게 변기 물을 내리는 법, 개수대의 수도와 샤워기 트는 법을 막 알려준 참이었다.

여긴 빈민가가 아니야, 파피가 입을 열었다. 주변의 모든 것들을 존중해야 해. 바닥이나 길에 쓰레기를 버려서는 안 돼. 숲에서 볼일을 봐서도 안 돼.

라파가 나를 쿡 찔렀다. 산토도밍고에서 나는 아무데서나 오

줌을 넜는데, 길모퉁이에서 잽싸게 일을 보다가 어느 밤 의기양양하게 귀국하던 파피에게 처음으로 걸렸을 때, 아버지는 꽥 소리를 질렀다. 카라호(젠장), 대체 무슨 짓이냐?

이 동네에는 점잖은 사람들이 살고, 우리도 그렇게 살 거다. 너희는 이제 미국인이야. 아버지는 무릎에 시바스 리갈 병을 두고 있었다.

네, 말씀 잘 알아들었습니다, 라는 걸 보여주려고 몇 초간 기다리다가 내가 물었다. 우리 밖에 나가도 돼요?

엄마가 짐 푸는 것 좀 도와주지 그러니? 마미가 제안했다. 어머니의 두 손은 늘 묵묵했다. 그 두 손은 대개 종이나 소맷자락, 아니면 서로를 만지작거렸다.

잠깐만 나갔다 올게요, 내가 말했다. 나는 일어나서 부츠를 신었다. 내가 아버지를 조금이라도 알았더라면 아버지에게 등을 보이지는 않았을 것이다. 하지만 나는 아버지를 몰랐다. 아버지는 미국에서 일을 하며 지난 오 년을 보냈고, 우리는 산토도밍고에서 아버지의 연락을 기다리며 오 년을 보냈다. 아버지는 내 귀를 붙잡고 다시 소파에 끌어 앉혔다. 기분이 좋아 보이지 않았다.

너희는 나갈 준비가 됐다고 내가 말하면 그때 나가는 거다.

나는 티브이 앞에 조용히 앉아 있는 라파를 건너다보았다. 섬에 살 때는 우리 둘이서만 과과를 타고 수도 전역을 돌아다녔다.

나는 파피를, 아직 낯선 그의 좁다란 얼굴을 올려다보았다. 그런 눈으로 쳐다보지 마라, 아버지가 말했다.

마미가 일어섰다. 너희들 날 좀 거드는 게 좋겠다.

나는 움직이지 않았다. 티브이에서는 아나운서들이 서로를 향해 작고 단조로운 소리로 말하고 있었다. 그들은 한 단어를 계속 반복했다. 나중에 학교에 가서야 그들이 말하던 단어가 베트남이었다는 걸 알게 되었다.

첫 며칠 동안 우리는 외출 허락을 받지 못했기 때문에—날이 너무 춥다, 파피는 그렇게 말했지만 아버지가 그걸 원한다는 점 말고 다른 이유는 별로 없었다—주로 티브이 앞에 앉아 있거나 창밖의 눈을 물끄러미 내다보았다. 마미는 모든 것을 열 번쯤 닦고, 우리에게 손이 아주 많이 가는 점심을 만들어주었다. 우리는 말도 못하게 지루했다.

일찍이 마미는 티브이를 보는 게 도움이 되겠다고 판단했다. 티브이를 보면 말을 배울 수 있잖아. 우리의 어린 정신이 빛을 받아 자라나는 삐죽삐죽 생기 넘치는 해바라기와 같다고 생각한 어머니는 노출을 최대화하기 위해 우리를 티브이 앞에 할 수 있는 한 가까이 앉혔다. 우리는 뉴스, 시트콤, 만화를 가리지 않았다. 〈타잔〉〈플래시 고든〉〈조니 퀘스트〉〈허큐로이즈〉〈세서미

스트리트〉따위를 닥치는 대로—하루에 여덟, 아홉 시간씩 티브이를 보았는데, 우리에게 가장 좋은 수업은 〈세서미 스트리트〉였다. 형과 나는 새로이 배우는 말을 서로에게 죄다 써먹으며 거듭 되풀이했지만, 마미가 어떻게 말하는지 보여달라고 하면 우리는 고개를 저었다. 신경쓰지 마세요.

그냥 말해봐, 어머니가 부탁했고, 우리는 느릿느릿 엉성한 소리의 비눗방울을 만들어가며 발음했지만 어머니는 결코 그 말을 따라하지 못했다. 어머니의 입술은 가장 단순한 모음들조차 뿔뿔이 해체하는 것만 같았다. 엉망진창으로 들려, 내가 말했다.

네가 영어에 대해 뭘 안다고? 어머니가 되물었다.

저녁식사에서 어머니는 파피에게 영어를 시도해봤지만 아버지는 페르닐*만 뒤적거렸다. 페르닐은 어머니가 잘 만드는 음식은 아니었다.

당신 말은 한마디도 못 알아듣겠어, 마침내 아버지가 말했다. 영어는 각자 알아서 하는 게 제일 좋아.

그럼 난 어떻게 배우라는 거예요?

배울 필요 없어. 평균 수준의 여자는 영어를 배울 수가 없어.

완벽하게 배우기 어려운 언어야, 아버지는 스페인어로 먼저,

---

* 돼지 넓적다리 구이.

그다음엔 영어로 말했다.

마미는 더는 말하지 않았다. 아침에 파피가 나가면 마미는 바로 티브이를 켜고 우리를 그 앞에 앉혔다. 아침이면 아파트는 늘 추워서 침대에서 빠져나오는 건 엄청난 고통이었다.

너무 이르잖아, 우리는 말했다.

학교나 마찬가지야, 어머니가 우겼다.

아니, 안 그래, 우리는 대답했다. 우린 점심때나 돼야 학교에 갔는걸.

너희 두 녀석은 불평이 너무 많아. 어머니는 우리 뒤에 서 있었고, 내가 뒤돌아보면 우리가 배우는 단어들을 입으로 발음해보며 무슨 뜻인지 가늠하려 애쓰고 있었다.

파피가 이른 아침에 내는 소음도 내게는 이상하게 들렸다. 나는 침대에 누워 아버지가 취하기라도 한 것처럼 욕실에서 이리저리 비틀거리는 소리에 귀를 기울였다. 아버지가 레이놀즈 알루미늄이라는 데서 무슨 일을 하는지는 몰랐지만 벽장에는 기계용 기름으로 온통 더러워진 아버지의 유니폼이 잔뜩이었다.

나는 다른 아버지를 기대했었다. 키도 7피트쯤 되고 바리오 전체를 살 만큼 돈도 많은, 하지만 이 아버지는 평균 키에 얼굴도 평균이었다. 아버지는 고물 택시를 타고 산토도밍고에 있는 우리 집에 왔고, 우리에게 갖고 온 선물도 우리는 이미 졸업해서 시시한 것들—장난감 총과 팽이 따위—이었는데 그나마도 우리는 곧 고장내고 말았다. 아버지는 우리를 안아주었고 말레콘(방파제)에서 저녁—우리는 이때 스테이크를 처음 먹어봤다—을 사주기도 했지만 나는 아버지를 어떻게 받아들여야 할지 몰랐다. 아버지란 가늠하기 어려운 존재다.

미국에 오고 처음 몇 주 동안 파피는 아래층에서 책을 보거나 티브이 앞에서 대부분 시간을 보냈다. 훈육을 위해서가 아니면 우리에게는 말을 거의 하지 않았는데, 우리한테는 별로 놀랄 일도 아니었다. 다른 아버지들이 훈육하는 모습을 익히 보아왔기 때문에 그 부분은 이해하고 있었다.

형에게는 소리지르지 않도록, 그리고 물건을 떨어뜨리지 않도록 주의를 주었다. 반면 나를 나무라는 것은 주로 내 신발끈 때문이었다. 파피는 신발끈에 대해 뭔가가 있었다. 나는 신발끈을 제대로 묶을 줄 몰랐고, 내가 제법 괜찮게 매듭을 지었다싶을 때도 파피는 허리를 굽혀 끈을 한번 잡아당겼다가 다시 풀어놓았다. 넌 적어도 마술사로는 미래가 보인다, 라파는 이렇게 말했지만 문제는 심각했다. 라파가 묶는 시범을 보여주면 나는 좋아, 하고는 형 앞에서는 척척 묶었는데, 파피가 벨트에 손을 올리고 목 언저리에서 씩씩대고 있을 때면 제대로 묶을 수가 없었다. 나는, 마치 내 신발끈이 전류가 흐르는 전선인 양, 내가 그 전선을 만지기만을 아버지가 지켜보고 있는 양, 아버지를 바라보았다.

내가 과르디아*에 있을 때 멍청한 놈들을 여럿 만나봤지만 그 놈들도 염병할 신발끈은 잘만 묶더라. 아버지는 어머니를 건너다보았다. 얘는 왜 못해?

이런 것들은 답이 없는 종류의 질문이었다. 어머니는 시선을 떨군 채 자신의 손등에 불거진 정맥을 찬찬히 들여다보았다. 그 순간 파피의 젖은 거북 눈이 내 눈을 만났다. 쳐다보지 마라, 그가 말했다.

그나마 반쯤은 제대로 된 덜떨어진 매듭이라고 라파가 부르던 방식으로 내가 신발끈을 간신히 묶는 데 성공한 날에도 파피는 내 머리카락을 가지고 또 트집이었다. 카리브 지역 할아버지, 할머니의 꿈인 라파의 생머리는 빗으면 빗에서 죽 미끄러지는 반면, 내 머리에는 아직 아프리카가 많이 남아 있어서 끝도 없이 빗질을 해야 했고 깎을 때도 엉뚱한 모양이 나오곤 했다. 어머니가 매달 우리 머리를 깎아줬는데, 이번에는 어머니가 나를 의자에 앉히자 아버지가 굳이 그럴 필요 없다고 말렸다.

저 머리를 손볼 방법은 한 가지뿐이야, 아버지가 말했다. 너,

---

* 도미니카공화국의 경찰.

옷 입어.

라파가 방으로 날 따라 들어와 내가 셔츠 단추를 채우는 동안 지켜보았다. 그는 입을 꼭 다물고 있었다. 나는 불안해지기 시작했다. 왜 그러는데? 내가 물었다.

아무것도 아냐.

그러더니 눈길을 거뒀다. 신발을 신으려 하자 라파가 끈을 매주었다. 문간에서 아버지는 내 발을 내려다보고 말했다. 나아지고 있군.

나는 우리 밴이 어디에 주차되어 있는지 알고 있었지만 동네를 돌아보고 싶어서 반대쪽으로 갔다. 내가 모퉁이를 돌 때까지 파피는 내가 다른 방향으로 간 걸 눈치채지 못했고, 아버지가 내 이름을 호령하며 불러서 서둘러 돌아왔을 때는 다행히 들판과 눈밭의 아이들을 보고 난 뒤였다.

나는 조수석에 앉았다. 아버지는 조니 벤투라의 테이프를 플레이어에 넣고는 9번 고속도로로 미끄러지듯 빠져나갔다. 눈은 도로 옆에 지저분하게 덩어리로 쌓여 있었다. 오래된 눈보다 나쁜 건 없다. 아버지가 말했다. 눈은 내릴 땐 좋지만 땅에 닿고 나면 똥이 돼.

비 올 때처럼 사고도 나나요?

내가 운전하는 한 그럴 일은 아니지.

라리탄 강둑에 뻣뻣하게 서 있는 부들은 모래 빛깔이었고, 강을 다 건너갔을 무렵 파피가 말했다. 난 옆 도시에서 일한다.

우리는 진짜 대단한 서비스를 찾아 퍼스 앰보이에 와 있었다. 펠로 말로(심한 곱슬머리)를 어떻게 다뤄야 하는지 아는 푸에르토리코 이발사 루비오를 만나기 위해서였다. 그는 내 머리에 크림을 두세 번 바른 뒤 거품까지 바른 채 한참 앉아 있게 했다. 그의 아내가 머리를 헹궈주자 루비오는 거울로 내 머리통을 관찰하고는 머리카락을 잡아당기며 머리에 오일을 바르더니 결국 한숨을 내쉬었다.

그냥 다 밀어버리는 게 나아, 파피가 말했다.

다른 방법들이 있는데, 효과가 있을지도 몰라요.

파피가 시계를 내려다보았다. 밀어버려.

알았어요, 루비오가 대답했다. 나는 이발기가 내 머리에 고랑을 내는 광경을 지켜보았다. 내 여린 두피가 무방비 상태로 드러나는 걸 지켜보았다. 앉아서 기다리던 늙은 사내들 중 하나가 콧방귀를 뀌며 보고 있던 신문을 더 높이 들어올렸다. 나는 속이 울렁거렸다. 이렇게 루비오에게 삭발당하는 건 원치 않았지만 내가 아버지한테 무슨 말을 할 수 있었을까? 나는 어떻게 말해야 할지 몰랐다. 루비오는 마침내 일을 끝내고는 내 목에 탤컴 파우더를 문질렀다. 구아포(미남), 이제 잘생겨졌구나, 그는 자신 없이 말했다. 그러면서 껌 한 개를 내게 건넸는데, 내가 집에 도착하자마자 형이 훔쳐갔다.

어때? 파피가 물었다.

너무 많이 깎았어요, 나는 느끼는 대로 말했다.

이게 더 나아, 아버지가 이발사에게 돈을 내며 말했다.

밖에 나가자마자 추위가 젖은 흙판처럼 내 머리를 짓눌렀다.

우리는 조용히 차를 타고 달렸다. 라리탄 강의 항구에 유조선이 들어오고 있었고, 나는 저 유조선에 몰래 올라타 사라지는 게 쉬운 일일까 가늠해보았다.

네그라들 좋아하냐? 아버지가 물었다.

나는 고개를 돌려 우리가 방금 지나친 여자들을 바라보았다. 다시 고개를 돌리자 아버지가 대답을 기다리고 있다는 걸, 알고 싶어한다는 걸 깨달았고, 나는 여자는 어떤 종류든 싫다고 내뱉으려다 그 대신에 당연하죠, 라고 말했고 아버지는 씩 웃었다.

네그라들이 예쁘지, 아버지는 그렇게 말하곤 담배에 불을 붙였다. 너를 누구보다 더 잘 보살펴줄 거다.

라파는 나를 보더니 배꼽을 잡았다. 꼭 큰 엄지 같아.

디오스 미오, 마미가 날 돌려세우며 말했다. 애를 왜 이렇게 만들어놨어요?

좋아 보이는구만 뭘, 파피가 대꾸했다.

날도 추운데 감기 걸리겠어요.

파피는 차가운 손바닥을 내 머리에 갖다대며 말했다. 애는 좋다는데 뭘.

파피는 주 오십 시간씩 장시간 근무를 했고, 휴무일에는 조용히 쉬길 기대했다. 하지만 형과 나는 조용히 하기엔 에너지가 너무 넘쳤다. 우리는 파피가 아직 자고 있는 아침 아홉시에 소파를 트램펄린 삼아 방방 뛰는 데 대해 아무 생각이 없었다. 우리는 옛날 바리오에서 하루 이십사 시간 내내 사람들이 메렝게 음악을 빵빵 틀어놓고 길거리를 뒤흔들어대는 데 익숙했다. 트롤처럼 사사건건 싸우곤 하던 위층 이웃들도 우리만큼이나 위층에서 쿵쿵거렸다. 니들 입 좀 안 다물 테냐? 파피는 그렇게 소릴 지르고는 사각팬티의 단추도 채우지 않은 채 방에서 나와 물었다. 내가 뭐라고 했냐? 조용히 있으라고 내가 몇 번을 말했어? 아버지한테 실컷 두들겨맞고 나면 우리는 오후 내내 징벌방―우리 침실―에서 보내야 했는데, 벌을 받는 동안에는 침대 위에 누워서 내려오면 안 되었다. 아버지가 문을 벌컥 열고 들어왔다가 우리가 창가에 앉아 아름다운 눈을 내다보고 있는 걸 발견했다간 우리의 귀를 잡아당기며 또 팰 것이고, 그런 다음에는 구석에서 몇 시간이고 무릎을 꿇고 있어야 하기 때문이었다. 그때 잘못했다가는, 히히덕거리거나 꼼수를 쓰다 또 걸렸다가는 다음 단계는 코코넛 강판의 날 위에 무릎을 꿇는 것이었고, 우리가 피를 흘리면서 칭얼거릴 때에야 아버지는 우리를 일어나게 했다.

이젠 조용히 하겠지, 아버지는 만족스러운 듯 말했고, 우리는 요오드를 바른 쓰라린 무릎을 안고 침대에 누워 차가운 유리에 손을 대고 바깥 구경을 할 수 있도록 아버지가 출근하기만을 기다렸다.

우리는 이웃 아이들이 눈사람과 이글루를 만들고 눈싸움하는 걸 구경했다. 나는 형에게 내가 봤던 들판에 대해, 내 기억 속에 거대하게 남은 들판에 대해 이야기했지만 형은 어깨만 으쓱했다. 맞은편 4호 아파트에는 오누이가 살았는데 그애들이 나오면 우리는 손을 흔들곤 했다. 그애들도 우리에게 손을 흔들면서 밖으로 나오라고 손짓했지만 우리는 고개를 저었다. 우린 못 나가.

오빠가 여동생을 다른 아이들이 있는 데로 데려갔다. 눈삽을 든 오누이는 눈이 맺혀 서걱거리는 목도리를 두르고 있었다. 여자애는 라파가 마음에 드는지 지나가면서 형에게 손을 흔들었다. 라파는 마주 흔들어주지 않았다.

미국 여자애들은 예뻐야 맞는데, 라파가 말했다.

예쁜 애 본 적 있어?

쟤 이름이 뭐냐? 형이 화장지를 뽑으러 몸을 숙이다 재채기와 함께 콧물을 연달아 발사했다. 우린 다들 두통과 감기와 기침을 달고 살았다. 난방을 올렸는데도 겨울은 우리의 엉덩이를 사정없이 걷어찼다. 나는 밀어버린 머리통을 따뜻하게 하기 위해 집에서도 크리스마스 모자를 뒤집어쓰고 있어야 했다. 나는 꼭 불행한 열대 엘프 같았다.

나는 코를 닦았다. 이런 게 미국이라면 날 고향으로 도로 부쳐줘.

걱정 마. 마미가 그러는데 우리, 고향으로 돌아갈지도 모른대.

엄마가 어떻게 알아?

엄마와 파피는 그에 대해 상의하곤 했다. 엄마는 우리가 돌아가는 게 낫겠다고 생각한다. 라파는 침울하게 손가락으로 유리창을 쓸었다. 형은 가고 싶어하지 않았다. 티브이와 양변기를 마음에 들어했고 벌써 4호 여자애와 같이 있는 자신을 상상했다.

그럴 거 같지 않은데, 내 대답이었다. 파피를 봐선 떠날 거 같아 보이지 않아.

니가 뭘 알아? 쪼매난 모혼(똥덩어리) 자식이.

형보단 많이 알아, 내가 말했다. 파피는 단 한 번도 섬으로 돌아가는 것에 대해 언급한 적이 없었다. 나는 아버지가 기분이 좋아지기를, 아버지의 〈애벗과 코스텔로〉* 시청이 끝나기를 기다렸다가, 우리가 곧 돌아가게 될 것인지 물었다.

뭐 하러?

다니려요.

너희는 아무데도 안 간다.

삼 주째가 되자 나는 이도저도 안 되겠다싶어서 걱정이 되기 시작했다. 섬에서는 늘 우리의 사령탑이었던 마미가 약해지고 있었다. 엄마는 우리에게 먹을 것을 만들어주고는 설거지를 하려고 앉아서 기다렸다. 엄마는 친구도, 찾아갈 이웃도 없었다. 엄마랑 얘기해야지, 엄마가 말하면 우리는 파피가 집에 오길 기다리시라고 했다. 아버지가 엄마랑 얘기하실 거예요, 나는 장담했다. 라파는 성질이 더 더러워졌다. 내가 머리칼을 잡아당기면, 옛날부터 우리 둘이서 해오던 오랜 게임이었는데도, 라파는 폭발했다. 우리는 싸우고 싸우고 또 싸웠다. 어머니가 우리를 간신히 떼어놓으면 옛날처럼 화해하는 대신에 각각 우리 방의 반대쪽에 으르렁대며 앉아서 상대방의 몰락을 계획했다. 너 이 자식, 산 채로 불태워버리겠어, 라파는 선언했다. 넌 팔다리에 번호를 써놓는 게 좋을걸, 나도 맞섰다. 그래야 장의사에서 토막을 다시 붙여놓을 테니까. 우리는 서로에게 눈빛으로 산酸을 뿜어댔다,

---

* 1940~1950년대에 유명했던 미국의 코미디쇼.

파충류처럼. 따분함이 모든 걸 악화시켰다.

하루는 4호의 오누이가 놀 채비를 하는 걸 보고 나는 손을 흔드는 대신에 파카를 걸쳐 입었다. 라파는 소파에 앉아 중국요리 프로그램과 리틀리그 올스타전 채널 사이에서 왔다갔다하고 있었다. 난 나갈 거야, 라파에게 말했다.

어련하시겠어, 라파는 그렇게 말하면서도 내가 문을 열고 나가자 외쳤다. 야!

바깥 공기는 매우 추웠고 나는 우리집 계단에서 넘어질 뻔했다. 이웃 중 누구도 눈을 치우는 유형은 아니었다. 나는 목도리를 입까지 두르고 눈이 울퉁불퉁하게 쌓인 표면 위로 비틀거리며 걸어갔다. 그리고 우리 동 옆쪽에서 오누이를 따라잡았다.

기다려! 내가 외쳤다. 너네랑 놀고 싶어.

오빠란 놈이 내 말을 한마디도 못 알아들었는지 반쯤 이를 드러내고 웃는 얼굴로, 두 팔은 어쩔 줄 몰라 휘적거리며 나를 쳐다보았다. 그의 머리카락은 무섭도록 아무 색깔이 없어 보였다. 여동생은 눈이 초록색이었는데, 분홍색 털이 달린 후드로 주근깨 난 얼굴을 감싸고 있었다. 우리는 같은 상표의, 투 가이즈에서 파는 싸구려 벙어리장갑을 끼고 있었다. 내가 걸음을 멈추자 우리는 서로를 마주보았고, 우리의 하얀 입김이 우리 사이의 거리를 거의 메워주고 있었다. 세상은 얼음이었고 얼음은 햇빛으로 불탔다. 말하자면 내게는 이날이 진짜 미국인들과 처음으로 만난 날인 셈이었다. 나는 여유로웠고 뭐든 할 수 있을 것 같은 기분이었다. 나는 벙어리장갑을 낀 채 손짓을 하며 빙긋 웃었다. 여동생 아이가 오빠를 돌아보고는 킥킥 웃었다. 오빠가 동생에게 뭐라고 하자 여자애가 아이들이 있는 곳으로 뛰어갔고, 웃음소리가 소녀의 어깨너머로 뜨거운 숨결의 포말처럼 길게 따라왔다.

줄곧 나오고 싶었어, 내가 말했다. 하지만 우리 아버지가 지금 당장은 나가지 못하게 해. 우리가 너무 어리다고 생각해, 그런데 있잖아, 난 네 여동생보다 나이가 더 많고 우리 형은 너보다 나이가 더 많은 거 같아.

오빠 아이가 자신을 가리키며 말했다. 에릭.

내 이름은 유니오르야, 내가 말했다.

그의 싱긋 하는 표정은 옅어지지 않았다. 그는 다가오는 아이들 한 무리에게 다가갔다. 라파가 창가에서 나를 지켜보고 있다는 걸 알고 있었던 나는 돌아보며 손을 흔들고픈 충동을 참아야 했다. 그링고(미국인) 아이들이 멀리서 나를 지켜보다가 가버렸다. 기다려, 내가 말했지만 소용없었다. 그때 올즈모빌 한 대가 옆에 와서 멈춰섰다. 타이어는 진흙투성이에 눈도 두껍게 묻어 있었다. 나는 아이들을 따라갈 수 없었다. 여동생 아이가 한 번 뒤를 돌아보았고, 후드 밖으로 빼꼼 삐져나온 머리카락이 날

름거렸다. 아이들이 가버린 뒤에 나는 발이 시릴 때까지 눈 속에서 있었다. 나는 얼어터질 게 너무 겁나 더는 나아가지 못했다.

라파는 티브이 앞에 널브러져 있었다.

이 호 데 라 그란 푸타(개새끼), 나는 주저앉으며 말했다.

꽁꽁 얼었네.

나는 대꾸하지 않았다. 그러고는 라파와 나란히 티브이를 보고 있는데, 뒤쪽 테라스 유리문에 어디선가 눈덩이가 날아와 부딪는 소리에 깜짝 놀라 우리 둘 다 벌떡 일어나고 말았다.

그거 뭐였니? 마미가 방에서 물었다.

눈덩이가 두 번 더 유리에 와서 부딪쳤다. 커튼 뒤로 훔쳐보니 오누이가 눈에 파묻힌 다지 미니밴 뒤에 숨어 있었다.

아무것도 아니에요, 세뇨라. 라파가 말했다. 그냥 눈이에요.

뭐? 눈이 밖에서 춤추는 법이라도 배우고 있다니?

그냥 떨어졌어요, 라파가 말했다.

우리는 둘 다 커튼 뒤에 서서 오빠놈이 투수처럼 강속구를 던지는 모습을 지켜보았다.

트럭들이 매일 우리 동네 인근으로 쓰레기를 가지고 들어왔다. 매립지는 2마일 정도 떨어져 있었지만 겨울 공기의 역학으로 그 소리와 냄새는 희석되지 않고 우리에게 전해졌다. 창문을 열면 불도저들이 매립지 꼭대기에서 썩은 쓰레기 층들을 무더기로 펼쳐놓는 광경이 보였다. 갈매기 수천 마리가 쓰레기 더미 위로 빙빙 도는 모습도 보였다.

애들이 저기서 놀까? 내가 라파에게 물었다. 우리는 겁도 없이 포치에 서 있었다. 파피가 언제라도 주차장에 들어서면 우릴 볼 수 있었다.

당연히 놀겠지. 너 같으면 안 놀겠냐?

나는 입술을 핥았다. 저기선 이것저것 많이 발견하겠네.

엄청, 라파가 말했다.

그날 밤 나는 고향 꿈을 꾸었다. 꿈속에서 우리는 고향을 떠나지 않고 살고 있었다. 잠에서 깨보니 목구멍이 아프고 열이 나서 뜨거웠다. 형은 잠들어 있었다. 나는 세면대에서 세수를 하고 우리 방 창가에 앉아 창밖을 내다보았다. 조약돌 같은 얼음들이 떨어지면서 자동차와 눈과 보도블록 위에 껍질처럼 얼어붙는 모습을 지켜보았다. 새로운 장소에서 자는 법을 배우는 건 대개 나이가 들면서 잃어가는 능력인데, 내게는 한번도 그런 능력이 없었다. 건물은 막 자리를 잡아가는 중이었다. 갓 박아넣은 못의 빡빡한 마술이 마침내 긴장을 풀기 시작했다. 누군가 거실에서 걸어다니는 기척이 들려 나와보니 어머니가 뒤쪽 테라스 유리문 앞에 서 있었다.

못 자겠니? 하고 묻는, 할로겐 불빛에 비친 어머니의 얼굴이 매끈하고 완벽하다.

나는 고개를 저었다.

그런 면에서 우린 늘 닮았구나, 어머니가 말했다. 인생에 도움이 안 되지.

나는 어머니의 허리를 끌어안았다. 유리문 안쪽에서 우리는 그날 아침에만 이삿짐 트럭 세 대를 보았다. 도미니카 사람이길 기도해야지, 어머니는 유리창에 얼굴을 대고 말했지만 결국 들어온 건 푸에르토리코 사람들이었다.

다음날 아침 라파 옆에서 깨어난 걸 보니 어머니가 나를 침대에 누인 모양이었다. 라파는 코를 골고 있었다. 파피도 옆방에서 코를 골았는데, 나 역시 조용하게 자는 편은 아니라고 내 안의 무언가가 내게 말했다.

월말이 되자 불도저들이 매립지 꼭대기를 부드러운 황금색 흙으로 뒤덮었고, 잠시 쫓겨났던 갈매기들이 이 새로운 개발지 위로 몰려들어 새 쓰레기가 들어올 때까지 똥을 싸고 법석이며 번잡스럽게 했다.

형은 자기가 넘버원 아들이라고 뻐겼다. 다른 모든 것에서 라파는 대체로 변함이 없었지만, 아버지에게만큼은 주도면밀하게 복종했다. 누구에게도 보인 적 없는 모습이었다. 형은 보통은 짐 승이었지만 아버지 집에서는 모종의 무차초 부에노(착한 소년) 가 되었다. 파피가 우리더러 집안에 있는 게 좋겠다고 하면 라파 는 집안에 머물렀다. 마치 미국으로 건너오는 길에 그의 가장 날 카로운 부분이 불타버린 것 같았다. 물론 얼마 안 가 언제 그랬 냐는 듯이 예전 어느 때보다 더 끔찍하게 파싯, 도로 불이 붙어 버렸지만 첫 몇 달만큼은 찍소리도 하지 않았다. 그런 라파라면 누구도 알아보기 힘들었을 것이다. 나는 아버지가 나를 좋아하 기를 바랐지만 순종할 기분은 아니었다. 나는 집이 안 보이는 곳 까지 벗어난 적은 없었어도 눈밭에서 잠깐씩 놀았다. 그러다 들 키지, 라파는 예상했다. 내 대담성이 라파를 비참하게 만들었다 는 걸 알 수 있었다. 내가 눈을 다지고 눈더미에 몸을 내던지는 모습을 라파는 우리 방 창문을 통해 지켜보았다. 나는 그렁고들 과는 멀찌감치 떨어져 놀았다. 4호의 오누이가 보이면 나는 어 슬렁거리다 말고 은밀히 공격할 기회를 엿보았다. 에릭이 손을 흔들면 여동생도 손을 흔들었다. 나는 손을 마주 흔들지 않았다. 한번은 에릭이 내게 다가와 누가 봐도 방금 받은 것 같은 야구공 을 보여주었다. 로베르토 클레멘테*, 라고 에릭은 말했지만 나는

---

* 미국 메이저리그 최초의 라틴아메리카 출신 선수.

계속 요새 만들기에 여념이 없었다. 여동생 아이가 얼굴이 빨개져서 뭐라고 큰 소리로 말하자 에릭이 가버렸다.

하루는 여동생 아이가 혼자 나와 있었고 나는 그애를 따라 들판까지 나갔다. 눈 위에 거대한 콘크리트 파이프가 여기저기 놓여 있었다. 그애가 그중 하나에 기어들어가자 나도 무릎으로 기면서 그애를 따라 들어갔다.

그애는 파이프 속에서 책상다리를 하고 앉아 싱긋 웃었다. 그러더니 벙어리장갑을 벗고 두 손을 맞대 비볐다. 우리는 바람을 피할 수 있었다. 나도 그애가 하는 대로 따라했다. 그 아이가 손가락으로 날 쿡 찔렀다.

유니오르야, 내가 말했다.

일레인이야, 그애가 말했다.

우리는 한동안 거기 앉아 있었는데, 소통하고 싶은 갈망에 나는 머리가 아파왔고, 그애는 두 손을 연신 호호 불었다. 그러다가 제 오빠가 부르는 소리를 듣고는 파이프에서 뛰어나갔다. 나도 따라 나갔다. 그애는 오빠 옆에 서 있었다. 그애 오빠는 나를 향해 소리를 빽 지르더니 눈덩이를 던졌다. 나도 맞서서 하나를 던졌다.

그애들은 일 년도 안 되어 사라졌다. 백인들은 모두 다 이사해 나가고 우리 유색인종들만 남게 되었다.

밤이면 마미와 파피가 대화를 했다. 아버지는 식탁의 자기 자리에 앉아 있고 어머니는 아버지에게 물으면서 바짝 몸을 숙였다. 당신, 애들을 데리고 밖에 나갈 계획이 있긴 해요? 이렇게 애들을 줄곧 가둬놓을 순 없어요.

곧 학교에 다닐 텐데 뭐, 아버지는 파이프를 빨며 말했다. 그리고 겨울이 그치자마자 바다를 보여주고 싶어. 이 근처에서도 볼 수 있지만 가까이서 보는 게 낫지.

겨울이 얼마나 더 남았는데요?

이제 얼마 안 남았어, 아버지가 약속했다. 곧 보게 될 거야. 몇 달이면 지금 이랬던 건 기억도 못할 거고, 그때쯤이면 나도 일을 너무 많이 하지 않아도 돼. 봄이면 여행도 다닐 수 있을 거고 전부 다 보게 될 거라니까.

그랬으면 좋겠네, 마미가 말했다.

어머니는 쉽게 기가 꺾이는 여자가 아니었지만 미국에서는 아버지가 큰소리를 치면 치는 대로 놔두었다. 아버지가 이틀 내내 연속 근무라고 하면 어머니는 알았다고 하고는 모로*를 충분히 만들어 보냈다. 어머니는 우울해하고 슬퍼했고 외할아버지와 친

---

* 강낭콩을 넣은 도미니카식 볶음밥.

구들, 우리 이웃들을 그리워했다. 다들 미국은 어려운 곳이라고, 악마도 엉덩이를 걷어차이는 곳이라고들 했지만, 아이들과 함께 눈 때문에 발이 묶인 채 남은 생을 보내게 될 거라고는 아무도 말해주지 않았다. 어머니는 고향집으로 편지를 보낼 때마다 이모들에게 빠른 시일 내 미국으로 건너오라고 간청했다. 동네는 텅 비어 있었고 친구가 없었다. 그리고 아버지에게는 친구들 좀 집에 데려오라고 애원했다. 어머니는 소소한 대화를 나누고 싶었고, 자식이나 배우자가 아닌 사람과 이야기하고 싶었다.

당신도 애들도 손님 맞을 준비가 안 돼 있어, 파피가 말했다. 집구석 꼴 좀 봐. 당신 애들 좀 보라고. 저렇게 게으름 피우고 있는 꼴이라니, 메 다 베르구엔사(내가 창피하잖아).

집에 대해 불평하다니 말도 안 돼. 하루종일 내가 얼마나 쓸고 닦는데.

당신 아들들은?

어머니는 나를, 그다음에 라파를 건너다보았다. 나는 한쪽 신발로 다른 신발을 가렸다. 그뒤로 어머니는 라파더러 내 신발 끈을 계속 단속하게 했다. 아버지의 밴이 주차장에 들어서는 소리가 들리면 마미는 우리를 불러 신속하게 검사를 했다. 머리, 치아, 손, 발. 하나라도 잘못되어 있으면 어머니는 문제가 시정될 때까지 우리를 화장실에 숨겼다. 저녁식사는 점점 더 화려해졌

190

다. 어머니는 심지어 파피를 상가노라 부르는 일도 없이 고분고분하게 티브이 채널을 돌려주기도 했다.

오케이, 아버지가 마침내 말했다. 괜찮을지도 모르겠군.

뭐 거창하지 않아도 돼요, 마미가 말했다.

아버지는 두 주 연속으로 금요일 저녁식사에 친구를 한 명씩 초대했다. 마미는 제일 좋은 폴리에스테르 점프수트를 입었고, 형과 나도 빨간 바지에 두꺼운 흰 벨트와 푸르스름한 챔스 셔츠로 말쑥하게 입혔다. 어머니가 천식이라도 걸린 사람처럼 숨넘어가게 웃으며 신이 난 모습을 보니 우리에게도 세상이 나아지리라는 희망이 보이기 시작했지만, 어쨌거나 이런 식사는 어색했다. 손님들은 독신 생활중이어선지 반쯤은 파피와 대화를 하고 반쯤은 마미의 엉덩이를 훔쳐보며 시간을 보냈다. 파피는 손님들과 있는 시간을 즐기는 듯했지만 마미는 종종거리며 음식을 갖다 나르고 맥주병을 따고 티브이 채널을 돌리느라 바빴다. 그런 저녁이면 어머니는 금세 웃었다 금세 찡그렸다 하는 풍부한 표정으로 자연스럽고 편안하게 시작했다가, 사내들이 허리띠를 풀고 발가락에 바람을 쏘이며 뻔한 얘기를 늘어놓을 즈음이면 다시 가라앉았다. 어머니의 표정은 점차 단조로워져 경계하는 뻣뻣한 미소로 변했고, 그 웃음은 그림자가 벽을 가로지르며 천천히 떠돌듯 정처 없이 실내를 표류했다. 손님들에게 우리, 애들은 대부분 안중에도 없었다. 딱 한 번, 첫번째 손님 미겔이 물은 적은 있었다. 너희 둘도 아버지만큼 권투를 잘하니?

괜찮은 파이터들이지, 파피가 대답했다.

너희 아버지는 아주 빨라. 손의 스피드가 아주 좋지. 미겔이 바짝 다가앉으며 말했다. 느이 아부지가 그링고 한 놈을 끝장내는 걸 봤거든, 녀석이 깽깽거릴 때까지 팼지.

미겔은 베르무데스 럼주 한 병을 가져왔다. 그와 아버지는 술에 취했다.

너희 방으로 들어갈 시간이다. 마미가 내 어깨를 쓰다듬으며 말했다.

왜요? 내가 물었다. 우린 그냥 가만히 앉아 있기만 하는데요.

내가 우리집에서 하는 일이 딱 그거다. 미겔이 말했다.

어머니의 눈길이 내 말허리를 뚝 잘랐다. 입 닫아라, 어머니가 우릴 방으로 몰아넣으면서 말했다. 예상했겠지만 우리는 방에 앉아서 귀를 기울였다. 두 번 모두 남자들은 적당히 배를 채운 뒤 마미에게 요리에 대해 칭찬하고 파피에게는 아들들을 칭찬하고 그다음엔 그냥 예의상 한 시간쯤 더 앉아 있었다. 담배와 도미노, 가십, 그다음엔 으레 그렇듯 말했다. 그럼 난 가봐야겠어. 내일 출근해야지. 자네도 알잖아.

알다마다. 우리 도미니카 사람들이 달리 더 아는 게 있겠나?

그후 마미는 부엌에서 조용히 팬을 닦았다. 오븐에 구운 돼지고기 살점을 팬에서 긁어내는 동안 파피는 반팔 옷을 입고 포치에 앉아 있었다. 아버지는 지난 오 년 사이 추위를 타지 않게 된 모양이었다. 안으로 들어온 다음에는 샤워를 하고 작업복을 입었다. 오늘밤에 근무가 있어, 아버지가 말했다.

　마미는 스푼으로 팬의 바닥을 긁다 말고 말했다. 좀더 규칙적인 일을 찾아보는 게 좋겠어요.

　파피가 어깨를 으쓱했다. 일자리 찾는 게 쉬울 것 같으면 직접 나가서 일자리를 구해보셔.

　아버지가 나가자마자 마미는 레코드판에서 바늘을 확 거두며 펠릭스 델 로사리오*의 음악을 중단시켰다. 뒤이어 어머니가 벽장에서 부스럭부스럭 코트와 부츠를 꺼내 걸치는 소리가 들렸다.

　엄마가 우릴 버리고 떠나려는 걸까? 내가 물었다.

　라파는 눈썹을 찌푸렸다. 어쩌면, 형이 대답했다.

　현관문 열리는 소리가 들려 형과 함께 방에서 슬그머니 나와보니 집에는 아무도 없었다.

　우리가 따라가보는 게 좋겠어, 내가 말했다.

　라파는 문간에서 멈칫했다. 엄마한테 잠시만 시간을 줘보자.

_____

* 도미니카의 유명 오케스트라 지휘자, 작곡가.

형, 뭐가 문제야?

이 분만 기다려보자, 형의 대답이었다.

일 분, 내가 큰 소리로 말했다. 라파는 테라스 유리문에 얼굴을 갖다댔다. 어머니가 숨을 헐떡이며 냉기를 뒤집어쓰고 돌아왔을 때 우리는 문을 나서려던 참이었다.

어디 갔었어요? 내가 물었다.

산책 갔었어. 어머니는 문간에 코트를 내려놓았다. 얼굴은 추위로 빨개졌고, 마지막 서른 걸음쯤은 전력질주해 온 듯 깊은 숨을 몰아쉬고 있었다.

어디로요?

요 길모퉁이 쪽으로.

씨, 대체 뭐하러?

엄마는 울기 시작했고, 라파가 엄마의 허리를 감싸안으려 하자 손을 찰싹 때렸다. 형과 나는 방으로 돌아갔다.

엄마가 점점 이상해지는 것 같아, 내가 말했다.

그냥 외로워서 그래, 라파가 대꾸했다.

폭설 전날 밤 나는 우리 방 창문에서 바람 소리를 들었다. 다음날 아침에는 추위에 오들오들 떨며 깼다. 마미는 온도조절기를 만지작거렸고, 배관에서 물이 꾸륵거리는 소리가 들렸지만 집은 별로 따뜻해지지 않았다.

가서 놀아, 마미가 말했다. 그럼 잊어버릴 수 있을 거야.

고장났어요?

모르겠다. 어머니는 의심스러운 눈길로 온도조절기의 손잡이를 바라보았다. 그냥 오늘 아침엔 느린 거겠지.

그링고들은 아무도 밖에서 놀고 있지 않았다. 우리는 창가에 앉아 그링고 애들을 기다렸다. 오후에는 아버지가 근무중에 전화를 걸어왔다. 내가 전화를 받았는데 포크리프트 소리가 들렸다.

라파냐?

아뇨, 저예요.

엄마 바꿔라.

폭설이 내리고 있어, 아버지가 어머니에게 설명했다. 내가 서 있는 데서도 아버지 목소리가 들렸다. 집에 돌아갈 방법이 없어. 엄청난 폭설이 될 것 같아. 아마 내일은 들어갈 수 있겠지.

어떻게 해야 하죠?

그냥 집안에 있어. 욕조에 물 받아놓고.

당신은 어디서 자요? 마미가 물었다.

친구 집에서.

어머니는 우리들에게서 얼굴을 돌렸다. 알았어요. 어머니는 전화를 끊고 티브이 앞에 앉았다. 내가 파피에 대해 귀찮게 물어

보리라는 걸 알고는 내게 말했다. 그냥 티브이나 봐.

라디오 와도에서는 여분의 담요와 물, 손전등과 식량을 준비해두라는 안내가 나왔다. 우리한테는 그중 아무것도 없었다. 이러다 눈 속에 파묻히면 어떻게 돼요? 내가 물었다. 우리 죽어요? 사람들이 배 타고 와서 우릴 구해야 해요?

몰라, 라파가 대꾸했다. 난 눈에 대해서는 아무것도 몰라. 내 말에 형이 겁을 먹은 것 같았다. 형은 창가로 가서 밖을 내다보았다.

괜찮을 거다, 마미가 말했다. 따뜻하기만 하면 돼. 마미는 걸어가서 난방을 다시 올렸다.

그렇지만 눈 속에 파묻히면 어떡해요?

눈이 그렇게 많이 올 순 없어.

엄마가 어떻게 알아요?

12인치 정도로는 아무도 눈에 파묻히지 않으니까, 너처럼 아주 성가신 녀석도.

나는 포치에 나가 첫 눈발이 체로 친 재처럼 곱게 내리기 시작하는 모습을 지켜보았다. 우리가 죽으면 파피는 기분이 안 좋겠다, 내가 말했다.

마미가 돌아보더니 소리 내어 웃었다.

한 시간 동안 4인치가 쌓이고도 눈은 계속 내렸다.

마미는 우리가 잠자리에 들 때까지 기다렸지만 나는 문소리를 들었고 라파를 깨웠다. 엄마가 또 시작이야, 내가 말했다.

나갔어?

응.

형은 비장한 얼굴로 부츠를 신었다. 그러고는 문에서 잠시 멈칫하더니 텅 빈 집을 둘러보았다. 가자, 형이 말했다.

엄마는 주차장 끝자락에서 웨스트민스터 대로를 건너려는 참이었다. 아파트 불빛이 얼어붙은 땅바닥에 빛나고 밤공기 속에서 우리의 입김이 하얬다. 눈발이 바람에 흩날렸다.

집으로 가, 엄마가 말했다.

우리는 움직이지 않았다.

현관문이나 잠갔니? 엄마가 물었다.

라파가 고개를 저었다.

어차피 도둑들도 너무 추워요, 내가 말했다.

마미는 빙긋 웃더니 보도블록에서 미끄러질 뻔했다. 나는 이런 길은 잘 못 걷겠더라.

나는 진짜 잘 걷는데, 내가 말했다. 그냥 나만 꽉 잡아요.

우리는 웨스트민스터 대로를 건넜다. 차들은 거북이걸음으로 움직였고, 바람은 요란했고 눈투성이였다.

이 정도면 나쁘지도 않구만, 내가 말했다. 이 사람들이 허리케인을 한번 겪어봐야 하는데.

우리 어디로 가야 돼요? 라파가 물었다. 눈으로 불어오는 눈발을 막으려고 눈을 엄청나게 깜빡이면서.

똑바로 가, 마미가 말했다. 길 잃어버리지 않게.

얼음에 표시를 해야겠다.

엄마는 우리 둘을 감싸안았다. 똑바로 가는 게 더 쉽지.

우리는 아파트 여러 동의 행렬이 끝나는 곳까지 내려가 매립지를 건너다보았다. 일그러진 모양의 그늘진 덩어리가 라리탄 강에 맞닿아 있었다. 쓰레기에 붙은 잔불들이 온 천지에 빨간 상처처럼 드러나 있고, 덤프트럭과 불도저들은 그 아래쪽에서 조용하고 겸허하게 잠들어 있었다. 강이 저 밑바닥에서부터 토해올린 듯한 축축하고 메스꺼운 냄새가 풍겼다. 그다음엔 농구 코트들, 물을 뺀 수영장, 이미 주민들이 다 입주하고 아이들도 잔뜩인 옆 동네 파크우드를 발견했다.

우리는 웨스트민스터 대로 꼭대기에서 바다도 보았다. 길고 굽은 칼날 같았다. 마미는 울고 있었지만 우리는 못 본 척했다. 우리는 지나가는 자동차들에 눈덩이를 던졌고, 나는 눈발을 느껴보고 싶어서 야구모자를 한번 벗었다. 내 차갑고 단단한 두피에 눈이 내렸다.

미스 로라

MISS LORA

1

수년 뒤에 너는 생각한다. 형 때문이 아니었어도 네가 그랬을까? 다른 남자들은 다들 그녀를 맘에 안 들어했던 걸 기억한다. 얼마나 깡말랐는지, 쿨로도 찌찌도 없이 코모 운 팔리토(막대기처럼) 깡말랐었지만 형은 아랑곳하지 않았던 걸. 그 여자, 나라면 따먹겠어.

너야 뭐든 따먹지, 누군가가 비웃었다.

그리고 형은 그 누군가를 노려보았다. 그게 뭐 나쁜 것처럼 들리게 만든다, 너.

2

네 형. 죽은 지 일 년이 지났는데도, 그 인간이 끝에는 진짜 인간말종이었는데도 때로 너는 찌르는 듯한 슬픔을 느낀다. 그는 쉽게 죽지 않았다. 마지막 몇 달 동안 라파는 계속해서 달아나려고 했을 뿐이다. 베스 이스라엘 병원 밖에서 택시를 잡고 있거나 환자복 차림으로 뉴어크 길을 걷다가 잡히곤 했다. 한번은 옛날 여친 한 명을 꼬드겨 운전해서 캘리포니아에 데려가달라고 했었는데 캠든 외곽에서 경련을 일으키는 바람에 여자가 깜짝 놀라네게 전화를 하기도 했지. 남들 안 보는 데서 혼자 죽음을 맞이하려는 인간 본연의 충동이었을까? 아니면 그저 늘 제 안에 있던 무언가를 실현하려 했던 걸까? 왜 그러는 거야? 네가 물으면 형은 그냥 피식 웃었다. 뭘?

달아나기에는 너무 쇠약해졌던 마지막 몇 주 동안 그는 그냥 너나 어머니한테 말하기를 거부했다. 죽을 때까지 단 한마디도 입 밖에 내지 않았다. 어머니는 아랑곳하지 않았다. 아들을 사랑했고 아들을 위해 기도했고, 아들에게 아직 멀쩡한 것처럼 말을 걸었다. 하지만 그것은 네게 상처를 주었다. 그 고집스러운 침묵. 염병할 마지막 며칠 동안 형은 한마디도 하지 않았다. 너는 그냥 별것도 아닌 질문을 했다. 오늘은 좀 어때, 하고 물으면 라파는 그냥 고개를 돌렸다. 너희 모두가 대답을 들을 자격이 없다는 듯이. 아무도 자격이 없다는 듯이.

3

너는 표정 하나, 몸짓 하나에도 여자와 사랑에 빠질 수 있는 나이였다. 여자친구 팔로마하고도 그랬다―그녀는 핸드백을 주우러 허리를 숙였을 뿐인데 네 심장이 날아가버렸다.

미스 로라와도 그랬다.

1985년이었다. 너는 열여섯 살이었고 엉망진창이었고 열라 혼자였다. 너는 또한 확신했다―완전히 전적으로 확신했다―세상이 폭발해 산산조각 나버릴 거라고. 거의 매일 밤 〈드림스케이프〉*에 나오는 대통령의 악몽쯤은 소꿉장난으로 만들어버리는 그런 악몽을 꾸었다. 꿈속에서는 늘, 걸어가다가, 치킨 윙을 뜯다가, 학교 가려고 버스를 타다가, 팔로마랑 붙어먹다가 폭탄이 터져서 너를 증발시켜버렸다. 너는 공포에 질려 혀를 깨물다가

---

* 대통령의 꿈속에 들어가 그를 제거하려는 음모를 다룬 1984년 작 공상과학영화로, 핵 위협과 지구 종말 뒤의 장면을 가리킨다.

턱밑으로 피를 흘리며 깨어나곤 했다.

　누가 너한테 약을 좀 먹였어야 하는 건데.

　팔로마는 네가 말도 안 되는 소릴 한다고 생각했다. 그녀는 상호확증파괴*니, 『마지막 위대한 행성 지구』, '오 분 후에 폭격을 시작합니다'**, 제2차전략무기제한협정***, 〈그날 이후〉〈그날 그 이후〉****〈젊은 용사들〉〈위험한 게임〉*****, 감마 월드****** 따위의 말은 듣고 싶어하지 않았다. 널 '우울증 유발인자'라고 불렀다. 이미 충분히 우울했던 그녀는 그 이상의 우울증 유발인자가 더는 필요하지 않았다. 단칸방 아파트에서 동생 넷에 장애인 어머니와 살았고 그 식구들 모두를 돌보아야 했다. 거기다 종합대 진학반까지. 그녀는 그 무엇에도 할애할 시간이 없었고, 너와 끝내지 않았던 것도 크게는 너의 형한테 일어난 일을 안쓰러워했기 때문이 아닐까, 너는 의구심을 품었다. 그렇다고 해서 둘이서 시간을 많이 보냈다거나 섹스나 뭘 했던 것도 아니었다. 어떤 이유로도

---

*　전쟁이나 전투의 결과에 상관없이 양측 모두 파괴될 것이 확실한 상태.

**　냉전 당시 레이건 대통령이 구소련을 폭격하겠다는 뜻으로 했던 농담.

***　핵무기 운반용 전략미사일 제조를 제한하기 위해 미국과 소련 사이에 맺어진 협약으로 미소 군축 회담의 시발점이 되었다.

****　핵전쟁을 다룬 1983년~1984년 작 영화들.

*****　전쟁을 소재로 한 1983년 작 SF 영화들.

******　판타지 롤플레잉 게임.

아랫도리를 내놓지 않는 유일한 푸에르토리코 여자였다. 난 못해, 그애는 말했다. 난 어떤 실수도 할 수 없어. 왜 나랑 섹스하는 게 실수인데? 너는 물었지만 그애는 고개만 내저으며 바지에서 네 손을 빼냈다. 팔로마는 앞으로 이 년 안에 어떤 실수라도, 조그만 실수라도 하게 되면 자기 가족에게 영원히 발목을 잡히는 거라고 확신했다. 그것이 그녀의 악몽이었다. 내가 아무데도 못 들어간다고 생각해봐, 그녀가 말했다. 그래도 난 네 곁에 있을 거야, 넌 그렇게 안심시키려 해봤지만 팔로마는 널 말끄러미 바라본다. 지구 종말이 차라리 낫겠다는 표정으로.

그래서 넌 들어주기만 한다면 아무에게나 지구 종말의 날에 대해 이야기했다―포코노스*에 대피용 오두막을 짓고 있다고 주장하던 역사 선생님에게, 파나마에 주둔중이던 친구놈에게(당시 너는 아직 편지를 쓰곤 했다), 길모퉁이 이웃인 미스 로라에게. 처음엔 그것이 둘을 이어준 지점이었다. 그녀는 귀를 기울였다. 아니, 듣기만 한 것이 아니라 그녀 자신이 『아아, 바빌론』을 읽었고 〈그날 이후〉를 일부 봤으며, 두 가지 모두에 겁을 잔뜩 집어먹은 상태였다.

〈그날 이후〉는 안 무섭죠, 넌 항변했다. 그건 개뻥이에요. 고공

---

* 뉴욕 주의 산간 지역.

폭발을 했는데 차 계기판 밑에 숨는다고 어떻게 살아남아요.

기적이었는지도 모르지, 그녀가 장난치듯 말했다.

기적이요? 멍청한 거죠. 〈그날 그 이후〉를 보셔야 되는데. 그게 진짜죠.

아마 난 못 견딜 거야, 그녀가 말했다. 그러곤 한 손을 네 어깨에 올렸다.

사람들은 언제나 너를 만졌다. 너는 익숙했다. 너는 근력 운동을 제법 했다. 지랄 같은 인생에 대해 생각하지 않으려고. DNA 어딘가에 돌연변이 유전자가 있는 게 틀림없다. 근력 운동이 너를 서커스에서나 볼 수 있는 괴물단지로 만들어놨으니. 보통은 여자애들이나 아니면 남자들이 네 근육을 만져봐도 별로 개의치 않았다. 하지만 미스 로라하고는 뭔가 다른 게 느껴졌다.

미스 로라가 널 만지자 넌 별안간 위를 올려다보았고 그녀의 마른 얼굴에서 눈이 얼마나 큰지, 속눈썹이 얼마나 긴지, 한쪽 눈의 홍채가 다른 눈에 비해 얼마나 더 진한 청동빛인지가 눈에 들어왔다.

4

물론 넌 그녀를 알았다. 그녀는 네 이웃이었고, 세이어빌 고등학교 교사였다. 하지만 그녀가 눈에 들어오기 시작한 것은 불과 몇 달 전이었다. 동네에는 그런 중년의 싱글 여성들이, 온갖 재앙으로 조난당한 여인들이 많았는데, 그녀는 개중에서도 아이 없이 혼자 사는, 제법 젊은 축에 속하는 몇 안 되는 여자들 중 하나였다. 분명 무슨 일이 있었던 거야, 네 어머니는 추측했다. 어머니 관점에서 아이가 없는 여자란 엄청난 재난으로밖에 설명할 수 없었다.

그냥 애들을 안 좋아하는지도 모르죠.

애들 좋아하는 사람이 어딨어, 네 어머니는 장담했다. 그렇다고 해서 애가 없진 않아.

미스 로라는 그다지 흥미진진하지는 않았다. 동네에는 훨씬 더 후끈한 비에하들이 천 명은 있었다. 네 형이 실컷 붙어먹다가 남편한테 발각돼서 가족이 죄다 이사 가버렸던 델 오르베 부인처럼. 미스 로라는 너무 말랐다. 골반이 하나도 없었다. 가슴도 엉덩이도 없고, 심지어 머리카락마저 미달이었다. 물론 눈이 예쁘긴 했지만 동네에서는 근육질로 제일 유명했다. 너처럼 거대한 근육이 아니라 철사처럼 열라 마른데다 섬유질 가닥가닥이 엄청 도드라져 보이는 근육. 여자는 이기 팝*이 통통해 보일 정도로 깡말랐고, 여름마다 수영장을 웅성이게 만들었다. 굴곡도 없으면서 항상 비키니를 입었는데, 상의는 골이 진 흉근을 덮었고 하의는 물결진 부채꼴 모양의 둔부 근육을 감쌌다. 물속에서 헤엄칠 때면 언제나 머리카락의 검은 파도가 뱀장어떼처럼 그녀를 뒤따라 흘렀다. 두껍게 옻칠을 한 오래된 구두의 호두 빛깔처럼 변할 때까지 늘 선탠을 했다(이웃의 다른 여자들 중에 선탠하는 여자는 없었다). 저 여자는 옷을 입고 있어야 해, 어머니들은 불평했다. 꼭 지렁이가 잔뜩 들어 있는 비닐봉지 같잖아. 하지만 누가 그녀에게서 눈을 뗄 수 있었을까? 너도 네 형도 그럴 수 없었다. 아이들은 물었다, 보디빌딩하세요, 미스 로라? 그러면 그녀는 문고판 책 안쪽에서 고개를 저었다. 미안, 애들아, 난 그냥 태어날 때부터 이랬어.

네 형이 죽자 그녀는 두어 번 아파트로 찾아왔다. 그녀와 네 어머니에게는 공통의 장소가 있었다. 그녀는 라베가에서 태어났고 그곳은 어머니가 내전 뒤에 회복했던 곳이었다. 카사 아마리야** 바로 뒤에서 일 년을 꼭 채워 살고 났더니 어머니는 라베가

---

* 주로 웃옷을 벗고 공연하며 빨래판 같은 갈비뼈를 드러냈던 미국 록 가수.

** 저가 상품으로 유명했던 라베가 지역의 상점.

사람이 다 되어 있었다. 나는 아직도 꿈속에서 리오 카무의 강물 소리가 들려, 어머니는 말했다. 미스 로라가 고개를 끄덕였다. 저도 아주 어릴 때 길에서 후안 보쉬*를 본 적이 있어요. 두 사람은 그 일에 대해 끝도 없이 이야기했다. 가끔 그녀는 주차장에서 널 불러 세웠다. 잘 지내니? 어머니는 어떠셔? 그리고 매번 넌 무어라 말해야 할지 몰랐다. 꿈속의 원자폭탄 폭발로 네 혀는 언제나 퉁퉁 부어 있었고 깨물어서 얼얼했다.

5

오늘 뛰다가 돌아와보니 그녀가 계단참에서 도냐와 이야기를 나누고 있다. 어머니가 널 부른다. 프로페소라(선생님)한테 인사해야지.

땀투성이인데, 너는 반항한다.

어머니가 버럭한다. 카라호, 버르장머리하고는. 코뇨(젠장), 프로페소라한테 인사해.

안녕하세요, 프로페소라.

---

* 도미니카의 정치가, 역사가, 저술가로 최초로 민주적으로 선출된 대통령.

안녕, 학생.

그녀는 후훗, 웃더니 어머니와의 대화로 돌아간다.

너는 갑자기 분노가 솟구치지만 이유는 알 수 없다.

팔씨름하면 제가 이길걸요, 너는 팔을 불끈거리며 말한다.

그러자 미스 로라가 웃는 듯 마는 듯한 표정으로 널 바라본다. 대체 무슨 소릴 하는 거니? 나야말로 널 답싹 들어올릴 수 있는걸.

그녀는 두 손을 네 허리춤에 대고는 힘을 쓰는 척한다.

어머니가 피식 웃는다. 하지만 넌 어머니가 두 사람을 지켜보고 있다는 걸 느낄 수 있다.

6

어머니가 형에게 델 오르베 부인에 대해 따져 물었을 때 형은 부인하지 않았다. 뭘 원해, 마? 세 메티오 포르 미스 오호스(내 눈에 들어오더라고).

포르 미스 오호스, 좋아하시네, 어머니는 말했었다. 투 테 메티스테 포르 수 쿨로(네놈이 그 여자 아랫도리로 들어간 거겠지).

맞아, 형은 유쾌하게 인정했다. 이 포르 수 보카(입하고).

210

그러자 어머니는 모욕과 분노를 못 이겨 형을 주먹으로 때렸지만 형은 그냥 웃기만 했다.

7

여자가 널 원한 건 처음이었다. 그래서 너는 잠자코 있었다. 마음속의 여러 채널을 돌려보는 중이었다. 이건 미친 짓이야, 너는 혼잣말을 했다. 그러다가 나중에는 무심코 팔로마에게 말했다. 팔로마는 네 말을 못 듣는다. 너는 어째야 할지 모르겠다. 넌 형이 아니니까, 형이라면 냉큼 달려가서 미스 로라한테 라보를 집어넣었겠지만. 알고 있다 해도 넌 착각일까봐 겁이 난다. 그녀가 비웃을까봐 겁이 난다.

그래서 그녀와 그녀의 비키니 입은 모습에 대한 기억을 떨치려 애쓴다. 무슨 짓을 하기도 전에 폭탄이 떨어질 거라 생각한다. 폭탄이 떨어지지 않자 너는 마지막 자구책으로 팔로마에게 그녀 이야기를 꺼낸다. 프로페소라가 널 따라다닌다고 말한다. 그 말은 아주 그럴싸하게 느껴진다, 그 거짓말이.

그 염병할 늙은 할망구가? 구역질 난다.

내 말이, 넌 쓸쓸히 말한다.

꼭 막대기랑 붙어먹는 것 같겠구만, 그녀가 말한다.

그렇겠지, 넌 맞장구친다.

그 여자랑은 붙어먹지 않는 게 좋을 거야, 팔로마가 잠시 뜸들이다 경고한다.

무슨 소리야?

그냥 말해두는 거야. 그 여자랑 붙어먹지 마. 내가 알게 될 테니까. 넌 거짓말은 젬병이잖아.

미친 소리 하지 마, 너는 노려보며 말한다. 난 아무하고도 안 붙어먹어. 당연히.

그날 밤 너는 혀끝으로 팔로마의 클리토리스를 건드리는 것까진 허락받았지만 그게 전부다. 팔로마가 온 인생을 걸고 네 머리를 있는 힘껏 제지해서 너는 결국 기가 꺾여 포기하고 만다.

그건 꼭 맥주맛이었어. 너는 파나마에 있는 친구놈에게 썼다.

넌 열을 가라앉혀주길 기대하며 운동을 한 세트씩 더 해보지만 소용이 없다. 그녀에게 닿으려 하는 순간 폭탄이 뉴욕을 날려버려 폭발의 여파가 뭉게뭉게 피어오르고 너는 잠에서 깬다, 잇새에 혀를 꽉 깨문 채.

그러다가 치킨홀리데이에서 네 조각짜리 치킨 윙 한 팩을 사서 입에 한 개를 물고 돌아오는데, 그녀가 패스마크에서 비닐봉지 두어 개와 씨름하며 걸어나오는 거다. 달아날까도 생각해보지만 형의 법칙이 너를 붙잡는다. 절대 뛰지 마. 형은 결국 포기하고 만 법칙이었지만 너는 지금 당장은 그럴 수 없다. 너는 온순하게 묻는다. 도와드릴까요, 미스 로라?

그녀는 도리질을 한다. 이게 오늘치 내 운동이야. 말없이 같이 걷다가 그녀가 묻는다. 그 영화 보여주러 언제 올래?

무슨 영화요?

진짜배기라고 했던 거 말야. 핵전쟁 영화.

만일 네가 다른 사람이었다면 이 모든 걸 피할 강단이 있었을지도 모르지만 넌 네 아버지의 아들이자 네 형의 동생이다. 이틀 뒤 넌 집에 있는데, 적막이 끔찍하게 느껴지는 와중에 찢어진 자동차 시트를 고치는 제품에 대한 광고가 계속되는 것만 같다. 너는 샤워하고 면도하고 옷을 입는다.

나갔다 올게요.

엄마가 네 구두를 내려다본다. 어디 가니?

밖에요.

열시야, 어머니는 말했지만 너는 이미 문밖이다.

너는 문을 두드린다, 한 번, 두 번, 그러자 그녀가 문을 연다. 그녀는 운동복과 하워드 티셔츠 차림인데 걱정스러운 듯 미간을 좁힌다. 그녀의 두 눈은 거인의 얼굴에나 맞을 것 같다.

너는 굳이 담소 따위를 시도하지 않는다. 곧장 다가가 키스한다. 그녀가 팔을 뻗어 등 뒤로 문을 닫는다.

콘돔 있어요?

넌 꼭 그렇게 전사다.

걱정부터 하는 성격 맞네.

아니, 그녀가 대답하고 너는 참으려 해보지만 그녀의 속에 싸고 만다.

정말 죄송해요.

괜찮아, 그녀가 속삭인다. 그녀가 네 등을 두 손으로 끌어안고 내려오지 못하게 한다. 그냥 있어.

8

그녀의 아파트는 이제껏 본 중에 가장 깔끔하고 카리브의 미친 구석이 없어 백인이 산다고 해도 무리가 없을 듯하다. 벽에는 그녀의 여행 사진과 형제들 사진을 걸어놓았는데 그들은 모두 굉장히 행복하고 고지식해 보인다. 당신 별종이죠? 네가 묻자 그녀는 웃는다. 비슷해.

남자들 사진도 있다. 몇은 네가 어렸을 때 본 적이 있는 사람들인 걸 알아보지만 그들에 대해서 너는 아무 말도 하지 않는다.

네게 치즈버거를 만들어주면서도 그녀는 말이 없고 속마음을 드러내지 않는다. 사실은, 난 내 가족이 싫어, 기름이 지글거리도록 뒤집개로 버거 패티를 누르면서 그녀가 말한다.

너는 그녀가 너와 같은 기분일지 궁금하다. 사랑일 것 같은 기분. 너는 그녀에게 〈그날 그 이후〉를 틀어준다. 진짜배기 볼 준비 해요, 너는 말한다.

내가 숨을 테니까 준비해, 그녀는 그렇게 대꾸하지만 한 시간 만에 그녀가 다가와 네 잔을 내려놓고 네게 키스한다. 이번에는 제정신이 들어 너는 그녀를 물리칠 힘을 찾으려 애쓴다.

못해요.

그녀는 네 라보를 꺼내 제 입에 넣으며 묻는다. 정말?

너는 팔로마를 생각하려 한다. 매일 녹초가 되어서 아침마다 학교 가는 버스 안에서 잠드는 팔로마. 그러면서도 네 대입 SAT 시험 준비를 도와줄 에너지를 찾는 팔로마. 임신이라도 하면 너에 대한 사랑 때문에 낙태는 못할 테고 인생이 끝장나버릴 거라는 두려움에 네게 아랫도리를 내주지 않는 팔로마. 너는 팔로마를 생각하려 안간힘을 쓰지만 네가 하는 짓이란 미스 로라의 땋은 머리를 고삐처럼 꽉 붙잡고 그녀의 머리가 그 황홀한 리듬을 이어가도록 촉구하는 것이다.

당신 정말 몸매가 근사해요, 너는 싸고 난 다음에 말한다.

아아, 고마워. 그녀는 고갯짓으로 가리킨다. 침실로 들어갈래?

더 많은 사진들. 그중 어느 것도 핵폭발에서 살아남지 못하리란 걸 너는 확신한다. 이 침실도, 뉴욕 시를 바라보고 있는 저 창문도. 너는 그녀에게 그 말을 한다. 글쎄, 어떻게든 꾸려가야겠지, 그녀가 말한다. 그녀는 프로처럼 알몸이 되고, 네가 일을 시작하자 눈을 감고는 부러진 경첩에 달린 양 힘없이 고개를 돌린다. 그녀가 네 두 어깨를 손톱 자국이 나도록 세게 움켜잡아 네 등은 채찍이라도 맞은 꼴이 되리라는 걸 너는 알고 있다.

그런 다음 그녀는 네 턱에 입맞춘다.

9

네 아버지도 형도 다 수시오였다. 씨바, 아버지는 오입질하러 다닐 때 널 데리고 나가 내연녀와 배꼽을 맞추러 여자 집으로 올라간 동안 너를 차에 뒀다. 네 침대 바로 옆에서 계집애들하고 붙어먹던 네 형도 더 낫지 않았다. 수시오 중에서도 최악들이고 이젠 공식적으로 너도 수시오다. 그 유전자가 너는 피해갔기를, 격세유전이기를 바랐지만 그건 명백히 자신을 속이는 짓이었다. 핏줄은 어떻게도 못 속여, 다음날 학교 가는 버스 안에서 너는 팔로마에게 말한다. 유니오르, 팔로마는 졸다가 간신히 말한다, 난 네 미친 소리 들어줄 시간이 없어, 알았니?

10

딱 한 번으로 그치겠다고 너는 궁리한다. 하지만 너는 다음날 곧바로 돌아간다. 그녀가 또 치즈버거를 만드는 동안 너는 그녀의 주방에 침울하게 앉아 있다.

너 괜찮겠니? 그녀가 묻는다.

모르겠어요.

그냥 재밌어야 하는 건데.

여친이 있어요.

나한테 말했어, 기억해?

그녀는 접시를 네 무릎에 놓고 널 꼼꼼히 살펴본다. 있잖아, 너 네 형이랑 꼭 닮았구나. 그런 말 늘 듣지?

가끔요.

네 형은 얼마나 잘생겼는지 믿기 힘들 정도였어. 자기도 알고 있었지. 웃옷이라고는 못 들어본 것 같았잖아.

너는 이번엔 아예 콘돔에 대해 묻지도 않는다. 그냥 그녀 속에 싸버린다. 얼마나 싸버렸는지 너는 화들짝 놀란다. 하지만 그녀는 네 얼굴에 몇 번이고 입을 맞추고 너는 감동받는다. 그렇게 해준 사람은 아무도 없었다. 너와 붙어먹은 계집애들은 늘 끝나고 나면 수치스러워했다. 그리고 언제나 패닉이 있었다. 누가 들었나봐. 침대 정돈해. 창문 열어. 여기선 그런 게 전혀 없다.

나중에 그녀가 몸을 곧추세우고 앉는다. 가슴이 네 가슴만큼이나 밋밋하다. 뭐 좀더 먹을래?

11

너는 이성을 찾으려고 노력한다. 자제하려고, 너무 흥분하지 않으려고 애쓴다. 하지만 씨바, 너는 날이면 날마다 그 여자 집에 간다. 한번은 건너뛰려고 했다가 번복하고는 새벽 세시에 집에서 빠져나와 그녀가 문을 열어줄 때까지 살그머니 두드린다. 나 일하는 건 알고 있지? 알아요, 너는 말한다. 그런데 당신한테 무슨 일이 일어난 꿈을 꿨어요. 거짓말을 하다니 다정도 하지, 그녀는 한숨을 쉬곤 다시 잠에 빠져들면서도 바로 엉덩이를 대준다. 열라 좋아, 너는 싸는 사 초 동안 거듭 말한다. 다음에 할 땐 내 머리채를 잡아당겨줘, 그녀가 고백한다. 그러면 난 로켓처럼 날아가.

기분 최고여야 하는데 그럼 네 꿈은 왜 더 안 좋은 거지? 왜 아침이면 세면대에 피를 더 많이 뱉는 거지?

너는 그녀의 인생에 대해 많은 것을 알게 된다. 그녀는 도미니카 의사 아버지한테서 태어났는데 그는 미친 인간이었다. 그녀의 어머니는 이탈리안 웨이터를 만나 가족을 버리고 로마로 달아났고 아버지는 그걸로 끝이었다. 늘 죽어버리겠다고 식구들을 위협했고 그녀는 적어도 하루 한 번은 그러지 말라고 애원해야 했으며, 그 때문에 그녀는 망가져도 단단히 망가졌다. 어린 시절에 체조를 했고 올림픽 대표 선수감이라는 말까지 있었는데, 코치가 돈을 훔쳐서 도미니카는 그해에 출전을 취소해야 했다. 내가 우승했을 거라고 말하는 건 아니지만 무언가는 할 수 있었을 거야. 그녀가 말했다. 그 지랄 뒤에는 키가 1피트나 더 커버렸고 체조는 그걸로 끝장이었다. 그러다가 아버지가 미시간 주 앤아버에 직장을 얻게 되어 그녀와 동생 셋은 아버지와 함께 미국으로 건너왔다. 육 개월 뒤에 아버지는 아이들을 데리고 뚱뚱한 과부 집으로 살림을 합쳤는데, 블랑카 아스케로사(구역질나는 백인 여자)였던 과부는 로라를 몹시 싫어했다. 그녀는 학교에서 친구가 하나도 없었고, 9학년 때 다니던 고등학교 역사 선생과 잤다. 결국은 그 남자 집에서 살게 되었다. 그의 전부인도 그 학교

선생이었다. 그게 어땠을지는 상상만 할 수 있을 뿐이다. 그녀는
졸업하자마자 말없는 흑인 남자와 같이 달아나 독일 람슈타인의
미군 기지로 갔지만 잘 되지 않았다. 지금도 생각해보면 그 사람
은 게이였던 거 같아, 그녀는 말했다. 그러곤 마지막으로 베를린
에서 살아보려고 하다가 돌아왔다. 런던 테라스에 아파트가 있
던 친구 집으로 들어갔고, 몇 남자와 데이트를 했고, 전 남친의
옛 공군 동료와 사귀었는데 그는 기질이 굉장히 상냥한 모레노
였다. 같이 살던 친구가 결혼해서 나가자 미스 로라는 그 아파트
에 눌러앉아 아이들 가르치는 일을 하게 되었다. 이사는 더이상
안 하려고 의식적으로 노력했다. 괜찮은 인생이었어, 그녀는 사
진을 보여주며 말했다. 여러 가지를 감안하면.

그녀는 자꾸만 내게 형에 대해 말을 하게 하려 한다. 말하는
게 도움이 될 거야, 그녀의 말이다.

할말이 뭐가 있어요? 암에 걸렸다. 죽었다.

그래, 그렇게 시작하는 거지.

그녀가 자기 학교에서 대학 안내물들을 가져온다. 그녀는 반
쯤 작성해놓은 지원서를 네게 준다. 넌 정말 여길 벗어나야 돼.

어디로요? 네가 묻는다.

어디든 가. 알래스카라도.

그녀는 마우스가드를 끼고 잔다. 그리고 눈도 안대로 가린다.

가야 하면 내가 잠들 때까지 기다렸다 가, 응? 하지만 그 말은 몇 주가 지나자 제발 가지 마로 바뀐다. 그리고 결국은 자고 가로.

너는 또 자고 간다. 새벽에 그녀의 아파트에서 빠져나와 네 방 지하 창문으로 들어간다. 어머니는 전혀 눈치를 못 챘다. 옛날에는 뭐든 다 알았다. 캄페시노(시골 사람)다운 레이더가 있었다. 이제 어머니는 마음이 다른 데 가 있었다. 슬픔, 슬픔에 대처하는 데 시간을 다 할애하고 있다.

너는 네가 하는 짓거리에 무척 겁이 나기도 하지만 신이 나기도 하고 세상에서 덜 외로운 기분이 들기도 하다. 그리고 너는 열여섯 살이고, 아랫도리 엔진에 발동이 걸린 이상 세상 어느 것도 다시는 시동을 끄지 못하리라는 느낌이 든다.

그러다 아부엘로가 도미니카에서 뭐에 걸려서 어머니가 비행기를 타고 고향에 내려가야 한단다. 넌 괜찮을 거야, 도냐가 말한다. 미스 로라가 널 돌봐주겠다고 했으니까.

마, 요리는 저도 할 수 있어요.

할 수 있기는. 그리고 그 푸에르토리코 여자애 여기 들이지 마라. 알았니?

너는 고개를 끄덕인다. 너는 대신에 도미니카 여자를 들인다.

그녀는 비닐 커버를 씌운 소파와 벽에 걸린 나무 주걱 따위를 보고는 재밌어하며 꺄아, 소리를 지른다. 어머니한테 좀 미안한 생각이 든다는 걸 너도 인정한다.

물론 너는 결국 아래층으로, 네 지하 방으로 가게 된다. 형의 물건들이 아직 고스란히 남아 있는 곳으로. 그녀는 당장에 형의 권투 글러브로 향한다.

부탁인데 그건 좀 내려놓으세요.

그녀는 글러브를 얼굴에 갖다 대고 냄새를 맡는다.

너는 긴장을 늦출 수가 없다. 문간에서 분명 어머니나 팔로마의 소리가 들린다. 그 소리가 널 오 분마다 멈칫하게 만든다. 네침대에서 그녀와 같이 잠에서 깨는 건 마음을 불편하게 한다. 그녀는 커피와 스크램블드에그를 만들고, 라디오 와도가 아니라 '모닝 주'를 들으며 모든 말에 깔깔 웃는다. 너무나 야릇하다. 네가 학교에 가는지를 확인하려고 팔로마가 전화했을 때 미스 로라는 밋밋하고 깡마른 엉덩이를 드러낸 채 티셔츠 바람으로 돌아다니고 있다.

12

그러다 네가 졸업반이 되자 그녀는 네가 다니는 고등학교에서 일하게 된다. 왜 아니겠냐고. 이상하다고 하는 건 아무 말도 안 하는 거나 마찬가지다. 복도에서 그녀를 보면 심장이 튀어나올 것 같다. 저 여자 너네 이웃 아니니? 팔로마가 묻는다. 세상에, 저 여자 너 열라 쳐다본다. 저 늙은 걸레가. 학교에서는 스패니시 여자애들이 그녀를 힘들게 한다. 그애들은 그녀의 억양과 옷과 체격에 대해 놀린다. (그애들은 그녀를 '미스 팻'*이라 부른다.) 그녀는 거기에 대해 불평하는 법이 없지만―얼마나 근사한 직업인데, 그녀는 말한다―너는 그 난센스를 직접 목격한다. 하지만 그런 애들은 스패니시 여자애들뿐이다. 백인 여자애들은 그녀가 좋아죽는다. 그녀가 체조 팀을 맡게 됐다. 그녀는 애들을 무용 프로그램에 데려가 영감을 받게 해준다. 그러자 체조 팀 아이들은 삽시간에 우수한 성적을 내기 시작한다. 하루는 학교 밖에서 체조 팀 아이들이 자꾸 부추기자 그녀가 별안간 뒤로 공중돌기를 했고, 그 완벽한 동작에 너는 다리가 풀릴 지경이 된다. 네가 본 것 중 가장 아름다운 장면이었다. 당연히, 과학 선생 미스터 에버슨이 그녀에게 홀딱 반한다. 그 인간은 언제나 누군가에게 홀딱 반한다. 한동안은 팔로마한테 그랬다, 팔로마가 신고하겠다고 협박할 때까지. 너는 그 둘이 복도에서 낄낄대는 걸 보

---

* 미국의 코미디쇼 〈새터데이 나이트 라이브〉에 등장했던 인물로, 남자인지 여자인지 구별하기 어려운 사람을 가리키는 표현이 되었다.

고, 교무실에서 점심 먹는 걸 본다.

팔로마는 뒷담화가 끝이 없다. 미스터 에버슨이 드레스 입는 걸 좋아한다더라. 그럼 그 여자가 딜도를 다는 걸까?

너네 여자애들 진짜 미쳤다.

그 여자가 분명 딜도를 달 거야.

이 모든 게 널 아주 긴장시킨다. 하지만 섹스는 그만큼 더 좋아진다.

몇 번인가 그녀의 집 앞에 세워진 미스터 에버슨의 차를 보았다. 동네에 미스터 에버슨이 뜨셨다네, 친구놈 하나가 낄낄댄다. 너는 느닷없이 분노가 치민다. 너는 그 인간 차를 엿 먹일까 생각한다. 대문에 노크할까 생각한다. 수천 가지를 생각한다. 하지만 그 인간이 갈 때까지 네 집에 머물며 웨이트나 들어올린다. 그녀가 문을 열자 너는 한마디 말도 없이 뚜벅뚜벅 걸어들어간다. 그녀의 집에서 담배 냄새가 물씬 풍긴다.

당신한테 열라 냄새나요, 너는 말한다.

침실로 들어가보지만 침대는 곱게 정돈되어 있다.

아이 미 포브레(가엾은 녀석), 그녀가 후후 웃는다. 노 세아스 셀로소(질투하지 마).

하지만 너는 당연히 질투가 난다.

13

너는 유월에 졸업을 하고 그녀가 졸업식에서 어머니와 같이 박수를 쳐준다. 언젠가 네가 빨간색을 제일 좋아한다고 말한 적이 있어 그녀는 붉은 드레스를 걸치고 그 안에 같은 색 속옷을 입었다. 나중에 그녀는 두 사람을 차에 태우고 멕시코 음식으로 저녁을 먹으러 퍼스 앰보이에 데려간다. 팔로마는 어머니가 아파서 같이 갈 수 없다. 하지만 그날 밤 너는 팔로마의 집 앞에서 그애를 만난다.

나 해냈어, 팔로마가 씩 웃으며 말한다.

자랑스러워. 너는 그렇게 말하곤 너답지 않게 덧붙인다. 넌 보기 드문 뛰어난 여자야.

그해 여름 너와 팔로마는 아마 두 번쯤 만났을 것이다. 더이상 키스 타임은 없다. 팔로마는 이미 떠났다. 팔월이면 델라웨어대학교로 떠난다. 대학 생활을 한 지 일주일쯤 되어 그애가 네게 '각자의 길로'라는 제목으로 편지를 썼을 때 너는 놀라지 않는다. 굳이 편지를 다 읽지도 않는다. 거기까지 차를 몰고 가서 얘기 해볼까 생각도 해보지만 얼마나 가망 없는 짓인지 깨닫는다. 충분히 예상할 수 있는 일이었고, 팔로마는 다시는 돌아오지 않는다.

너는 동네에 남는다. 래리턴 리버 제철회사에 일자리를 얻는다. 처음에는 펜실베이니아 출신 무지렁이들과 싸워야 했지만 나중엔 자리를 잡았고 놈들은 널 놔준다. 밤이면 동네에 남아 있던 다른 등신들 몇과 같이 술집으로 가서 떡이 되도록 술을 퍼마신 다음 미스 로라의 집 문간에 나타난다, 좆을 붙잡고. 그녀는 아직도 대학에 가라고 종용하며 입학금을 내주겠다고 하지만 너는 거기에 마음이 가지 않아 그녀에게 말한다. 지금 당장은 말고. 그녀 자신도 몽클레어에서 야간 수업을 듣고 있다. 그녀는 박사학위를 받으려 하고 있다. 그럼 날 독토라(박사님)라고 불러야 할걸.

가끔 아무도 두 사람을 알아보지 못하는 퍼스 앰보이에서 만난다. 두 사람은 평범한 사람들처럼 저녁을 먹는다. 너는 그녀에겐 너무 어려 보이고, 그래서 너는 그녀가 사람들 앞에서 널 만지면 아주 죽을 지경이지만 네가 뭘 할 수 있을까? 그녀는 너와 밖에 나오면 늘 행복하다. 이거, 오래가지 않으리란 거 알죠, 그녀에게 말하면 그녀는 고개를 끄덕인다. 난 뭐든 너한테 최선인 거면 돼. 너는 다른 여자들을 만나려 무던히도 애를 써본다. 다른 여자를 만나면 상황을 전환하는 데 도움이 될 거라 스스로에게 말해보지만 아무리 해도 정말로 마음에 드는 사람을 만나지 못한다.

때로 그녀의 집에서 나온 뒤에 너는 너와 형이 어릴 때 놀던 매립지에 가서 그네에 앉는다. 델 오르베 씨가 형에게 불알을 총으로 쏴버리겠다고 위협한 것도 여기서였다. 어서 하시죠, 라파는 그렇게 말했다. 그럼 여기 내 동생이 형씨를 쏠 거거든, 좆도 없는 게. 네 등뒤로 멀리서 뉴욕 시가 콧노래를 흥얼거리고 있다. 세상은, 너는 중얼거린다, 절대 끝나지 않을 거야.

14

극복하는 데 오랜 시간이 걸린다. 비밀이 없는 생활에 익숙해지는 데. 이미 지난 일이지만 그녀를 완전히 차단한 뒤에도 너는 다시 거기에 빠져들까봐 겁이 난다. 마침내 발을 디딘 곳 러트거스에서 너는 미친듯이 데이트를 하고, 잘되지 않을 때마다 너는 네 또래 여자들을 만나는 데 문제가 있다고 확신한다. 그녀 때문에.

너는 결코, 절대로 그에 대해 말하지 않는다. 4학년 때, 꿈에 그리던 무헤론(아주 매력적인 여자)을 만날 때까지. 너를 만나기 위해 모레노 남자친구를 버리고, 네 주위의 계집애들을 다 몰아내버린 그녀를. 그녀야말로 네가 마침내 신뢰할 수 있는 여자다.

마침내 털어놓게 되는.

그 미친년은 체포돼야 해.

그런 게 아니야.

오늘 당장 그년을 체포해야 돼.

그래도 누군가에게 말하고 나니 좋다. 너는 속으로 그녀가 너를 증오할 거라고―모두들 너를 증오할 거라고 생각했다.

난 널 증오하지 않아. 투 에레스 미 옴브레(넌 내 남자야), 그녀가 자랑스럽게 말한다.

함께 집에 찾아갔을 때 그녀가 어머니에게 그 얘기를 꺼낸다. 도냐, 에스 베르다드 케 투 이호 타바 라판도 우나 비에하(아드님이 나이든 여자하고 잤다는 게 사실이에요)?

어머니는 역겹다는 듯 도리질을 한다. 녀석이 제 아비하고 형하고 똑같구나.

도미니카 남자들이란, 그렇죠, 도냐?

이 세 인간들은 그중에서도 최악이야.

나중에 그녀는 네게 미스 로라의 집 앞을 지나가게 한다. 불이 켜져 있다.

내가 가서 한마디해야겠어, 무혜론이 말한다.

하지 마. 제발.

할 거야.

그녀가 문을 탕탕 두들긴다.

네그라, 제발 그러지 마.

문 열어! 그녀가 소리지른다.

아무도 문을 열지 않는다.

그후 너는 몇 주 동안 무헤론과 말을 하지 않는다. 힘든 결별 중 하나였다. 하지만 '어 트라이브 콜드 퀘스트'*의 공연에서 결국 다시 마주쳤을 때, 네가 다른 여자와 춤추는 걸 보고는 그녀가 손을 흔들자 그걸로 되었다. 너는 그녀가 사악한 라인시스터** 들과 같이 앉아 있는 곳으로 다가간다. 그녀는 또다시 머리를 밀었다.

네그라, 네가 말을 건다.

그녀가 구석으로 널 데려간다. 내가 좀 지나쳤던 거 미안해. 그냥 널 보호하고 싶었을 뿐이야.

너는 고개를 절레절레 젓는다. 그녀가 네 품에 안긴다.

---

* 1980년대의 힙합 그룹.
** 여대생 사교 클럽(소로리티)의 입회 동기생.

15

졸업. 식장에서 그녀를 보게 된 건 놀랍지 않다. 놀라운 건 네가 그걸 예견하지 못했다는 점이다. 너와 무혜론이 대열에 합류하기 직전에 너는 붉은 드레스를 입고 혼자 서 있는 그녀를 발견한다. 마침내 그녀도 살이 붙기 시작했다. 좋아 보인다. 나중에 올드 퀸스 교정 저쪽에서 학사모를 사 들고 홀로 걸어가는 그녀를 발견한다. 네 어머니도 학사모를 하나 샀다. 벽에다 걸어두었다.

그녀는 결국 런던 테라스에서 이사를 나갔다. 집값이 오르고 있다. 방글라데시, 파키스탄 사람들이 들어오고 있다. 몇 년 뒤에는 어머니도 북쪽으로, 버겐라인으로 이사 간다.

나중에, 너와 무혜론이 헤어진 뒤에 너는 그녀의 이름을 컴퓨터에 입력해보지만 그녀는 뜨지 않는다. 한번은 도미니카에 내려갔을 때 너는 라베가로 차를 몰고 가 그쪽에서 이름을 대고 물어본다. 사진도 보여본다, 사립탐정처럼. 너와 둘이 찍은 사진이다, 둘이서 한번 해변에, 샌디 후크에 갔을 때다. 둘 다 미소를 짓고 있다. 둘 다 눈을 감았다.

바람둥이의
사랑 지침서

THE CHEATER'S GUIDE TO LOVE

원년

네가 바람피우는 걸 여자가 알게 됐다. (여자는 실은 네 약혼녀지만 잠시 뒤면 그 점은 너무도 하찮아진다.) 수시아 하나를 걸릴 수도 있고 수시아 둘을 걸릴 수도 있었겠지만, 너란 인간은 이메일 휴지통을 한 번도 안 비운 똥통 쿠에로라서 수시아 오십 명을 걸렸다! 물론 육 년이라는 기간에 걸친 것이긴 하지만 그래도. 염병할, 여자 오십 명? 염병, 염병, 염병할. 어쩌면 겁나 오픈 마인드인 블랑키타와 약혼했더라면 그래도 살아남았을지도 모르겠다. 하지만 너는 겁나 오픈 마인드의 블랑키타와 약혼하지 않았다. 네 여자는 어떤 오픈도 뭣도 믿지 않는 엄청 대가 센 살

세데냐(살세도 출신 여자)*다. 아니, 실은 그녀가 네게 경고했던 한 가지가, 결코 용서할 수 없다고 맹세했던 딱 한 가지가 바로 바람이었다. 그랬다간 너한테 마체테**를 꽂아주겠어, 그녀는 장담했었다. 그리고 너는 물론 그런 일은 없을 거라 맹세했다. 그런 일은 없을 거라 맹세했다. 그런 일은 없을 거라 맹세했다.

그런데 그런 일을 했다.

그녀는 몇 달은 머물러 있다. 아주 오랫동안 사귀었기 때문에, 많은 일을 함께해왔기 때문에─그녀 아버지의 죽음, 너의 미친 테뉴어***, 그녀의 변호사 자격시험(삼수 끝에 합격했다). 그리고 물론 사랑 때문에, 진짜 사랑은 그리 쉽게 사라지지 않으니까. 고통스러운 육 개월 동안 너는 도미니카로, 멕시코로(친구의 장례식에 참석하기 위해서였다), 뉴질랜드로 날아다닌다. 영화 〈피아노〉를 찍은 해변을 걷는다. 그녀가 언제나 하고 싶어했던 그것을, 너는 지금 절박한 참회의 일환으로 그녀에게 선사한다. 그녀는 그 바닷가에서 지독히 슬프게, 반짝이는 모래사장을 혼자서,

---

* 살세도는 도미니카 에르마나스 미라발 주의 주도. '미라발 자매들'이라는 뜻의 에르마나스 미라발 주는 독재자 트루히요에 맞서 싸우다 숨진 미라발 자매들이 태어난 주로 유명하다.

** 중남미에서 농민들이 주로 쓰는 긴 칼 모양의 낫.

*** 대학 교수가 종신 재직권 신분을 얻게 되기까지의 피 말리는 과정을 가리킨다.

얼음장 같은 물속에 맨발을 담그고 걸으며, 네가 안으려 하면 말한다, 하지 마. 물에서 튀어나온 바위를 뚫어져라 바라보는 그녀의 머리칼이 바람결에 뒤로 펄럭인다. 차를 타고 호텔로 돌아가는 길에, 그 야생의 비탈길을 올라가다가 너는 히치하이커 두 사람을, 커플을 태워주었지만, 말도 안 되게 다른 인종인 그들이 사랑에 빠져 너무 들떠 있는 바람에 너는 두 사람에게 차에서 내리라고 할 뻔했다. 그녀는 말이 없다. 나중에, 호텔에서 그녀는 운다.

　너는 그녀를 붙잡기 위해 세상의 모든 방법을 다 동원한다. 편지도 쓴다. 그녀의 출근길에 차를 태워다준다. 네루다의 시도 인용한다. 수시아들을 모조리 끊기 위해 단체 메일을 쓴다. 수시아들의 이메일을 차단한다. 네 전화번호를 바꾼다. 술을 끊는다. 담배도 끊는다. 섹스 중독이라 그렇다며 치료 모임에 나가기 시작한다. 아버지를 탓한다. 어머니를 탓한다. 가부장제를 탓한다. 산토도밍고를 탓한다. 심리치료사를 찾는다. 페이스북 계정을 닫는다. 그녀에게 네 모든 이메일 계정의 비밀번호를 알려준다. 늘 약속했듯이 두 사람이 같이 춤추러 갈 수 있도록 살사를 배우기 시작한다. 아파서 그랬다고, 박약해서 그랬다고―책 때문이었어! 부담 때문이었어!―주장하고, 매시마다 너무너무 미안하다고 시계처럼 말한다. 모든 것을 다 시도해보지만 어느 날 그녀는 침대에 똑바로 앉아 말한다, 더는 안 되겠어. 그렇게 너는 둘이서 같이 살던 할렘의 아파트에서 이사를 나가야 한다. 너는 나가지 않는 것을 생각해본다. 너는 점거 농성도 생각해본다. 아니, 안 나가겠다고 말한다. 하지만 결국 너는 나가고 만다.

한동안 너는 벤치를 지키며 출전을 기다리는 후보 선수처럼 도시를 배회한다. 너는 그녀에게 매일 전화를 걸고 메시지를 남기지만 그녀는 응답하지 않는다. 너는 그녀에게 감수성 넘치는 긴 편지를 쓰지만 그녀는 뜯어보지도 않고 반송한다. 심지어 밤늦은 시각에 그녀의 아파트에, 그리고 시내에 있는 직장에 찾아가기도 한다, 그녀의 여동생이, 늘 네 편이었던 그 여동생이 분명히 말할 때까지. 우리 언니한테 다시 한번만 더 연락하면 법정 접근 금지 명령을 받게 하겠다고 했어.

어떤 깜둥이들한테는 그게 아무 뜻도 아니겠지.

하지만 넌 그런 깜둥이가 아니다.

너는 그만둔다. 다시 보스턴으로 이사한다. 다시는 그녀를 보지 못한다.

일 년 차

처음에 너는 아무렇지 않은 척한다. 너는 어차피 그녀에 대해 불만도 많았다. 정말 그랬다! 그녀는 잘 빨지도 못했고, 너는 그녀의 뺨에 난 솜털도 싫었고, 그녀는 아랫도리 제모도 하지 않았고, 아파트 청소도 하지 않았고 기타 등등. 몇 주 동안 너는 그렇게 믿을 뻔했다. 물론 담배도 술도 전부 다시 시작하고 심리치료사도 섹스 중독 모임도 끊고 왕년에 그랬던 것처럼, 아무 일도 일어나지 않았던 것처럼 걸레들을 쫓아다닌다.

나 돌아왔어, 너는 친구놈들한테 말한다.

엘비스가 쿡쿡 웃는다. 아예 떠난 적도 없는 것 같은데.

한 일주일쯤 너는 썩 괜찮았다. 그러다 기분이 변덕스러워진다. 차에 올라타고 그녀를 만나러 가려는 자신을 막다가도, 곧바로 수시아에게 전화를 걸고 말한다, 내가 늘 원했던 건 너야. 너는 친구들에게, 학생들에게, 동료들에게 버럭 화를 내기 시작한다. 그녀가 제일 좋아하는 몬치와 알렉산드라의 음악을 들을 때마다 운다.

한번도 살고 싶은 적이 없었던 보스턴, 망명자처럼 느껴지던 보스턴은 심각한 문제가 된다. 너는 계속 보스턴에만 사는 생활에 적응하는 데 애를 먹는다. 자정이면 운행이 끝나는 보스턴 열차들에, 무뚝뚝한 보스턴 주민들에, 사천식 음식이 깜짝 놀랄 만큼 드물다는 사실에. 거의 신호라도 받은 듯이 인종주의적 사건도 일어나기 시작한다. 늘 있던 일인데 뉴욕 시에서 많은 시간을 보낸 뒤여서 네가 더 예민해졌는지도 모른다. 백인들은 신호등에서 차를 멈추고는 무시무시한 분노를 담아 네게 소리를 지른다. 마치 네가 제 어머니라도 칠 뻔했다는 듯이. 씨바, 겁나 무섭다. 뭘 가지고 지랄인지 알아볼 틈도 주지 않고 놈들은 네게 가운뎃손가락을 들어 보이고는 쌩하니 달아난다. 그런 일이 거듭, 거듭 일어난다. 상점에서는 경비원들이 너를 따라다니고, 하버드 대학교 교내에만 들어가면 신분증을 보여달라고 요구한다. 술 취한 백인놈들이 보스턴의 각기 다른 곳에서 네게 시비를 걸어온 일도 세 번이나 된다.

너는 이 모든 일들이 모욕적으로 느껴진다. 씨바, 누가 이 도시에 폭탄이라도 떨어뜨리면 좋겠구만, 너는 고함을 지른다. 유색 인종들이 여기 살기 싫어하는 이유가 바로 이거다. 네가 가르치는 흑인, 라티노 학생들이 가능한 한 빨리 보스턴을 떠나는 이유도.

엘비스는 말이 없다. 그는 자메이카 플레인에서 태어나고 자랐기 때문에 알고 있다, 쿨하지 못하다는 평판에서 보스턴을 방어하려는 시도는 빵 한 조각으로 총알을 막으려는 것과 같다는 걸. 너 괜찮냐? 그가 마침내 묻는다.

난 괜찮아, 너는 말한다. 메호르 케 눈카(그 어느 때보다 더 좋아).

하지만 너는 괜찮지 않다. 뉴욕 시에 있는 공통의 친구를 모두 잃었고(모두 그녀에게로 갔다), 어머니는 그 일 뒤로 너와 말을 하지 않으려 하고(어머니는 너보다 약혼녀를 더 좋아했다), 너는 끔찍하도록 죄책감을 느끼고 끔찍하리만치 혼자다. 너는 계속 그녀에게 편지를 쓰고, 편지를 그녀에게 전할 수 있는 날을 기다 린다. 너는 또한 움직이는 모든 것과 붙어먹는다. 추수감사절에 는 엄마 얼굴을 볼 낯이 없어, 사람들이 동정한다는 생각만 해도 부아가 치밀어 결국 네 아파트에서 혼자 보내고 만다. 엑스는, 이제 너는 그녀를 이렇게 부른다, 늘 요리를 했다. 칠면조, 닭, 페 르닐. 날개는 모조리 널 위해 따로 남겨놓았다. 그날 밤 너는 인 사불성이 되도록 마셔서 회복하는 데 이틀이나 걸렸다.

그보다 더 나빠질 수는 없다고 너는 생각한다. 틀렸다. 기말고 사 기간에 우울이 엄습하는데, 이름조차 없을 거라 여겨질 만큼 너무 깊은 우울이다. 마치 원자 단위로 서서히, 집게로 찢어놓듯 해체되는 느낌이다.

너는 운동하러 가는 것도, 술 마시러 나가는 것도 그만둔다. 면도도 빨래도 그만둔다. 아니, 너는 뭔가 하는 걸 거의 모두 그만둔다. 친구들은 너를 걱정하기 시작하는데, 녀석들은 대개 걱정하는 타입들이 아니다. 괜찮아, 너는 친구들에게 말하지만 한주 한 주 지나갈 때마다 우울은 더 짙어간다. 너는 그것을 설명하려 해본다. 누군가가 비행기로 네 영혼에 테러라도 한 것 같다. 엘비스는 아파트에서 너와 함께 슬퍼해준다. 네 어깨를 토닥이며 맘 편히 가지라고 한다. 엘비스는 사 년 전에 바그다드 외곽의 고속도로에서 타고 있던 험비*가 폭발하는 사고를 겪었다. 불타는 지프차에 갇혀 있던 시간이 일주일이나 되는 듯 느껴졌으니 녀석은 고통이 뭔지 좀 안다. 그의 등과 엉덩이와 오른팔에는 흉터가 제법 심하게 남았는데, 제법 냉혈한인 너조차 그 흉터는 차마 볼 수가 없다. 숨을 쉬어, 놈이 네게 말한다. 너는 쉬지 않고 숨을 쉰다, 마라톤 주자처럼, 하지만 도움이 되지 않는다. 네 편지 나부랭이는 점점 더 한심해진다. 제발, 너는 이렇게 쓴다. 제발 돌아와. 너는 그녀가 옛날처럼 너와 대화하는 꿈을 꾼다—그 달콤한 시바오 스페인어로, 분노나 실망의 흔적이 없는. 그러다 너는 잠에서 깬다.

너는 자는 것도 그만두고, 어떤 밤이면 너는 술에 취해 혼자서 오층 아파트의 창문을 열고 거리로 뛰어내리고 싶은 정신 나간

---

* 군용 지프차.

충동을 느낀다. 두어 가지 이유가 아니었다면 너는 몸을 내던지기도 했을 것이다. 하지만 (1)너는 자살 유형이 아니고, (2)네 친구놈 엘비스가 눈을 부릅뜨고 감시하고 있다. 엘비스가 늘 찾아와, 네가 무슨 생각을 하는지 안다는 듯이 창 옆에 버티고 서 있다. 그리고 (3)너는 언젠가는 그녀가 널 용서해줄 거라는 어리석은 희망을 품고 있다.

그녀는 용서하지 않는다.

이 년 차

너는 간신히 두 학기를 마친다. 정말 열라 기나긴 시간이었지만 이제야 미친 짓이 물러나기 시작한다. 마치 인생 최악의 고열에서 깨어난 것만 같다. 너는 예전의 네가 아니지만(우하하!) 너는 이제 야릇한 충동에 휩싸이지 않고도 창가에 설 수 있게 되었고, 그건 적어도 출발점이다. 불행히도 너는 45파운드나 불었다. 어떻게 그런 일이 일어났는지 모르지만 일어나고 말았다. 맞는 청바지는 하나뿐이고 정장은 하나도 맞지 않는다. 그녀의 옛날 사진을 전부 치우고 원더우먼 같은 그녀의 굴곡과 작별한다. 너는 이발소에 가서 아주 오랜만에 처음으로 머리를 밀고 턱수염을 잘라버린다.

끝났냐? 엘비스가 묻는다.

끝났어.

백인 할매가 신호등에서 네게 소리를 냅다 지르고 너는 할망구가 지나갈 때까지 눈을 감는다.

다른 여자를 찾아봐, 엘비스가 조언한다. 그는 딸을 가볍게 안고 있다. 클라보 사카 클라보(못은 못으로 빼는 법).

그 무엇도 아무것도 못 빼, 너는 대답한다. 아무도 그녀 같을 수는 없으니까.

좋아. 하지만 어쨌든 여자를 찾아봐.

그해 이월에 그의 딸이 태어났다. 사내아이였다면 엘비스는 이름을 이라크라 지으려 했다고 그의 아내가 네게 말했다.

농담이었겠지.

그녀는 놈이 트럭을 손보고 있는 곳을 내다보았다. 난 아니라고 봐.

그는 딸을 네게 안긴다. 착한 도미니카 여자를 찾아봐.

너는 머뭇거리면서 아기를 안는다. 엑스는 아이를 원하지 않았지만 끝 무렵에는 막판에 마음이 바뀔 경우에 대비해서 네게 정자 테스트를 받게 했다. 너는 아기의 배에 입술을 대고 푸우, 불어본다. 도미니카 여자가 있기나 해?

242

너도 하나 있었잖아, 안 그래?

있었다.

너는 행동을 정리한다. 옛 수시아들은 모조리 끊었다. 약혼녀
와 함께였던 기간 내내 붙어먹었던 오래 끌던 이란 여자까지. 너
는 새사람이 되고 싶다. 시간이 좀 걸리지만─누가 뭐래도 오래
된 걸레들은 가장 버리기 어려운 습관이니까─너는 마침내 깔
끔하게 털어내고는 가벼운 기분이다. 오래전에 이렇게 했어야
하는 건데, 네가 선언하자 여자인 친구, 너와 한번도 엮이지 않
은(천만다행이지, 라고 웅얼거렸다) 알레니가 눈알을 굴렸다. 너
는 기다린다. 나쁜 에너지를 소멸시키기 위한 일주일을 보내고,
데이트를 시작한다. 정상인처럼 말이지, 너는 엘비스에게 말한
다. 거짓말 한 점 없이 말야. 엘비스는 말없이 씩 웃기만 한다.

처음에는 괜찮았다. 전화번호도 좀 받았지만 가족에게 선보이
고 싶을 만한 사람은 없다. 하지만 초기에만 좀 몰렸다가 죄 증
발해버린다. 단순히 일시적인 가뭄이 아니다. 염병할 아라킨*이
다. 너는 늘 밖에 나가지만 아무도 물려들지 않는다. 라틴 남자들

---

* 프랭크 허버트의 소설 『듄(1965)』시리즈에 나오는 사막 행성 아라키스 최대의
도시.

에 환장한다고 맹세하는 계집애들조차도, 그리고 한 여자는 네가 도미니카 사람이라고 하자 아예, 절대 안 돼라고 말하며 전속력으로 문 쪽으로 달아난다. 이거 진짜야? 너는 묻는다. 네 이마에 비밀 표식이라도 있는 건 아닌가 생각하기 시작한다. 이런 여자들 중에 날 아는 년들이 있는 게 아닐까.

인내심을 가져, 엘비스가 촉구한다. 그는 어느 게토 건물주를 위해 일하고 있는데 수금 날에 너를 데려가기 시작한다. 알고 보니 너는 끝내주는 지원군인 거다. 돈 떼먹으려는 인간들이 네 음울한 면상을 슬쩍 보기만 해도 갚을 돈을 냉큼 토해내는 거다.

한 달, 두 달, 석 달, 그다음엔 희망이 엿보인다. 여자의 이름은 노에미. 바니 출신의 도미니카 여자—매사추세츠 주에서는 어째 도모(도미니카 사람)들이 죄다 바니 출신인 듯—인데, 소피아스가 문 닫기 몇 달 전에 거기서 만났다. 그리고 그길로 뉴잉글랜드 지역의 라티노 커뮤니티는 영원히 아작이 났다. 그녀는 엑스의 반도 못 따라오지만 과히 나쁘지는 않다. 간호사인 그녀는 엘비스가 허리가 아프다고 불평하자 가능한 병명인지 뭔지 개소리를 줄줄 읊어대기 시작한다. 떡대도 꽤 있고 피부가 끝내주는데다 무엇보다 잘난 척하는 게 없었다. 아니, 꽤 상냥해 보인다. 웃기도 잘 웃고 긴장할 때마다, 얘기 좀 해봐, 하고 말한다. 단점: 늘 일을 하는데다가 저스틴이라는 네 살짜리 아이가 있다.

사진을 보여줬는데 꼬마는 엄마가 신경쓰지 않으면 힙합 앨범이라도 뽑을 타입으로 생겼다. 다른 네 여자와 아이 넷을 더 둔 바니 출신 한 사내와의 사이에서 아이를 낳았다. 그 남자가 괜찮다고 생각한 이유가 뭐였다고 했지? 너는 묻는다. 내가 멍청했지, 그녀도 인정한다. 그 자식을 어디서 만났다고? 널 만난 곳과 같은 장소지. 밖에서.

보통 같으면 그건 안 되는 케이스지만 노에미는 상냥할 뿐 아니라 꽤 삼삼하다. 그 왜 섹시한 아기 엄마들 있잖나, 그런 여자였고 너는 일 년여 만에 처음으로 흥분했다. 웨이트리스가 메뉴를 건네는 사이 그녀 옆에 서 있기만 해도 발기가 되었다.

일요일이 그녀가 유일하게 쉬는 날이었다―그날은 다섯 아기의 아버지가 저스틴을 본다. 아니, 더 정확히 말하면 다섯 아기의 아버지와 그의 새 여자친구가 저스틴을 본다. 너와 노에미는 작은 패턴에 안착한다. 토요일이면 너는 여자를 저녁식사에 데려가고―그녀는 조금이라도 모험이다싶은 음식은 전혀 먹지 않으니 항상 이탈리안 레스토랑이다―그다음엔 여자가 자고 가는 거다.

그 여자 토토는 얼마나 달콤하디? 여자가 처음으로 자고 간 다음에 엘비스가 묻는다.

전혀 달콤하지 않았다, 노에미가 주질 않았으니까! 그녀는 연속 세 번 토요일에 자고 갔는데 연속 세 번의 토요일에 아무 일도 없었다! 키스 조금 하다가, 조금 만지다가, 하지만 그 이상은 아무것도 없었다. 그녀는 제 베개를, 그 왜 비싼 메모리폼 종류의 그런 베개와 칫솔을 갖고 오는데 일요일 아침이면 또 전부 도로 가지고 간다. 갈 때는 문간에서 네게 입을 맞춘다. 이 모든 게 네게는 너무 순결하고, 약속하는 게 너무 없다.

노 토토? 엘비스는 좀 충격받은 모양이다.

노 토토, 너는 확인해준다. 내가 무슨 초딩이냐?

참을성을 가져야 한다는 걸 너도 알고 있다. 여자가 너를 시험하고 있다는 것도 알고 있다. 뺑소니 타입 놈들과 나쁜 경험이 많은지도 모른다. 바로 그 좋은 예가 저스틴의 아빠다. 하지만 그녀가 무직에 교육도 뭣도 못 받은 그런 깡패 자식한테는 주면서 너한테는 불의 고리를 뛰어넘게 만든다는 사실이 몹시 쓰리다. 아니, 분노가 치민다.

우리 만날 거야? 사 주 차에 그녀가 묻자, 너는 응이라고 할 뻔하다가 아둔함에 발목을 잡힌다.

그야 너한테 달렸지, 네 대답이다.

뭐에 달렸는데? 그녀는 당장에 경계심을 보이고 그게 너를 더 자극한다. 그 바닐레호(바니 출신 남자) 새끼가 콘돔도 없이 따먹게 됐을 때 그런 경계심은 어디 있었을까?

246

네가 나한테 곧 아랫도리를 줄 예정인지에 달렸다고.

이런 품격이라니. 그 말을 입 밖에 내자마자 너는 스스로 망했다는 걸 깨닫는다.

노에미는 말이 없다. 그러다 입을 연다. 내가, 네가 안 좋아할 말 하기 전에 그냥 전화 끊을게.

지금이 네게 마지막 기회다. 하지만 너는 자비를 구걸하는 대신 으르렁댄다. 좋아!

한 시간도 안 되어 그녀는 너를 페이스북 친구목록에서 삭제해버렸다. 너는 해명하는 문자를 한 통 날리지만 답장은 없다.

몇 년 뒤 너는 더들리 스퀘어에서 그녀와 마주치지만 그녀는 너를 못 알아보는 척하고, 너도 굳이 억지를 쓰지 않는다.

잘했어, 엘비스의 말이다. 브라보.

너희 둘은 콜럼비아 테라스 부근의 놀이터에서 그의 딸이 돌아다니는 걸 지켜보고 있다. 그는 너를 안심시키려 한다. 그 여자는 애가 있었잖아. 너한테는 안 맞았을 거야.

안 맞았겠지.

이런 사소한 결별도 안 좋긴 마찬가지다, 당장에 엑스를 생각하게 만드니까. 당장에 다시 우울하게 만드니까. 이번에는 그 속에서 허우적대면서 육 개월이나 허비한 다음에야 세상으로 돌아온다.

너는 정신을 가다듬은 다음에 엘비스에게 말한다. 계집년들은 좀 쉬어야 할 거 같아.

뭐할 건데?

한동안은 나한테 집중해야지.

좋은 생각이야, 엘비스의 아내가 말한다. 그건 언제나 구하지 않을 때만 일어나는 일이기도 하고.

다들 그렇다고 주장하지. 이 짓거리 참 엿 같지, 라고 하는 것보다는 너처럼 말하는 게 더 쉽지.

이 짓거리 참 엿 같지, 엘비스의 말이다. 어때, 도움이 되냐?

아니, 별로.

집으로 걸어오는 길에 지프차 한 대가 부르릉 하고 지나쳐간다. 운전자는 너를 두건족 새끼*라고 부른다. 옛 수시아 중 하나가 온라인에 너에 대한 시를 올린다. 제목은 '엘 푸토**'다.

---

* 무슬림, 아랍계, 시크교도 등 종교적인 이유로 머리에 터번, 스카프 등을 쓰는 민족을 경멸적으로 부르는 말.
** 원래 '남창'을 뜻하나 여기서는 개자식 정도의 의미.

삼 년 차

너는 휴식을 취한다. 일로, 글쓰기로 돌아가려 애쓴다. 소설 세 권을 시작한다. 펠로테로(야구선수)에 대한 소설 한 권, 나르코(마약상)에 대한 소설 한 권, 그리고 바차테로(바차타 가수)에 대한 한 권—전부 다 쓰레기다. 너는 강의에 대해 진지해지고, 건강을 위해 달리기를 시작한다. 옛날에도 달리기를 했었지만, 지금은 머리를 식혀줄 무언가가 필요하다고 생각한다. 그게 절실했던 모양이다. 일단 그 리듬에 익숙해지자 너는 일주일에 네 번, 다섯 번, 여섯 번씩 뛰기 시작한다. 달리기가 새로운 중독이 된다. 너는 아침에 뛰고, 찰스 강변 자전거도로에 아무도 없는 밤늦은 시각에도 뛴다. 너무 세게 뛰어서 심장이 멎을 것만 같다. 겨울에 접어들자 너는 달리기를 접게 될까봐—보스턴의 겨울은 거의 테러다—은근히 겁이 나지만 네게는 달리기라는 활동이 무엇보다도 필요하기에 나뭇잎이 다 떨어지고 자전거도로가 텅 비고 뼛속까지 한기가 스며들 때까지도 달리기를 계속한다. 뛰는 사람은 곧 너와 미친놈 두어 명뿐이다. 물론 네 몸도 변한다. 술 담배로 인한 군살이 빠지고 다리는 꼭 남의 다리인 것만 같다. 엑스에 대해 생각할 때마다, 속에서 끓어오르듯 불타는 대륙처럼 외로움이 불뚝 일어설 때마다 너는 신발끈을 묶고 조

징 길로 뛰쳐나가고, 그러면 도움이 된다. 정말로 도움이 된다.

겨울이 끝날 무렵에는 아침 단골 조깅객들을 모두 알게 되고 그중에는 여자까지 한 명 있어 네게 희망을 불어넣는다. 두 사람은 매주 두어 번씩 서로를 지나치고 그녀는 눈이 즐거운, 영양 같은 여자다—그 가뿐함하며, 걸음걸이하며, 무엇보다도 죽여주는 몸매라니. 그녀는 라틴계 같은 생김새인데 네 레이더가 한동안 작동을 쉬긴 했지만 모레나일 가능성도 아주 많았다. 그녀는 네가 지나갈 때마다 언제나 생긋 웃는다. 너는 그녀 앞에서 엎어져볼까도—아야, 내 다리! 내 다리!—생각해보지만 그건 너무 진부하다. 너는 다니다가 그녀와 다른 데서 다시 마주치기를 줄곧 소망한다.

달리기는 아주 순조롭다가 육 개월쯤 되자 너는 오른발에 통증을 느낀다. 발바닥의 굴곡 안쪽을 따라 타는 듯한 증상이 며칠을 쉬어도 잦아들지 않는다. 곧 너는 뛰지 않을 때도 다리를 절게 된다. 너는 응급실에 들르고, 엄지로 꾹꾹 눌러보던 남자 간호사는 네가 아파서 뒤트는 꼴을 지켜보다가 족저근막염이라고 선언한다.

그게 뭔지 너는 전혀 알지 못한다. 언제 다시 뛸 수 있죠?

그가 소책자를 준다. 한 달이 걸릴 수도 있고. 육 개월이 걸릴 수도 있고. 일 년이 걸릴 수도 있죠. 그는 말을 멈춘다. 더 걸릴 수도 있고요.

그 말에 너는 너무 슬퍼져 집으로 돌아가 침대에, 어둠 속에 눕는다. 너는 두렵다. 다시 나락으로 떨어지고 싶지 않아, 너는 엘비스에게 말한다. 그럼 떨어지지 마, 그의 조언이다. 너는 고집불통처럼 달리기를 다시 시도하지만 통증은 더 날카로워진다. 결국 너는 포기한다. 운동화를 치운다. 늦잠을 잔다. 다른 사람들이 뛰는 걸 보게 되면 고개를 돌린다. 스포츠용품점 앞에서 울고만다. 너는 느닷없이 엑스에게 전화를 걸지만 그녀는 당연히 전화를 받지 않는다. 그녀가 번호를 바꾸지 않았다는 사실이 묘한 희망을 준다. 다른 사람을 만나고 있다고 들었는데도. 듣자하니 남자가 그녀에게 엄청 잘해준다던데.

엘비스가 네게 요가를 해보라고, 센트럴 스퀘어에서 가르치는 핫요가 비슷한 걸 해보란다. 씨바, 조개들 엄청 많다는데, 그가 말한다. 조개 밭이래, 아주. 너는 지금 조개 따위 생각할 기분은 아니지만 지금까지 키워온 근육을 잃고 싶지는 않아 시도해본다. 나마스테 어쩌고 하는 지랄은 없으면 더 좋겠지만 너는 요가에 빠져들어 곧 제일 잘하는 사람들과 같이 빈야사까지 할 수 있게 된다. 엘비스 말이 진짜 맞았다. 조개들이 겁나 많았고, 전부 다 엉덩이를 허공으로 쳐들고 있지만 아무도 네 눈을 끌지 못한다. 미니어처 블랑키타 하나가 네게 대화를 시도한다. 그녀는 수업을 듣는 남자들 중에서 너만이 윗도리를 벗는 법이 없는 게 인상적인 모양이었지만 너는 여자의 얼빵한 미소를 피해 잽싸게 달아난다. 블랑키타 데리고 뭔 짓을 할 수 있단 말이냐.

걔를 떡이 되도록 먹어버리지 왜, 엘비스가 권한다.

입에다가 쌍방울을 넣어버려, 친구놈 다넬이 거든다.

그 여자한테 기회를 줘봐, 알레니의 제안이다.

하지만 너는 그중 아무것도 하지 않는다. 요가 수업이 끝나면 얼른 매트를 닦고 나가버리니 여자도 눈치를 챘다. 다시는 네게 치근거리지 않는다, 가끔 연습할 때 간절한 눈길로 널 지켜보긴 하지만.

너는 요가에 꽤 집착하게 되고 머지않아 어디든 요가 매트를 가지고 다닌다. 엑스가 네 아파트 앞에서 널 기다리고 있으리라는 환상은 더이상 품지 않지만 가끔씩 그녀에게 전화를 걸어 응답기가 돌아갈 때까지 신호를 울린다.

너는 80년대 지구 종말 소설을 마침내 쓰기 시작하고─여기서 '마침내 쓴다'는 건 한 문단을 썼다는 뜻이다─자신감이 한창 올라서 '이노머스 룸'에서 만난 하버드 법대에 다니는 어린 모레나한테 수작을 걸기 시작한다. 네 나이의 절반밖에 안 되고 열아홉에 학부를 마친 슈퍼천재 과의 상당히 사랑스러운 여자다. 엘비스와 다넬은 찬성이다. 에이스네, 놈들은 말한다. 알레

252

니는 이의를 제기한다. 여자가 심하게 어리잖아, 안 그래? 맞다, 여자는 심하게 어리고, 너희 둘은 뻔질나게 붙어먹으며, 그 짓을 하는 동안은 서로에게 죽어라 매달려 있다가 끝나고 나면 자신이 부끄럽다는 듯이 뚝 떨어진다. 대부분의 시간 동안 너는 여자가 너를 안쓰럽게 생각하는 게 아닐까 의심한다. 그녀는 네 정신을 좋아한다고 말하지만, 여자가 너보다 더 똑똑하다는 점을 감안하면 그 말은 의심스럽다. 여자가 진짜 좋아하는 듯한 것은 네 몸이다. 여자는 네 몸에서 손을 떼지 못한다. 나 발레를 다시 시작해야 할까봐, 여자가 네 옷을 벗기며 말한다. 그럼 볼륨이 없어지잖아, 네가 대꾸하자 여자는 웃는다. 나도 알아, 그게 딜레마지.

다 잘되고 있다, 환상적으로. 그러다가 요가에서 태양 인사 자세를 한창 하는 중에 갑자기 허리에서 뭔가 뚝 하고 삐끗하는 게 느껴진다—마치 갑작스러운 정전처럼. 힘이 다 빠져서 누워야만 했다. 그래요, 강사의 말이다, 필요하면 쉬세요. 수업이 끝나고 너는 그 작은 백인 여자의 도움을 받고야 일어설 수 있다. 어디로 데려다드릴까요? 그녀가 물었지만 너는 고개를 젓는다. 아파트로 돌아오는 길은 꼭 무슨 바탄의 죽음의 행진* 같았다. 폴라

---

* 1942년 필리핀 바탄 반도를 공략한 일본군이 미군과 필리핀군 포로 수만 명을

우 앤 스타즈까지 가서는 멈춤 표지판을 들이받고 쓰러져 휴대
전화로 엘비스에게 전화를 건다.

놈이 순식간에 섹시녀 하나를 끌고 도착한다. 여자는 딱 보스
턴판 남아프리카 미인이다. 둘은 방금 떡을 치다 온 행색이었다.
저 여잔 누구? 네가 묻자 놈이 고개를 절레절레 흔든다. 응급실
로 너를 질질 끌고 간다. 의사가 나타났을 땐 너는 이미 영감탱
이처럼 게걸음으로 설설 기고 있다.

추간판 파열로 보입니다. 여의사의 선언이다.

경사났네, 너는 말한다.

너는 이 주 내내 침대 신세를 진다. 엘비스가 먹을 걸 가져와
네가 먹는 동안 곁에 앉아 있다. 그는 남아프리카 여자에 대해
이야기한다. 걔는 말이야, 조개가 끝내줘, 놈의 말이다. 꼭 뜨거
운 망고에다 박는 것 같아.

너는 잠시 귀를 기울이다 말한다. 내 짝만 나지 마라.

엘비스가 씩 웃는다. 씨바, 유니오르, 아무도 네 짝은 안 난다.
넌 뼛속까지 도미니카노잖아.

놈의 딸이 네 책들을 바닥에 던진다. 너는 상관하지 않는다.

뙤약볕 아래서 수용소까지 강제로 행진하게 한 사건으로, 구타와 굶주림으로 포
로 중 이만여 명이 숨졌다. 일본의 대표적인 전쟁범죄로 꼽힌다.

저러면 애가 책을 읽게 될지도 모르잖아, 네가 말한다.

그러니까 이제 발에다가 허리에다가 심장까지 문제다. 너는 뛰지도 못하고 요가도 못한다. 혹 암스트롱처럼 될까 해서 자전거 타기를 시도해보지만 허리가 아파 죽을 것 같다. 그래서 너는 그냥 걷기만 한다. 아침마다 한 시간, 밤마다 한 시간씩 걷는다. 머리로 피가 몰리지도 않고 폐가 찢어질 것 같지도 않고 몸에 큰 충격도 없지만 아무것도 안 하는 것보다는 낫다.

한 달 뒤 법대생이 제 동기생한테 가겠다며 너를 버리고는, 너하고는 좋았지만 이제 현실을 생각해야 한다고 말한다. 번역: 나도 늙다리들하고 놀아나는 짓은 이제 그만해야지. 나중에 너는 그녀가 앞서 말한 동기생과 야드*에 같이 있는 걸 본다. 그는 피부색이 너보다 더 밝지만 흑인임에 틀림없어 보인다. 게다가 키도 9피트나 되고 해부학 개론서에 나올 법한 몸매다. 둘은 손을 잡고 걸었고 여자가 너무 행복해 보여서 너는 그녀를 시샘하지 않을 마음의 여유를 찾으려 애쓴다. 이 초 뒤 경비원이 나타나더니 신분증을 보여달란다. 다음날은 자전거를 탄 백인 녀석이 다이어트콜라 캔을 네게 던진다.

수업이 시작되고 그즈음은 복근의 네모들이 부상하는 돼지기

---

* 하버드 교정의 녹지.

름의 바다 속에 조그만 섬들처럼 다시 흡수되어버린 뒤다. 혹시
가능한 후보가 있나싶어 새로 들어온 젊은 강사진을 훑어보지만
아무것도 없다. 너는 티브이를 엄청 본다. 집에서는 아내가 마리
화나를 못 피우게 한다며 엘비스가 같이 보기도 한다. 요가가 네
게 얼마나 도움이 됐는지를 보더니 놈은 이제 요가를 시작했다.
조개도 수두룩하고, 놈이 씩 웃으며 말한다. 놈을 미워하고 싶지
않다.

남아프리카 여자는 어떻게 됐어?

뭔 남아프리카 여자? 놈이 심드렁하게 말한다.

너는 상태가 조금 나아졌다. 팔굽혀펴기도 하고 턱걸이도 하
고, 심지어 옛날 요가 동작까지 하지만 아주 조심한다. 여자 두
엇하고는 저녁도 한다. 그중 하나는 결혼했고 삼십대 후반 도미
니카 중산층 여자들이 그렇듯 며칠은 매력적이었다. 너와 잘 것
인지를 여자가 가늠해보고 있다는 걸 알 수 있었고, 너는 립을
뜯는 내내 심문당하는 듯한 기분이었다. 산토도밍고에서는 절대
이런 식으로 당신을 만날 수 없었을 거야, 여자는 대단히 너그럽
게 말한다. 그녀의 대화는 거의 전부가 산토도밍고에서는, 으로
시작한다. 경영학 스쿨에서 일 년 동안 과정을 밟고 있으며 보스
턴이 어쩌고저쩌고 하면서 엄청나게 퍼붓는 걸 보면 도미니카를
그리워하고 있고 다른 어느 곳에서도 살지 않으리라는 걸 알 수

있다.

보스턴은 인종주의가 진짜 심해, 너는 대화를 이끌어나가기 위해 말을 꺼낸다.

그녀는 미쳤다는 듯이 너를 바라본다. 보스턴은 인종주의라고 할 수 없지, 그녀가 주장한다. 그녀는 또한 산토도밍고의 인종주의에 대해서도 코웃음을 친다.

그럼 요새는 도미니카 사람들이 아이티인들을 사랑한다고?

그건 인종, 때문이, 아니야. 그녀는 단어마다 또박또박 발음한다. 국적 때문이지.

물론 두 사람은 잠자리까지 가고 그건 나쁘지 않다, 여자가 결코 절정에 다다르지 않고 남편에 대해 불평하는 데 시간을 엄청 보내는 점만 빼면. 여자는 받기만 하는 사람이다, 내 말이 무슨 뜻인지 안다면. 너는 곧 도시 안팎으로 여자를 호위하고 다니게 된다. 핼러윈에는 세일럼으로 그리고 어느 주말에는 케이프 코드로. 여자와 같이 있을 땐 아무도 네 차를 멈춰 세우지도, 신분증을 요구하지도 않는다. 둘이 가는 곳마다 여자는 사진을 찍어댔지만 네 사진은 결코 찍는 법이 없다. 여자는 침대에 같이 있는 동안에 아이들에게 엽서를 쓴다.

학기말에 여자는 고향으로 돌아간다. 내 고향, 당신 고향은 아니지, 여자는 앙칼지게 말한다. 여자는 늘 너는 도미니카인이 아니라는 걸 입증하려 애쓴다. 내가 도미니카인이 아니면 누가 도미니카인이야, 너는 응수하지만 그녀는 그 말에 코웃음만 친다. 그 말을 스페인어로 해봐, 여자가 도전하고 물론 너는 하지 못한다. 마지막 날 너는 여자를 공항에 태워다주고, 가슴 찢어지는 카사블랑카식 키스는 없다. 가벼운 미소와 게이 같은 허그뿐, 그러곤 그녀의 가짜 유방이 마치 되돌릴 수 없는 무엇처럼 너를 밀쳐낸다. 편지 써, 너는 여자에게 말하고 여자는, 포르 수푸에스토(당연하지)라 대답하지만 물론 둘 중 누구도 쓰지 않는다. 너는 나중에 여자의 연락처를 전화기에서 지우지만 침대에 누운, 알몸으로 잠든 여자의 사진은 결코 지우지 않는다, 그 사진만은.

사 년 차

　옛 수시아들에게서 청첩장이 날아들기 시작한다. 이런 미치고 팔짝 뛸 것 같은 기분을 어떻게 설명할 수 있을까. 이게 무슨 개지랄이냐, 너는 말한다. 너는 통찰을 빌리려 알레니에게 손을 내민다. 그녀가 카드를 뒤집는다. 오츠가 그랬잖아, 잘 사는 게 복수라고, 너 없이도*. 홀 앤드 오츠**가 뭐라 했든 조까라고 해, 엘비스가 거든다. 이년들이 우릴 호구로 아나. 우리가 이따구 짓거리에 콧방귀라도 뀔 줄 아나. 놈이 청첩장을 넘겨다본다. 야, 내가 이상한 거냐, 아니면 지구상의 아시아 여자는 죄다 백인놈하고 결혼하는 거냐? 뭐 걔들 유전자 같은 데 쓰여 있다냐?

그해에는 네 팔다리가 말썽을 부린다. 가끔씩 감각이 없어지고, 섬에서 실시하던 부분 정전처럼 깜빡깜빡하는 거다. 요상하게 따끔거리는 느낌. 씨바, 이건 뭐지? 너는 어리둥절하다. 이러다 죽는 건 아니겠지. 너 운동을 너무 많이 하나보다, 엘비스의 말이다. 아니, 운동은 전혀 안 하고 있는데, 너는 이의를 제기한다. 그냥 스트레스 때문일 거예요, 응급실 간호사의 말이다. 손을 쥐었다폈다해보며, 걱정하며 너 역시 그렇길 바란다. 정말 그렇길 바란다.

삼월에 너는 비행기를 타고 베이 지역으로 강연을 하러 가는데, 순조롭지 않았다. 교수들이 강요해서 온 애들 외에는 거의 아무도 나타나지 않는다. 강연 뒤에 너는 혼자 코리아타운에 가서 갈비를 배터지게 먹는다. 너는 두어 시간 동안 그저 도시가 어떤 느낌인지 보려고 차를 몰고 다녀본다. 여기 사는 친구도 두엇 있지만 전화는 하지 않는다. 옛날 얘기만, 엑스 얘기만 하려

* 미국의 문인 조이스 캐럴 오츠의 시집 『사랑과 그 광기』에 등장하는 시구, '최고의 복수는 잘 사는 것, 너 없이도'를 가리킨다.
** 미국 팝·락 듀오. 1980년대에 최고 인기를 누렸다.

고 할 테니까. 마침 수시아도 하나 있어서 결국 그 여자한테 전화를 걸게 되지만 여자는 네 이름을 듣자마자 당장에 전화를 획끊어버린다.

보스턴에 돌아오자 네 아파트 로비에서 법대생이 널 기다리고 있다. 너는 놀랍기도 하고 흥분되기도 하고 경계심이 들기도 한다. 웬일이야?

꼭 막장 드라마의 한 장면 같다. 로비에 트렁크 세 개를 줄 세워놓은 게 눈에 띈다. 그리고 가까이에서 살펴보니 엄청나게 페르시아인 같은 두 눈은 울어서 충혈되어 있었고 마스카라는 덧칠했다.

나 임신했어, 여자가 말한다.

처음에는 그 말이 제대로 각인되지 않는다. 너는 농담을 한다. 그래서?

이 개자식. 그녀가 울기 시작한다. 네 애새끼일 거라구!

세상엔 놀랄 일이 많고도 많지만 이런 일도 있다.

너는 무슨 말을 해야 할지, 어떻게 행동해야 할지 몰라 일단 여자를 위층으로 데려간다. 너는 허리가 안 좋은데도, 발이 안 좋은데도, 팔에 감각이 들어왔다 나갔다 하는데도 트렁크를 낑낑 끌고 올라간다. 여자는 말없이 하워드 스웨터 위로 제 베개만 끌어안고 있다. 그녀는 지극히 자세가 똑바른 남부 여자여서 여자가 앉자 너는 마치 그녀가 너를 인터뷰할 준비를 하는 것만 같다고 느낀다. 여자에게 차를 내온 다음 너는 묻는다. 낳을 거야?

당연히 낳아야지.

키마티는?

그녀는 못 알아듣는다. 누구?

네 케냐 남자. 너는 차마 네 입으로 애인이라고는 말하지 못한다.

그 인간이 날 내쫓았어. 자기 애가 아닌 걸 알아. 그녀는 스웨터에서 뭔가를 잡아 뜯는다. 나 짐 풀 거야, 알았지? 너는 고개를 끄덕이고 그녀를 살핀다. 그녀는 뛰어나게 아름다운 여자다. 너는 옛 속담을 생각한다. 내게 아름다운 여인을 보여줘, 그러면 그 여자와 붙어먹는 게 지겨운 사람을 보여주지. 하지만 너는 아무리 해도 그녀가 지겹지는 않을 것 같다.

하지만 그 남자 애일 수도 있잖아, 그렇지?

네 애야, 알겠어? 그녀가 운다. 네 애가 아니길 바라는 건 알지만 네 애라고.

얼마나 공허하게 느껴지는지 놀랍다. 열정이나 지지를 보여줘야 하는 건지 너는 알지 못한다. 너는 숱이 적어져가는 까슬하게 자란 머리를 손으로 쓸어본다.

나 여기서 지내야 해, 나중에 너희 두 사람이 더듬더듬 어색한

섹스를 한 뒤 그녀가 말한다. 달리 갈 데가 없어. 우리 가족한테
는 못 돌아가.

너는 엘비스에게 자초지종을 털어놓으며 녀석이 펄펄 뛰며 여
자를 내쫓으라고 명령할 거라 생각한다. 너는 여자를 쫓아낼 만
큼 모질지 못하기 때문에 놈의 반응이 두렵다.

하지만 엘비스는 펄펄 뛰지 않는다. 네 등을 찰싹 때리며 기뻐
서 싱글벙글이다. 짜식, 잘됐네.

잘됐네라니, 무슨 소리야?

아버지가 되는 거잖아. 아들이 생길 거고.

아들? 뭔 소리야? 내 애라는 증거도 없는데.

엘비스는 귀담아듣지 않는다. 녀석은 혼자만의 생각에 빙글거
리고 있다. 놈은 아내가 어디선가 듣고 있진 않은지를 확인한다.
우리가 지난번에 도미니카에 갔을 때 기억나?

물론 기억한다. 삼 년 전이다. 다들 무지하게 즐거운 시간을
보냈다, 너만 빼고. 너는 한창 내리막을 타던 무렵이어서 대부분
의 시간을 혼자 보냈다. 튜브를 타고 바다에 둥둥 떠다니거나 술
집에서 취하거나 아무도 일어나지 않은 이른 아침에 바닷가를
거닐며.

그때가 뭐?

그게, 그때 내려갔을 때 여자애 하나를 임신시켰거든.

씨바, 진짜야?

놈이 고개를 끄덕인다.

임신?

다시 고개를 끄덕인다.

낳았어?

놈이 휴대폰을 뒤진다. 이제까지 본 중에 가장 도미니카인다운 얼굴의 완벽한 사내아이 사진을 보여준다.

내 아들이야, 엘비스가 자랑스럽게 말한다. 엘비스 하비에르 주니어.

야, 너 이거 진짜야? 네 마누라가 알았다간—

놈이 제동을 건다. 그럴 일 없어.

너는 잠시 그에 대해 생각한다. 너는 그의 집 뒤에, 센트럴 스퀘어 근처에 산다. 여름이면 이 동네는 북적대지만 오늘은 어치가 다른 새들에게 짹짹대는 소리까지 들릴 지경이다.

애기들은 돈이 열라 많이 들어. 엘비스가 네 팔뚝을 툭 친다. 그니까 인마, 각오 단단히 하라구, 개털 될 각오.

아파트로 돌아오니 법대생이 벽장을 두 개나 차지하고 세면대는 거의 다 접수했다. 가장 중요한 건 침대를 자기가 쓰겠다고 주장했다. 소파에 베개와 시트를 갖다두었다. 네가 소파 써.

뭐, 너랑 침대를 같이 쓸 수 없단 말이야?

나한테 안 좋을 거 같아, 여자가 말한다. 너무 스트레스 받을 거 같아. 유산하고 싶지 않아.

그 말에는 토를 달기 어렵다. 네 허리는 소파를 좋아하지 않아서 아침에 너는 여느 때보다 더 통증을 느끼며 깬다.

유색인종 계집애들만이 하버드에 와서 임신을 한다. 백인 여자들은 그러지 않는다. 아시아 여자들도 그러지 않는다. 염병할 흑인하고 라티나 여자들만 그렇다. 애나 밸 거면 왜 그 고생을 하고 하버드에 들어가나고? 그 짓은 동네에 국으로 처박혀 있으면서도 할 수 있는데.

너는 일기장에 이렇게 썼다. 다음날 수업을 마치고 돌아왔더니 법대생이 노트를 네 얼굴에 집어던진다. 개새끼, 널 증오해! 그녀가 울부짖는다. 네 아이가 아니길 바란다. 아니, 네 새끼이길 바라, 그리고 지진아로 태어나길!

무슨 말을 그렇게 해? 너는 따진다. 어떻게 그런 말을 할 수 있어?

여자가 주방으로 들어가 술을 한잔 따르자 너는 여자의 손에서 술병을 뺏어 개수대에 쏟아버린다. 말도 안 되는 짓이야, 너는 말한다. 그리고 막장 드라마는 계속된다.

그녀는 이 주 내내 네게 한마디도 하지 않는다. 너는 연구실이나 엘비스의 집에서 최대한 시간을 보낸다. 방에 들어갈 때마다 여자는 제 노트북 컴퓨터를 닫아버린다. 지랄, 나 염탐하는 거 아니다, 너는 말한다. 하지만 여자는 네가 지나가길 기다렸다가 아까 두드리던 자판으로 돌아간다.

네 아기의 엄마를 내칠 수는 없지, 엘비스가 상기시킨다. 그럼 그애는 인생 조지는 거야. 게다가 그건 나쁜 업보야. 아기가 나올 때까지만 기다려. 그럼 그년도 정신 차릴 테니까.

한 달이 지나고 두 달이 지난다. 너는 다른 누구에게도 얘기하기가 겁난다. 그 뭐라고 해야 하나? 희소식이라고 하나? 알레니는 필시 당장 달려와 여자를 길바닥으로 내쫓을 것이다. 네 허리는 죽을 지경이고 팔 저림도 상당히 꾸준해지기 시작한다. 네 아파트에서 유일하게 혼자 있을 수 있는 공간인 샤워실에서 너는 혼잣말로 속삭인다. 지옥이야, 네틀리. 우린 지옥에 있는 거야.*

나중에 생각해보면 그건 끔찍한 백일몽 같았지만 당시에는 너무도 천천히 움직였고 너무도 구체적으로 느껴졌다. 너는 여자를 검진에 데려간다. 너는 영양제 따위 복용을 거든다. 너는 거의 모든 것의 비용을 지불한다. 그녀는 어머니와 말을 하지 않고 있기 때문에 남은 사람은 두 친구뿐이고, 그 여자들은 너만큼이

---

* 희대의 살인마 잭 더 리퍼와 화이트채플 사건을 소재로 한 앨런 무어의 그래픽 노블 『프롬 헬』의 대사.

나 네 아파트에서 많은 시간을 보낸다. 그들은 모두 이二인종 정
체성 위기 서포트그룹의 일부여서 싸늘한 눈초리로 너를 바라본
다. 너는 그녀의 마음이 녹기를 기다리지만 그녀는 거리를 유지
한다. 여자가 자고 있고 너는 일을 하는 어떤 날들이면 너는 어
떤 아이가 태어날까 궁금해하는 탐닉에 빠지도록 스스로에게 허
락하기도 한다. 사내아일까 여자아일까, 똑똑한 아일까, 말 없는
아일까. 널 닮았을까, 여자를 닮았을까.

이름은 생각해봤어? 엘비스의 아내가 묻는다.

아직.

여자라면 타이나, 그녀의 제안이다. 그리고 남자애면 엘비스.
그녀는 비아냥거리는 눈길로 남편을 힐끗 보더니 킥킥 웃는다.

난 내 이름이 좋아, 엘비스가 말한다. 남자애라면 그 이름으로
하겠어.

날 죽여라, 그의 아내가 말한다. 게다가 이 공장은 폐업했거든.

밤이면 잠을 청하면서 침실의 열린 문틈으로 그녀의 컴퓨터가
빛나는 게 보이고, 그녀의 손가락이 자판을 두드리는 소리가 들
린다.

뭐 필요한 거 없어?

아니, 없어, 고마워.

몇 번은 문간에 가서 그녀를 지켜보며 안으로 들여주길 기다

리지만 그녀는 언제나 노려보며 날카롭게 묻는다. 뭘 원해?

그냥 괜찮은지 확인하는 거야.

오 개월, 육 개월, 칠 개월. 픽션 개론을 가르치고 있는데 그녀의 친구에게서 아직 육 주나 남았는데 그녀가 진통을 시작했다는 문자를 받았다. 마음속에서 온갖 끔찍한 종류의 공포가 달음질을 친다. 너는 그녀의 휴대전화로 여러 번 전화를 걸어보지만 그녀는 받지 않는다. 엘비스에게 전화하지만 놈도 받지 않기는 마찬가지여서 너는 혼자 차를 몰고 병원으로 가본다.

아기 아버지세요? 접수계의 여자가 묻는다.

맞습니다, 너는 자신 없이 말한다.

너는 복도를 지나도록 안내받고, 수술복을 받고 손을 씻으라는 요청을 받고, 어디 서 있어야 하는지 지시를 듣고 수술에 대해 경고를 받지만 분만실에 들어가자마자 법대생이 소릴 꽥 지른다. 저 인간 들여보내지 마. 저 인간 들여보내지 마. 저 인간은 아버지가 아니야.

어떤 것도 그만큼이나 상처를 줄 수 있으리라고 너는 생각지 못했다. 그녀의 두 친구가 네게 달려들지만 너는 이미 빠져나온 뒤다. 그녀의 가녀린 잿빛 두 다리와 의사의 등이 보이고 다른 것은 거의 보이지 않는다. 더 많은 것을 보지 않아서 다행이다. 그녀의 안전 같은 걸 유린한 기분이었을 테니까. 너는 수술복을 벗는다. 너는 잠시 기다렸다가 이게 무슨 짓인가싶어 마침내 차를 몰고 집으로 간다.

너는 그녀에게서는 소식을 듣지 못하고 그녀의 친구한테서 듣는다. 진통한다고 문자를 보냈던 그 친구다. 걔 가방을 가지러 갈게요, 알았죠? 그 여자는 아파트를 경계하듯 둘러본다. 나한테 미친놈처럼 덤빌 생각은 아니겠죠?

아니야. 잠시 후에 너는 묻는다. 왜 그런 소릴 하지? 난 평생 여자한테 손댄 적 없어. 그때 네 말이 어떻게 들리는지 깨닫는다. 허구한 날 여자한테 손대는 놈처럼 들린다. 모든 것이 가방 세 개에 들어가고 그다음에 너는 그 친구가 제 SUV 차량까지 낑낑대며 가방을 나르는 걸 거든다.

이제 안심이겠네요, 그 친구가 말한다.

너는 대답하지 않는다.

그게 끝이었다. 너는 케냐놈이 병원으로 여자를 찾아갔고 아기를 보자 눈물 어린 화해가 이루어졌고 모든 것을 용서받았다고 나중에 듣는다.

그게 네 실수였어, 엘비스가 말했다. 너도 엑스랑 아기를 낳았어야 돼. 그랬으면 그 여자가 널 버리지 않았을 거야.

버렸을걸, 알레니가 말한다. 진짜야.

남은 학기는 열라 개같이 돼버린다. 교수 생활 육 년 만에 최악의 평가를 받았다. 그 학기의 유일한 유색인종 학생이 교수 평가서에 이렇게 썼다. 교수님은 우리가 아무것도 모른다고 하면서 그런 결핍을 시정할 아무 방법도 보여주지 않는다. 어느 밤 너는 엑스에게 전화를 걸고 응답기가 돌아가자 말한다. 우리도 아이를 낳았어야 했어. 그러곤 수치스러워하며 끊는다. 왜 그런 말을 했어? 너는 스스로에게 묻는다. 이제 그녀는 정말로 절대 너와 다시는 말을 하지 않을 것이다.

나는 전화가 문제라고 생각하지 않아, 알레니가 말한다.

봐봐. 엘비스가 야구방망이를 든 엘비스 주니어의 사진을 보여준다. 이 녀석은 괴물이 될 거야.

겨울 방학에 너는 엘비스와 도미니카로 날아간다. 다른 무슨 지랄을 할 수 있겠는가? 팔에 감각이 없어질 때마다 흔드는 것 말고는 아무 일도 일어나고 있지 않은데.

엘비스는 흥분 이상의 상태였다. 꼬마에게 줄 선물만 트렁크 세 개였고, 거기에는 첫 글러브, 첫 야구공, 첫 보삭스* 유니폼도 들어 있다. 옷과 아기 엄마한테 줄 물건 나부랭이가 80여 킬로그램. 또 전부 다 네 아파트에 숨겨놓았다. 놈이 제 아내와 장모

---
* 메이저리그 보스턴 레드삭스.

와 딸에게 작별인사를 할 때 너도 그 집에 같이 있었다. 딸은 무슨 일이 일어나고 있는지 이해하지 못하는 것 같았지만 문이 닫히자 왱, 하는 울음소리가 둘둘 말린 철조망처럼, 코일처럼 너를 휘감았다. 엘비스는 열라 쿨하다. 내가 딱 이랬는데, 너는 생각한다. 내가 내가 내가.

물론 너는 비행기에 타고는 그녀를 찾아본다. 안 그러려고 해도 어쩔 수가 없다.

아기 엄마가 카포티요나 로스 알카리소스처럼 가난한 동네에 살 거라고 짐작은 했지만 나달랜즈에 살 거라곤 상상하지 못했다. 전에도 나달랜즈에 두어 번 가본 적이 있다. 씨바, 네 가족이 그런 동네 출신이니까. 도로도 가로등도 수도도 전력망도 아무것도 없는 무단 점유 판자촌, 날림으로 지은 모두의 판잣집들이 다른 집 위에 얹혀 있는, 진창과 오두막과 오토바이며 분주한 인간들과 빙글거리는 썹새들만이 끝도 없는, 마치 문명의 테두리에서 떨어져내리듯. 포장도로가 끝나는 곳에서 너희는 렌트한 히페타(지프차)를 놔두고 모토콘초(오토바이 택시) 뒷자리에 올라타야 한다. 짐은 죄다 뒤에 균형을 잘 잡아 실은 채. 그 정도는 진짜 짐이라고 할 수도 없기 때문에 아무도 쳐다보지 않는다. 너는 오토바이 한 대에 다섯 명 가족과 그들의 돼지 한 마리까지 탄 걸 본 적이 있다.

너는 마침내 코딱지만한 집 한 칸 앞에 멈춰 서고, 곧이어 아기 엄마가 나온다, 해피 홈커밍! 그 오래전 여행에서 아기 엄마를 본 기억이 있노라 말할 수 있으면 좋겠지만 너는 기억하지 못한다. 여자는 키가 크고 상당히 굵다. 딱 엘비스의 여자 취향대로다. 스물하나, 스물둘 이상으로는 보이지 않고 거역할 수 없는 조지나 뒬뤼크*의 미소를 지녔으며, 너를 보자 덥썩 안는다. 파드리노(대부)가 마침내 찾아올 결심을 하셨네요, 그녀는 캄페시나다운 크고 쉰 목소리로 웅변한다. 너는 여자의 어머니도, 할머니도, 오빠, 언니, 세 삼촌까지 만난다. 다들 이가 몇 개씩 빠진 것처럼 보인다.

엘비스가 소년을 안아올린다. 미 이호(내 아들), 놈이 노랠 부른다. 미 이호.

꼬마가 울기 시작한다.

아기 엄마의 집은 방 두 개에 침대 하나, 의자 하나, 작은 탁자 하나, 머리 위에 전구 하나가 고작이다. 모기가 수용소보다도 더 많다. 뒤쪽에는 하수가 그대로 흐른다. 너는 이게 무슨 개 같은, 하고 말하듯 엘비스를 바라본다. 벽에 걸린 가족사진 몇 장은 빗물에 얼룩져 있다. 비가 오면요—아기 엄마가 두 손을 들어올린

---

* 도미니카공화국의 미모의 여배우이자 방송인.

다—전부 다 아작나요.

걱정 마, 엘비스가 말한다. 내가 잘만 되면 이달에 다들 이사시킬 거거든.

행복한 커플은 가족과 엘비스 주니어 틈에 너를 두고, 여러 가지 볼일을 보고 필요한 물건들을 사러 나간다. 아기 엄마가 엘비스를 자랑하고 싶은 것도 당연히 있다.

너는 꼬마를 무릎에 앉히고 집 앞 플라스틱 의자에 앉아 있다. 이웃들은 명랑하게 열심히도 감탄하며 너를 바라본다. 도미노 게임이 시작되고 너는 아기 엄마의 무뚝뚝한 오빠와 한 팀이 된다. 오빠는 오 분도 안 돼 인근 콜마도*에서 그란데 두 병에 브루갈 한 병을 사 오도록 너를 꼬이는 데 성공한다. 담배 세 보루, 살라미 한 꾸러미에, 딸이 코가 막혀 고생한다는 이웃 여자를 위해 기침약까지. 타 무이 말(아주 안 좋아요), 이웃 여자가 말했다. 당연히 다들 네게 소개해주고픈 여동생이나 프리마(여자 사촌)가 있다. 케 탄 마스 부에나 케 엘 디아블로(악마보다 더 예뻐)라며 다들 장담한다. 너와 모두가 로모 한 병을 비우기도 전에 여동생과 프리마 들이 속속 등장하기 시작한다. 거칠어 보이지만 노력이 가상하다는 건 인정해줘야 한다. 너는 다들 앉으라고 권

---

* 동네 슈퍼마켓, 구멍가게.

하고 맥주와 맛대가리 없는 피카 포요*를 더 주문한다.

어떤 애가 맘에 드는지 나한테 말만 해요, 이웃 하나가 속삭인다. 그럼 내가 알아서 할 테니.

엘비스 주니어는 상당히 무게감 있게 너를 지켜본다. 녀석은 지독하게 귀여운 카라히토(꼬마)다. 다리에는 모기 물린 자국이 잔뜩이고, 머리에는 어쩌다 생겼는지 아무도 설명하지 못하는 오래된 딱지가 있다. 너는 난데없이 두 팔로, 온몸으로 녀석을 감싸주고 싶은 충동에 휩싸인다.

나중에 엘비스 시니어가 계획에 대해 들려준다. 몇 년 뒤에 애를 미국으로 불러들일 거야. 아내한테는 실수였다고, 내가 어쩌다 취해서 저지른 실수였는데 지금까지 모르고 있었다고 할 거야.

그게 될 거 같냐?

될 거야, 놈이 퉁명스럽게 대답한다.

짜식, 니 마누라가 잘도 믿겠다.

씨바, 니가 뭘 아는데? 엘비스가 따진다. 지 앞가림도 못하는 주제에.

그 말에는 이의를 제기할 수 없다. 이때쯤에는 팔이 너무 아파

---

* 닭튀김.

서 너는 다시 팔에 피가 통하도록 꼬마를 안아올린다. 너는 꼬마의 눈을 들여다본다. 꼬마는 네 눈을 들여다본다. 녀석은 초자연적이리만치 지성이 넘쳐 보인다. MIT감인데, 너는 녀석의 후추 빛깔 머리칼에 코를 비비며 말한다. 녀석이 고함을 지르기 시작해서 너는 꼬마를 내려놓고, 아이가 뛰어다니는 걸 한참 바라본다.

네가 깨달은 건 대략 그때쯤이다.

집의 이층은 마감이 되지 않아서 표면이 울퉁불퉁한 끔찍한 모낭처럼 콘크리트 블록에서 철근이 튀어나와 있고, 너와 엘비스는 그 자리에 서서 맥주를 마시며 도시 끝자락 너머를, 멀리 보이는 광대한 둥근 접시 안테나 너머를, 시바오의 산지 방향을, 네 아버지가 태어나고 네 엑스의 가족 모두의 고향인 코르디예라 센트랄(중앙 산맥)쪽을 건너다본다. 가슴이 벅차다.

네 아이가 아니야, 너는 엘비스에게 말한다.

무슨 소릴 하는 거야?

저 꼬마는 네 애가 아니라고.

재수 없는 소리 마. 나랑 똑 닮았는데.

엘비스. 너는 그의 팔에 한 손을 올린다. 너는 그의 두 눈의 중앙을 똑바로 바라본다. 개소리하지 마.

긴 침묵. 하지만 애가 나랑 똑 닮았는데.

짜식, 너랑 안 닮았어.

다음날 너희 두 사람은 소년을 싣고 다시 시내로, 가스쿠에*로 다시 들어간다. 너는 따라오겠다는 가족을 말 그대로 때려눕혀야 할 지경이다. 출발하는데 삼촌 하나가 잡아 세운다. 진짜지, 여기 사람들한테 냉장고는 한 대 사다줘야 돼. 그러자 오빠가 또 잡아 세운다. 티브이도. 이번엔 어머니가 잡아 세운다. 스트레이트 기계도.

시내 쪽 교통은 가자 지구를 방불케 할 만큼 복잡하고, 500미터마다 충돌 사고가 난 것만 같고, 엘비스는 계속 돌아가겠다고 협박이다. 너는 그를 무시한다. 너는 부서진 콘크리트 곤죽과 지구의 온갖 고물을 죄다 어깨에 짊어지고 파는 행상들과 먼지로 뒤덮인 야자수를 바라본다. 소년은 너를 꼭 붙잡고 있다. 아무 의미도 없는 일이야, 너는 자신을 다독인다. 이건 모로 반사** 같은 그런 거야, 그 이상은 아니야.

유니오르, 나한테 이런 짓 시키지 마, 엘비스가 애원한다.

너는 고집을 피운다. 해야 돼, 엘. 거짓 인생을 살 순 없다는 거 알잖아. 애한테도 안 좋고, 너한테도 안 좋을 거야. 아는 게 낫다고 생각하지 않아?

---

* 산토도밍고 시내의 구시가지.
** 신생아의 반사운동 중 하나.

하지만 난 언제나 아들을 원했어, 놈의 말이다. 내 평생 내가 원한 건 그것뿐이었어. 이라크에서 그 개 같은 짓을 겪으면서도 나는 계속 생각했어, 하느님, 제발, 아들 하나를 낳을 때까지만 살게 해주세요, 그다음엔 곧바로 죽여도 좋습니다. 그런데 봐봐, 하느님이 나한테 아들을 줬잖아, 안 그래? 하느님이 나한테 아들을 줬다고.

병원은 트루히요 시절에 국제 스타일로 지은 그런 주택이었다. 너희 두 사람은 접수대 앞에 섰다. 너는 소년의 손을 붙잡고 있다. 아이는 보석공처럼 강렬하게 너를 보고 있다. 진흙탕이 기다리고 있다. 모기 자국이 기다리고 있다. 나다(무無)가 기다리고 있다.

어서, 너는 엘비스에게 말한다.

솔직히 너는 그가 하지 않을 거라고, 이 일은 여기서 그냥 끝이리라고 생각한다. 그는 소년을 데리고 돌아서서 히페타로 갈 것이다. 하지만 그는 사내아이를 방으로 데리고 들어가고, 그들은 두 사람의 입안에서 면봉으로 샘플을 채취하고 그걸로 끝이다.

너는 묻는다. 결과가 나오는 데 얼마나 걸리나요?

사 주요, 전문가의 대답이다.

그렇게 오래 걸려요?

그녀는 어깨를 으쓱한다. 산토도밍고잖아요.

오 년 차

너는 그 일에 대해서 듣는 건 그게 마지막일 거라고, 무슨 일
이 있든, 결과는 아무것도 바꾸지 못할 거라고 생각한다. 하지만
다녀온 지 사 주 뒤, 엘비스는 검사 결과 자신의 아이가 아니었
다고 전한다. 쌍, 그는 씁쓸히 말한다. 쌍 쌍 쌍. 그러곤 아이와
아이 엄마와 연락을 일절 끊어버린다. 휴대전화 번호와 이메일
주소도 바꾼다. 그년한테 다시는 전화하지 말라고 했어. 용서받
을 수 없는 짓이 있는 거야.

너는 당연히 기분이 더럽다. 소년이 널 보던 눈길을 생각한다.
그 여자 번호라도 나한테 줘봐, 너는 말한다. 여자한테 매달 현
금 얼마간이라도 쥐여주리라 생각하지만 엘비스한테는 통하지
않는다. 그 거짓말쟁이 년은 엿 먹으라고 해.

아마도 녀석도 마음 깊은 곳에선 알고 있었으리라고, 어쩌면
네가 폭로해주기를 바랐는지도 모른다고 생각하지만 너는 그냥
내버려둔다. 더는 파고들지 않는다. 그는 이제 일주일에 다섯 번
요가를 하러 가고, 평생 그렇게 몸이 좋았던 적이 없었다. 반면
에 너는 다시 큰 사이즈 청바지를 사야 한다. 요즘은 네가 엘비
스 집에 가면 그의 딸이 네게 쪼르르 달려오며 너를 티오 준지라
부른다. 네 한국 이름이야, 엘비스가 장난을 친다.

엘비스를 보면 아무 일도 없었던 것만 같다. 너도 그렇게 냉정할 수 있었으면 좋겠다.

그 사람들 가끔 생각해?

그는 고개를 젓는다. 앞으로도 안 할 거야.

팔다리 저림이 점점 더 심해진다. 너는 의사들을 다시 만나고, 그들은 너를 신경전문의에게 보내고 그들은 MRI를 찍게 한다. 척추 전체가 협착된 거 같네요, 의사가 놀라워하며 말한다.

많이 나쁜가요?

좋진 않아요. 힘든 육체노동을 많이 하신 적이 있나요?

당구대 배달 일 말고요?

그거로군요. 의사가 눈을 가늘게 뜨고 MRI 사진을 본다. 물리치료를 좀 해봅시다. 그걸로 안 되면 다른 방법들에 대해 얘기해보죠.

어떤?

그가 생각에 잠긴 듯 두 손을 위로 뾰족하게 모은다. 수술이죠.

그 순간부터 그렇잖아도 시원찮던 인생이 내리막을 달린다. 한 학생이 네가 욕을 너무 많이 한다며 학교에 진정을 넣었다. 너는 총장과 면담을 해야 하고, 그는 대략 주둥아리 조심하라고 말한다. 너는 연속 세 번의 주말에 경찰에게 검문을 당한다. 한 번은 경찰이 도로경계석에 너를 앉혀놓은 동안에 다른 차들이

쌩 달아나고 차에 탄 사람들이 지나치면서 네게 추파를 던지는 꼴을 지켜봐야 했다. 맹세하는데 한번은 T*에서, 러시아워의 혼잡 속에서 얼핏 그녀를 봤고 그 순간 너는 무릎이 후들거렸는데 알고 보니 그건 정장을 빼입은 또다른 라티나 무혜론이었다.

물론 너는 그녀의 꿈을 꾼다. 두 사람은 뉴질랜드나 산토도밍고나 아니면 개연성 적게도 다시 대학에, 기숙사에 있다. 너는 그녀가 네 이름을 부르길, 널 만지길 원하지만 그녀는 그러지 않는다. 그녀는 고개를 저을 뿐이다.

야(됐어).

너는 이제 그만 잊고 싶고, 불운을 쫓아버리고 싶어서 광장 반대쪽에 하버드 교정의 스카이라인이 보이는 아파트를 새로 얻는다. 네가 제일 좋아하는 올드 케임브리지 침례교회의 회색 단검 같은 첨탑까지 포함해 그 모든 근사한 뾰족지붕들이라니. 이사 후 첫 며칠 동안 독수리 한 마리가 오층 네 창문 바로 밖에 있는 죽은 나무에 앉는다. 놈이 네 눈을 똑바로 쳐다본다. 이건 좋은 징조인 것 같다.

한 달 뒤 법대생이 케냐에서 결혼식을 한다며 네게 청첩장을

---

* 광역 보스턴 지역의 지하철 시스템.

보내온다. 사진 한 장에 그 두 사람이 케냐식 섹스파트너 복장이 틀림없는 차림을 하고 있다. 여자는 아주 말랐고 화장을 두껍게 하고 있다. 너는 메모라도 있지 않을까 기대한다, 네가 그녀를 위해 해준 일에 대한 어떤 언급 같은, 하지만 아무것도 없다. 심지어 주소마저 컴퓨터로 친 것이다.

실수인지도 모르지.

실수가 아니었어, 알레니가 쐐기를 박는다.

엘비스가 청첩장을 찢어 트럭 창밖으로 내던진다. 그년 엿 먹으라 그래. 나쁜 년들 전부 다 엿 먹으라고 해.

너는 사진 한 조각을 간신히 건진다. 그녀의 손이다.

너는 그 어느 때보다 모든 일에 더 열심이다—강의도, 물리치료도, 다른 치료도, 독서도, 산책도. 네게서 무거움이 떠나가길 계속 기다린다. 엑스에 대해 다시 생각하지 않게 되는 순간을 줄곧 기다린다. 그 순간은 오지 않는다.

너는 네가 아는 모두에게 물어본다. 잊는 데 보통 얼마나 걸려?

공식은 여러 가지다. 사귄 햇수 곱하기 일 년. 사귄 햇수 곱하기 이 년. 그냥 의지력 문제다. 끝났다고 네가 결정하는 날 끝나는 거지. 절대 잊히지 않아.

그 겨울 어느 밤 너는 친구놈들 전부와 같이 맨해튼 스퀘어에 있는 게토 스타일 라틴 클럽에 놀러 간다. 열라 더운 찜솥이다.

밖은 0도에 가까운 날씨인데 안은 너무 더워서 다들 달랑 티셔츠 차림에 땀냄새가 쩐다. 계속 너와 부딪는 여자가 있다. 너는 여자에게 말한다, 페로 미 아모르, 야(내 사랑, 그만). 그러자 여자가 대꾸하길, 야는 무슨. 그녀는 도미니칸이고 유연하고 키가 엄청 크다. 대화 초반에 여자는 대번에 선언한다, 당신처럼 작은 사람하고는 절대 사귈 수 없어요. 하지만 밤이 끝날 무렵 전화번호를 준다. 저녁 내내 엘비스는 바에 조용히 앉아서 레미만 줄기차게 마시고 있다. 녀석은 그 전 주에 도미니카에 혼자서 잠깐, 아무한테도 알리지 않고 몰래 다녀왔다. 다녀온 다음까지도 네게 말하지 않았다. 놈은 엘비스 주니어와 애 엄마를 찾아봤지만 그들은 이사해버렸고, 그들이 어디로 갔는지 아무도 알지 못했다. 놈이 갖고 있던 여자의 어떤 번호도 연결되지 않았다. 어디서 나타났으면 좋겠어, 엘비스의 말이다.

나도 그랬으면 좋겠다.

너는 아주 긴 산책을 한다. 십 분마다 앉아서 쪼그려뛰기나 팔굽혀펴기를 한다. 달리기는 아니지만 심박수를 높여주니 아무것도 안 하는 것보다는 낫다. 나중에는 신경통증이 너무 심해서 움직이지도 못할 지경이 되지만.

밤이면 이따금 『뉴로맨서』*식 꿈을 꾼다. 엑스와 꼬마와 다른 익숙한 형체가 멀리서 네게 손을 흔드는. 어디선가, 아주 가까이에서, 웃음소리가 아닌 웃음.

그리고 마침내 불타는 원자로 폭발하지 않고 그렇게 할 수 있을 것 같은 기분이 들자 너는 침대 밑에 감춰뒀던 폴더를 연다. 종말의 날 책이다. 바람피우던 날들의 모든 이메일과 사진들, 엑스가 찾아내 갈무리해서 결별 선언 한 달 뒤에 우편으로 보냈던 것들. 친애하는 유니오르, 네 다음 책에 써. 그녀가 네 이름을 마지막으로 쓴 때였을 것이다.

너는 앞표지에서 뒤표지까지 전부를 읽는다(맞다, 그녀는 표지까지 입혔다). 너는 자신이 얼마나 하잘것없는 겁쟁이인지에 놀란다. 인정하자니 죽고 싶지만 사실이다. 너는 네 허위의 깊이에 망연해진다. '책'을 두번째로 다 읽었을 때 너는 진실을 말한다. 잘했다, 네그라. 잘한 거야.

걔 말이 맞네, 죽이는 책이 되겠다, 엘비스가 거든다. 너희 둘은 짭새한테 검문당해서 좆대가리 경관님께서 면허증 확인을 끝내길 기다리고 있다. 엘비스가 사진 한 장을 집어올린다.

걘 콜롬비아 애야, 네가 알려준다.

놈이 휘파람을 분다. 케 비바 콜롬비아(콜롬비아 만세). 네게

---

* 3대 SF 문학상을 석권한 윌리엄 깁슨의 1984년 작 SF 소설로, 제목 '뉴로맨서'는 신경, 또는 인공지능을 뜻하는 뉴로(neuro)와 '술법사'에 가까운 맨서(mancer)를 합성한 낱말이다.

'책'을 건넨다. 너 진짜로 바람둥이의 사랑 지침서 써야겠다.

그렇게 생각하냐?

어.

시간이 걸린다. 너는 키 큰 여자를 만난다. 너는 의사들을 좀 더 만나러 간다. 너는 알레니의 박사논문 시험 합격을 축하한다. 그리고 유월 어느 날 너는 엑스의 이름을, 그리고 이 말을 갈겨 쓴다. 사랑의 반감기半減期는 영원이다.

너는 두어 가지를 더 끼적댄다. 그러곤 고개를 푹 숙인다.

다음날 너는 새 페이지들을 본다. 처음으로, 불태워버리거나 글쓰기를 영원히 포기하고 싶은 마음이 들지 않는다.

그렇게 시작하는 거지, 너는 방에 대고 말한다.

대략 이 정도다. 그 뒤 몇 달 동안 너는 일에 매진한다, 희망처럼, 은혜처럼 느껴지기 때문이다―그리고 네 거짓말쟁이 바람둥이 심장 깊은 곳에서 알고 있기 때문이다. 때로 우리는 언제나 시작에 그치고 만다는 걸.

사랑하는 법, 떠나보내는 법,
우리 모두의 생존법

아나 이리스가 언젠가 내게 그를 사랑하느냐고 물었을 때 나는 산토도밍고 옛날 집의 전등 얘기를 했다. 그 불빛이 얼마나 깜빡였는지, 과연 저 불이 꺼질지 안 꺼질지 알 수 없었다고. 우리는 하던 일을 내려놓고 불이 마음의 결정을 할 때까지 아무 일도 하지 못하고 기다려야 했다고. 내 감정이, 나는 대답했다, 꼭 그래.
「오트라비다, 오트라베스(다른 생을, 다시 한번)」

도미니카공화국에 다녀왔습니다.

작가 주노 디아스가 태어나서 유년기를 보낸 곳이자, 이 소설집 『이렇게 그녀를 잃었다』는 물론 전작의 인물들인 오스카의 가족과 유니오르의 고향이지요. 이 책의 편집 작업이 한창인 동안 역자로서 도미니카에 다녀오게 되었으니, 그곳을 일주하면서 작품 속의 인물과 그들의 삶이 눈앞에 펼쳐지는 풍경과 겹치지 않을 수 없었습니다.

산토도밍고로 들어가기 전, 바바로의 바닷가에 머무를 때의 일화를 먼저 들려드릴까 합니다. 과과(버스)를 타고 쇼핑몰에 들렀다 돌아오던 어느 밤이었어요. 갑자기 사람들이 수런거리더니 우리가 타고 있던, 한국의 마을버스만한 버스에서 많은 승객들이 내리고는 버스 밖에 모여 섭니다. 버스 안에 아직 앉아 있는 세뇨르(남자 분)에게 무슨 일인가 물으니, 타이어에 펑크가 났다고 고치는 중이라네요. 반시간이면 고친다고 기다리라는군요. 그래서 저도 다른 몇몇 승객들처럼 앉아서 기다립니다. 버스기사와 차장이 나가더니 직접 수리를 하는지, 앉은 좌석이 들썩입니다. 하나둘 승객들이 더 내리기에 저도 나가봅니다. 운전기사가 직접 차 밑에 기어들어가 자신이 고치는 게 당연한 듯 연장을 가지고 차량을 힘겹게 들어올립니다. 기다리다 못한 한 아가씨는(좀 전에 버스 안에서 식사를 하더군요) 지나가던 모토콘초(오토바이 택시)를 집어타고 횡하니 가버리고, 반대편 차로에서 달려오던 미니버스가 도로 한복판에 차량을 멈추고 이쪽 사정이 어떤지 물으며 여전히 시동을 켜놓은 채 우리 운전기사 아저씨

와 한참 동안 대화를 나눕니다. 미니버스는 급기야 길가로 차를 세우고, 차장인지 유니폼을 입은 남자 두엇이 내리더니 우리 버스의 밑에 누워 씨름하고 있는 운전자와 몇 마디를 나눕니다. 이윽고 두 남자는 길섶으로 가서 몸을 돌리고 소변을 봅니다. 그들이 태우고 온 승객들이 버스 안에서 하릴없이 기다리는데, 아직 볼일을 보느라 등을 돌린 채 여전히 우리 버스 기사와 큰 소리로 대화를 나누면서 말이지요. 그러나 아무도 항의하거나 애를 태우지 않습니다. 그렇게 우리는 한 시간을 기다립니다. 버스 기사는 여전히 버스 밑에서 낑낑대고, 다행히 우리를 태워갈 새 버스가 도착했습니다.

급할 것도 없고, 따질 것도 없는 이들의 정서는 좀더 지켜보자니 다른 중남미 사람들과는 또 다른 듯합니다. '체념'이라는 단어를 떠올리게 합니다. 수차례나 택시를 타봐도, 숱하게 길을 물어도, 라티노 특유의 친근함과 호기심은 찾아보기 어렵습니다. 스페인어로 말을 걸면 흔히 '치나(중국 여자)'가 어디서 에스파뇰을 다 배웠느냐는 질문으로 시작되는 동양인에 대한 관심은 찾아볼 수 없고, 어쩐지 자제하고 조심하는 것이 몸에 밴 모습입니다. 이들이 살아온 내력과 관련이 있는 게 아닐까 생각해봅니다. 구대륙의 유럽인들에 의해 멸절한 이 땅의 주인 타이노족, 아프리카에서 강제로 끌려온 노예들에 의해 굴러가던 경제, 구대륙의 식민지 확장의 필요에 따라 착취당했다가 버려지기를 반복하던 역사, 미국의 침공 뒤에 찾아온 가공할 독재 정권 30여년, 독재자의 암살 뒤에도 다시 여러 차례에 걸쳐 제 손으로 대통령으로 선출하고 말았던 독재자의 오른팔. 무력감을 느끼지 않을 수 있었을까요? 1492년부터 이렇게 살아왔다면 체념이 대물림되고 세대를 거듭할수록 고착되지 않을 수 있었을까요?

그런 질문을 던지며 주노 디아스의 소설에 자주 등장하는 산토도밍고의 말레콘(방파제)에 다다랐을 땐 파도가 세차서 깜짝 놀랐습니다. 물결이 햇살에 부서지니 정말 '은빛 가닥'같다는 작가의 표현이 와닿습니다. 그러나 그 물결에 감탄하며 가까이 다가가자 입을 다물 수가 없습니다. 말레콘의 파도에 온 지구의 쓰레기가 다 모여든 것만 같습니다. 심장이 있는 자, 누구라도 거대한 체로 건져올리고 싶은 생각이 들지 않을 수 없는 광경입니다.

지인들이 현지 이야기를 들려줍니다. 이곳에 와서 들은 도미니카 남자들의 평판에, 이해하기 어려웠던 유니오르와 라몬의 사랑과 상실의 배경이 어렴풋이 그려집니다. 「해와 달과 별들」에 쓰인 표현처럼 '페로(개)'라 불리는 남성들. 여자를 밝힐 뿐 아니라 아버지의 날을 '개의 날'이라 부를 만큼 무책임한 것으로 정평이 난 도미니카 남자들. 관계를 맺고 유지하는 법을 잘 모르는 이들. 마약 운송책으로 한 건만 크게 올리면 평생의 자산을 마련할 수 있다는 한탕주의가 팽배하며, 미국에 대한 동경과 도미가 꿈인 그들이 바로 보통의 도미니카노(도미니카 남자)입니다.

최저 임금(월 200달러가량)을 받고 입주 가사 도우미로 일하는 라모나는 주말이면 캄포(시골)의 집으로 돌아가 미용사로 이틀을 더 일하고 돌아옵니다. 30대 중반인데 딸이 얼마 전 아기를 낳아 할머니가 되었지요. 딸이 아기를 봐달라고 했지만, 딸의 아버지이긴 하나 라모나의 남편 노릇을 한 적이 없는 남자마저 새로이 딴살림을 차린 마당에 손주를 본다고 일을 못하면 생계가 막막해져 거절할 수밖에 없었다네요. 「오트라비다 오트라베스」의 병원에 갓 들어온 신입 여자아이 사만사도 라모나, 혹은 라모나의 딸과 비슷한 상황이 아니었을까요. 추운 곳에서 날아온 제게 그 추위가 그리워질 만큼 지겹도록 한결같이 따가운 카리브의 햇살—그 속에서 나고 자란 그녀들에게 미 동부의 추위는 얼마나 무시무시할까요.

삼사십대의 할머니, 할아버지가 숱한 곳, 날은 덥고 옷은 대략 벗었으며 어디고 늘 귀청이 떨어져라 틀어놓는 메렝게 장단에 남녀가 몸을 부비며 춤을 추다가 정분나기도 쉬운 곳. 주변에서 흔히 보는 사랑이란 다들 이렇게 쉽고 가볍게 시작되는 곳. 그래서 십대 소녀의 임신도 많지만 대기해야 하는 모든 곳에서 임신

부에게 우선순위가 부여되는 곳. 미혼모 임신이 흔하지만 역시 불평 없이, 군말 없이 아이를 거두어 키우는 곳. 모두에게 미국에 건너간 누군가가 있으며, 도심의 대로 이름도 줄줄이 미국 대통령의 이름을 따서 지은 곳, 그래서 미국에 대한 동경이 자연스럽고도 큰 갈증으로 죄어드는 곳. 거대한 호화 리조트 '카사 데 캄포'에서 내려다보이는 백만 불짜리 절경인 차본 강 골짜기만큼이나 깊이 패인 빈부의 격차. 그러나 너무 익숙해서 외려 무뎌진 박탈감. 내면화된 체념, 좌절, 상실.

그런 곳. 김영하 작가는 디아스의 전작 『드라운』에 대한 추천사에서 유니오르와 인물들의 이런 배경을 시궁창에 비유했지요. 디아스 문학의 토양이 된 거칠고 무질서한, 이 나라의 날것의 모습, 그 제3세계스러움에 잘 어울리는 비유입니다. 그러나 이제 조금 알 것 같습니다. 혼란스럽고 불안정하다고 해서 사랑이 아니라 치부할 수 없다는 것을. 그들이 보아온 사랑은, 어쩌면 그들이 아는 유일한 사랑은 이런 종류뿐인지도 모르니까요. 깜빡이는 형광등 불빛처럼 갈팡질팡하는 라몬과 야스민과 비르타의 금세라도 꺼질 듯한 불안한 사랑은 그들이 생을 버티는 생존법이 아니었을까요.

끝내 제게 얼굴을 보여주지 않았던 라모나와 실제로 이름이 유니오르였던 한 숙소의 젊은 직원, 험한 산길에서 차가 뒤집힐 뻔했을 때 뛰어나와 길을 안내해준 윌리, 제가 머무는 동안 누에 바 요르크(뉴욕)에 있는 아들이 위급해서 응급실에 실려갔다던 다른 숙소의 주인아주머니 베르타, 쌩하니 제 곁으로 달아나던 모토콘초의 이름 모를 사람들. 그 모든 평범한 이들의 삶이 바로 이 소설집에 등장하는 이야기들이 아닐까요.

한편, 산토도밍고에서 제가 머물렀던 베야비스타라는 지역은 중산층이 거주하는 다소 '부티나는'곳인데도 몇 블록이나 신호 등을 찾아볼 수 없습니다. 간혹 교통순경이 교통정리를 하기도 하지만 교차로에서는 대개 눈치를 최대한 동원하고 아무데나 끼어드는 오토바이와, 도로 한복판에서 타고내리는 데레초(평범한 세단 승용차 크기이나 7~8명까지 끼어 탈 수 있는 합승 택시로 정해진 경로를 오가며 직진만 한다)의 급정거를 알아서 피해 가야 합니다. 데레초 택시의 안쪽에 탄 손님이 내리면 혼잡한 대로 한복판에서 대여섯 명이 한꺼번에 군말 없이 우루루 내렸다가 다시 올라탑니다. 운이 좋으면 예쁜 여자를 무릎에 앉히고 갈 수도 있다는군요. 이쯤 되면 이곳은 더이상 가난해서 안타까운 제3세계가 아니라 제3세계여서 흥미진진한 곳이 됩니다.

시외버스는 고속도로 한복판에서 승객을 내려주고, 장거리를 달려온 승객은 무거운 여행가방을 질질 끌며 중앙분리대를 넘어

갑니다. 모토콘초의 활약도 대단합니다. 처음에는 위험하게 운전자의 허리도 붙잡지 않고 오토바이를 탄 사람들이 의아했으나 나중에야 수긍이 갑니다. 모르는 택시 기사의 허리를 끌어안을 순 없겠지요. 기사와의 사이에 아이를 샌드위치처럼 안전하게, 단단히 끼워 타고, 오토바이 한 대에 승객이 서너 명 올라타기도 하고, 운전자가 프로판가스통도, 기다란 비치 의자도, 심지어 사다리까지 한 손으로 붙잡고 차로를 가로질러 싣고 가면서 교통의 흐름을 방해합니다. 고속도로에는 몇 백 미터마다 유턴하는 구간이 있고, 오토바이용 육교까지 만들어둔 걸 보니 이젠 마음이 무겁지 않고 이들의 창의성에 외려 감탄이 납니다.

『오스카 와오의 짧고 놀라운 삶』에서 낙원처럼 묘사되었던 그림 같은 곳 사마나에 가봅니다. 미국에 와서까지 침대 위로 모기장을 드리웠다는 아나 이리스는 저 아름다운 옥빛 바다와 아이들을 두고 온 그 고향이 얼마나 그리웠을까요.

새 책을 내면서 역자가 왜 전작을 운운하는지 의아하신 분들도 계실 겁니다. 연작 소설처럼 전작의 라파와 유니오르, 그들의 부모 비르타와 라몬이 다시 등장하는 이야기들에서 『드라운』과 『오스카 와오의 짧고 놀라운 삶』의 사건, 인물과 지명, 역사적인 배경이 떠오를 수밖에 없는 건 우연이 아닙니다. 이 책의 번역을 위해 몇 가지 질문을 하는 과정에서 작가의 의도도 그러했음을 알 수 있었으니까요. 단편들을 읽으며, 런던 테라스와 워싱턴 하이츠, 패터슨과 버겐라인과 러트거스 대학 교정이 등장하는 이야기 속에서, 유니오르와 오스카가 공존하는 어떤 세계를 상상합니다. 지난 장편에서 오스카와 그 가족의 삶에 초점이 맞추어졌다면 『드라운』과 『이렇게 그녀를 잃었다』에서는 라파와 유니오르, 비르타와 라몬을 중심으로 한 많은 인물들이 조명을 받습니다.

작가에 따르면 "혼란스럽겠지만 내가 이런 소설집을 몇 권 더 내고 유니오르의 인생에 대한 장편이 모습을 갖추고 나면 모든 게 선명해질 것"이라고 하니, 『오스카 와오의 짧고 놀라운 삶』을 다시 떠들어보며 거기서는 유니오르와 라파에게 어떤 일이 일어났던가, 어떤 시기였던가 퍼즐을 짜맞추듯 되돌아보게 됩니다. 독자로서 저는 유니오르와 오스카가 공존하는 큰 세계의 일부로 디아스의 소설집들을 대하게 됩니다. 각 단편은 그 독특한 세계의 곳곳을 클로즈업해서 보여줍니다. 아직 조명을 받지 못한 공간의 이야기가 기다려집니다. 이를 테면, 「오트라비다, 오트라베스」와 「겨울」사이의 빈 공간이 채워질 날이 기대됩니다. 현지처 야스민과 집까지 마련하고 진짜로 제대로 한번 살아보게 되었던 라몬(「오트라비다, 오트라베스」)이 비르타와 아이들을 뉴저지로 불러들여 정착(「겨울」)하기까지 어떤 일이 일어난 걸까, 첫아이는 죽고 섬에 혼자 남겨졌던 비르타에게 언제 두 아이가 생긴 걸까, 남겨진 여백을 상상해봅니다.

이런 상상과 함께, 산토도밍고에서 시작한 글을 집에 돌아와 맺습니다.

「오트라비다, 오트라베스(다른 생을, 다시 한번)」에 대해 질문하자, 디아스는 대답합니다. 이민이란 극심한 단절을 동반하므로 한 번의 인생이 아니라 일련의 여러 인생을 사는 거라고. 유니오르와 라파, 비르타와 라몬이 살아낸 여러 생의 이야기를, 이들이 사랑하고 헤어지고 생존하는 법을 이제 독자 여러분에게 들려드립니다.

*

페이스북에 끄적였던 옛 글 중에서, 오래전 작업하다가 마음을 붙잡힌 산드라 시스네로스의 문장을 발견했습니다.

디아스가 발문에서 시스네로스를 인용했듯, 그녀의 문장으로 긴 글을 맺습니다.

어딘가에 발이 묶였으나 정작 발 디딜 곳 없는 많은 이들을 생각하며.

그리고 나는, 다른 이들은 어떤지 몰라도 나는, 내게는 이런 것들이, 그 노래가, 그 시절이, 그 장소가 모두 내게 향수를 불러일으키는 그 나라와 한데 묶여 있다. 더는 존재하지 않는 그 나라와. 존재한 적이 없는 나라. 내가 지어낸 나라. 이곳과 그곳의 중간 어디쯤에 발이 묶인 모든 이민자들처럼.

캐나다에서
권상미

지은이 **주노 디아스**

1968년 도미니카 산토도밍고에서 태어나 1974년 가족과 함께 미국으로 이민, 뉴저지에서 성장했다. 러트거스 대학에서 영문학을 전공했고, 뉴욕 코넬 대학에서 문학 석사학위를 취득했다. 1996년 발표한 첫 단편소설집 『드라운』이 펜/말라무드 상을 수상하는 등 전례 없는 호평을 받으며 미국 전역에서 베스트셀러가 되었다. 2007년, 첫 장편소설 『오스카 와오의 짧고 놀라운 삶』이 퓰리처상을 비롯해 전미비평가협회상 등 다수의 상을 수상했으며, 대중적으로도 큰 성공을 거두었다. 현재 매사추세츠 공과대학(MIT)에서 문예창작을 가르치고 있다.

옮긴이 **권상미**

한국외국어대학교와 동대학교 통역번역대학원을 졸업한 뒤 캐나다 오타와 대학교에서 번역학 석사학위를 받았으며 박사과정을 수료했다. 현재 캐나다에 거주하며 영어와 스페인어 책을 번역하고 있다. 옮긴 책으로 『올리브 키터리지』 『드라운』 『오스카 와오의 짧고 놀라운 삶』 『내 남편의 연인들』 『에드거 소텔 이야기』 『빌 브라이슨의 발칙한 유럽산책』 『빌 브라이슨의 발칙한 미국 횡단기』 등이 있다.

문학동네 세계문학
이렇게 그녀를 잃었다

초판인쇄 2016년 2월 12일 | 초판발행 2016년 2월 22일

지은이 주노 디아스 | 옮긴이 권상미 | 펴낸이 염현숙
책임편집 이현정 | 편집 정혜림
디자인 고은이 이원경 | 저작권 한문숙 박혜연 김지영
마케팅 정민호 이미진 정진아 전효선 | 홍보 김희숙 김상만 이천희
제작 강신은 김동욱 임현식 | 제작처 영신사

펴낸곳 (주)문학동네
출판등록 1993년 10월 22일 제406-2003-000045호
주소 10881 경기도 파주시 회동길 210
전자우편 editor@munhak.com | 대표전화 031) 955-8888 | 팩스 031) 955-8855
문의전화 031) 955-1927(마케팅) 031) 955-2652(편집)
문학동네카페 http://cafe.naver.com/mhdn | 트위터 @munhakdongne

ISBN 978-89-546-3962-0 03840

www.munhak.com